DIE AUTORIN: Paula Gosling ist gebürtige Amerikanerin, die seit 1964 in England lebt. Für ihren ersten Kriminalroman «Töten ist ein einsames Geschäft» wurde sie mit dem John Creasy Award der British Crime Writers' Association ausgezeichnet. Diese Auszeichnung wurde ihr erneut 1986 für den Kriminalroman «Tod auf dem Campus» verliehen. In der Reihe rororo thriller liegen außerdem vor: «Alpträume» (Nr. 43317), «Ein echtes Gaunerstück», «Der Polizistenkiller» (Nr. 43286) und «Im Schatten der Toten» (Nr. 43340).

Paula Gosling

Töten ist ein einsames Geschäft

Roman

Deutsch von Ute Tanner

WUNDERLICH TASCHENBUCH

Die Originalausgabe erschien bei Macmillan London Ltd.
unter dem Titel «A Running Duck»

Neuausgabe März 2001
Veröffentlicht im Rowohlt Taschenbuch Verlag GmbH,
Reinbek bei Hamburg, September 1980

Redaktion Brigitte Fock
Umschlaggestaltung Barbara Hanke
(Foto: Premium / First Light C. Orthner)
Satz Aldus (Linotronic 500)
Gesamtherstellung Clausen & Bosse, Leck
Printed in Germany
ISBN 3 499 26311 4

Die Hauptpersonen

Clare Randell kann einen Mann identifizieren, der alles daransetzen wird, eben dies zu verhindern.

Dan Fowler wird das Opfer des Opfers.

Edison verliert ein paar Bogen Papier – und das erweist sich als tödlicher Fehler.

Lieutenant Michael Malchek kann sich aus eigener Erfahrung in die Denk- und Handlungsweise eines Killers versetzen.

1

Clare rutschte tiefer in den Sitz des Wagens und ließ den Wind, der durch die auf beiden Seiten geöffneten Fenster wehte, über sich hinwegstreichen. Der Himmel war fern und durchsichtig blau, ausgebleicht von einer Sonne, die sich vorgenommen hatte, den Sommer zu feiern.

Sie hatte im Parkverbot gehalten, weil sie hier ein frischer Luftzug vom Meer her erreichte; das machte den Aufenthalt im Wagen gerade noch erträglich.

Es war ein heißer Sommer gewesen, ungewöhnlich heiß bisher, und an diesem verlängerten Nationalfeiertagwochenende hatten sich die meisten Leute aus dem brütenden Häusermeer in eine eingebildete Kühle an der See geflüchtet.

Nicht so Clare. Sie liebte ihre Wahl-Heimatstadt San Francisco mit den staffelförmig dicht an dicht die Hügel hinaufgebauten Holzhäusern, deren bunte Farben und exzentrische Formen ihr auch an gewöhnlichen Wochentagen einen festlichen Anstrich gab. Ungestört von dem üblichen Geschiebe und Gedränge konnte sie den Anblick in Ruhe auf sich wirken lassen. Genau das tat sie jetzt. Seit einer Stunde.

Sicher, sie hätte nur die Wagentür aufzumachen brauchen, und ein paar Schritte über den Weg hätten sie zum Park hinuntergeführt, wo die kühlen Schatteninseln der großen Bäume sie erwarteten. Sie konnte über die gepflasterten Wege schlendern und den kleinen Jungen zusehen, die mit ihren verbotenen Feuerwerkskörpern alte Damen erschreckten und die faul im Gras liegenden Liebespaare zur Verzweiflung brachten.

Doch Clare Randell tat Buße.

Sie setzte sich bequemer zurecht und hob das schwere dunkle Haar im Nacken hoch. Sanft strich die Brise über ihre feuchte Haut. Sie hatte sich nun doch entschlossen, Dan nicht zu heiraten – eigentlich wohl eine Schande, denn damit verleugnete sie letztlich die großen amerikanischen Ideale oder was man so dafür hielt. Und die Buße war nötig, weil sie nach diesem Entschluß ein so unverschämtes Gefühl der Erleichterung verspürte.

Welches Mädchen, das seine fünf Sinne beieinanderhatte, konnte sich den unbestreitbaren Vorzügen verschließen, die der bestrickende Dan Fowler zu bieten hatte, als da wären sein gutes Aussehen, seine vielversprechende Karriere, seine zärtlichen Aufmerksamkeiten? Oder seine Angewohnheit, sich jedesmal diskret zu räuspern, wenn er sich anschickte, sie zu küssen?

«Ich», vertraute Clare dem Lenkrad an. «Ich, das dumme kleine Schaf, das nicht weiß, was gut für es ist.» Das Lenkrad wußte darauf nichts zu sagen.

In diesem Augenblick sah sie den Mann. Er war gerade den ansteigenden Weg vom Park hinaufgekommen und wirkte angestrengt und erhitzt. Kein Wunder, dachte sie, wer trägt denn schon bei diesem Wetter einen schweren Straßenanzug? Und noch dazu eine Aktentasche! Manche Leute können es eben nicht lassen, nicht einmal am Wochenende.

Sie zuckte die Achseln. Es wurde Zeit zur Heimfahrt. Ehe morgen früh der Büroalltag wieder begann, hatte sie noch ein volles Programm vor sich: Haarewaschen, Papiere zusammensuchen, jede Menge schauderhafter alter Filme im Fernsehen, dazu den seltenen Genuß eines Grillhähnchens aus der Tüte. Dan kaufte nie Tütenhähnchen.

Aber statt den Schlüssel ins Zündschloß zu stecken, sah sie dem Mann nach, der zu einem der wenigen Wagen ging, die wie der ihre auf dem hitzeflimmernden Asphalt des Parkplatzes vor sich hinschmorten. Wo hatte er denn seinen dicken Freund gelassen, mit dem er vor zwanzig Minuten gekommen war? Die Aktentasche war wohl in großer Eile geschlossen worden, denn plötzlich fiel ein Bündel Papiere heraus und blieb unbeachtet hinter ihm am Rasenrand liegen. Sie steckte den Kopf aus dem Fenster.

«He», rief sie. Bei dem unerwarteten Laut ihrer Stimme fuhr er herum. «Sie haben etwas verloren.» Er zögerte, machte ein ratloses Gesicht, hatte wohl nicht genau verstanden, was sie gesagt hatte. Clare deutete auf die Stelle hinter ihm. Er wandte den Kopf in die angegebene Richtung, hatte aber offenbar noch nicht begriffen, was sie wollte. Ärgerlich vor sich hin murmelnd, machte sie die Tür auf, stieg aus und ging auf ihn zu. «Sie haben etwas verloren, aus Ihrer Aktentasche», wiederholte sie und deutete noch einmal auf die weißen Rechtecke, die sich von dem Grün des Rasens abhoben. Sie hatte sich ihm auf etwa zwei Meter genähert, als er plötzlich die Papiere sah. Sein Gesicht hellte sich auf, er hob die Hand in einer Geste, die gleichzeitig Dank und Abwehr signalisierte.

«T-tut mir leid», rief er ihr zu, seine Stimme über das Gezänk der Möwen erhebend. «H-hab Sie zuerst nicht verstanden.» Er kehrte um und bückte sich zu den Aktenstücken herunter.

Clare machte keine Anstalten, den Rückzug anzutreten. Sie hatte es nicht eilig; andererseits lag auch kein besonderer Grund vor, noch hierzubleiben. Der Mann sah recht sympathisch aus – um die vierzig, groß, ansehnlich. Er kam ihr fast bekannt vor, wie es einem oft mit gutaussehenden Männern geht, die einen an Filmstars, Baseballspieler oder andere Nationalgrößen erinnern. Makellos, wohlgestaltet, angenehm... Sie war nicht der Typ, der Wildfremden Mut zum Anbändeln macht, aber durch sein scheues Lächeln fühlte sie sich nicht bedroht. Jetzt, da er nach seiner Kletterpartie wieder zu Atem gekommen war, erkannte sie, daß sein Gesicht für diesen Landstrich zu dieser Jahreszeit entschieden zu blaß war. Also kam er von außerhalb und hatte wahrscheinlich die Hälfte seiner Gedanken im Hotel, in seinem zweiten Anzug vergessen.

Er machte ein paar Schritte, sah sie noch dastehen und hielt inne. «Danke», sagte er. «Es waren wichtige Papiere, ohne sie hätte ich echt in Schwierigkeiten kommen können.»

Clare lächelte. «Es ist ja noch einmal gutgegangen.» Sie wandte sich ihrem Wagen zu, aber da erreichte sie noch einmal seine Stimme, und sie verlangsamte den Schritt.

«Ich... Haben Sie... K-kann ich –»

Sie wandte sich fragend um. Er griff in die Brusttasche. Glaubte er etwa, daß sie auf ein Trinkgeld wartete? Lächerlich. Sie wollte abwehrend die Hand heben, da kreischten Reifen hinter ihr, und beide drehten sich irritiert um.

Ein alter, verbeulter, aber offenbar geliebter Edsel bog auf den Parkplatz ein. Am Steuer saß ein sehr jugendlicher Möchtegernrennfahrer in rotem Sweatshirt, umgeben von einer Horde fröhlich-bierseliger Freunde. Beim Anblick der freien Fläche vor ihm begann der Fahrer den Motor hochzujubeln, der Wagen machte einen Satz nach vorn, und einer der Typen auf dem Rücksitz fiel quietschend vornüber in ein Gewirr von Armen und Beinen.

Clare lächelte und zuckte die Achseln. Der Wagen schoß zwischen ihr und dem Fremden hindurch, Gekicher hinter sich herziehend wie Papierschlangen. Seine grauen Augen verengten sich, die Lippen wurden schmal.

«Solange sie hierbleiben, fahren sie wenigstens niemanden über den Haufen», rief sie dem Mann belustigt zu.

«Mag sein.» Die Worte ertranken in einem neuerlichen Aufkreischen des gequälten Gummis.

«Passen Sie jetzt auf.» Clare ging zu ihrem Wagen, wobei sie vorsichtshalber den Edsel im Auge behielt. Im Rückspiegel sah sie, wie der gutgekleidete Mann in sein weißes Kabrio stieg und die Mappe nachlässig auf den Rücksitz warf. Wenn er nicht aufpaßt, verliert er auch noch den Rest seines Lebenswerks, dachte sie. Nicht daß es mich etwas angeht...

Noch war Sonntag, der Rest des Tages gehörte ihr allein. Worin bestand der Luxus, als Alleinstehende zu leben? Darin, daß sie tun durfte, was sie wollte, ohne jemanden um Erlaubnis zu fragen? Lächelnd lenkte sie den Wagen in Richtung Ausfahrt und schaltete dabei mit einer Hand das Radio ein. Gut möglich, daß sie sich damit fürs Alleinsein entschied, aber die Aussicht hatte nichts Erschreckendes für sie.

Und das war schade.

2

Der Montag war eine Katastrophe.

In der Werbeagentur Tandy-Nicholson, in der Branche nur T.N. genannt, mochte niemand arbeiten. Alle waren übersättigt mit Sonne, Essen, Sex – oder einfach nur so. Der ganze Vormittag und ein erheblicher Teil des Nachmittags gingen mit angeregtem Erfahrungsaustausch dahin.

Voller Verzweiflung tippte Clare schließlich selber den Text für einen Kunden, der tatsächlich eine knappe halbe Stunde später bei ihr aufkreuzte. Nachher stellte sich heraus, daß er ihn gar nicht lesen wollte.

Um vier war sie soweit, daß sie sich in ihrem Sessel zurücklehnte und für diesen Tag ihre Tätigkeit ostentativ einstellte. Ihr Art Director sah sie belustigt an. «Haben Sie kapituliert?»

«Hundertprozentig.» Sie legte aufs Geratewohl die Papiere auf dem Schreibtisch zusammen und stopfte sie in bereits überquellende Schubladen. «Was wir mit dem *Puschelpanda* machen, können wir morgen besprechen.»

Er sagte ihr, was er am liebsten mit dem *Puschelpanda* machen würde. Es war nicht salonfähig.

Während sie auf den Lift wartete, rief die Empfangssekretärin sie an ihren Schreibtisch am Ende der Halle.

«Hat der Herr Sie erreicht? Wegen Ihres Wagens?»

«Wegen meines Wagens?» fragte Clare verblüfft zurück.

Die Sekretärin nickte. «Er war gegen elf hier. Wie er sagt, hat er beim Rückwärtsfahren auf dem Parkplatz Ihren Wagen gerammt und wollte das Notwendige bei der Versicherung veranlassen. Ich habe bei Ihnen im Büro angerufen, aber Sie waren gerade nicht da, und als ich Sie ausrufen ließ, haben Sie sich auch nicht gemeldet.»

«Ich war im Vorführraum. Muß ein eigenartiger Typ sein, meist haben sie doch nichts Eiligeres zu tun, als sich aus dem Staub zu machen, wenn sie so was angestellt haben. Und das Komische ist, daß ich heute gar nicht mit dem Wagen gekommen bin, er ist in der Werkstatt.»

Die Sekretärin hob die sorgfältig gezupften Brauen. «Ich habe mir vorsichtshalber Namen und Nummer notiert. Vielleicht können Sie ihn anrufen, um die Sache zu klären.»

«Merkwürdig, daß er hierhergefunden hat.» Clare sah nachdenklich auf den Zettel. «Auf der Zulassung steht nur meine Privatadresse. Woher hat er gewußt, in welchem Büro er mich zu suchen hat?»

«Vielleicht hat er Sie ins Haus kommen sehen und einfach alle Büros abgeklappert. Als er hier aufkreuzte, hat er gefragt, ob bei uns eine Clare Randell arbeitet.»

«Und alles, weil er gedacht hat, er hätte meinen Wagen gerammt? Das kann ich mir einfach nicht vorstellen.»

Die Empfangssekretärin zuckte die Achseln. «Vielleicht war es nur ein Vorwand. Er hat Sie als eine ‹hübsche kleine Brünette mit guter Figur› beschrieben und wollte wissen, ob er in Ihrem Büro warten könnte. Ich habe ihm gesagt, daß das nicht geht, da ist er abgezogen.»

«Wahrscheinlich ein Versicherungsvertreter. Ich bin keine Vogelscheuche, aber daß die Männer hechelnd meinen Spuren folgen, würde ich mir nun auch wieder nicht einbilden.»

«Stellen Sie Ihr Licht nicht unter den Scheffel.» Die Sekretärin war überzeugte Feministin – wenn sie gerade keinen Freund hatte.

Clare verzog halb belustigt, halb resigniert das Gesicht. «Schönen Dank jedenfalls. Irgendwann wird sich die Geschichte schon aufklären.» Hinter ihr erklang die Liftglocke. Sie stieg ein und ließ sich zu Dans Stockwerk fahren.

Er saß am Schreibtisch, die Ellbogen auf eine geöffnete Zeitschrift gestützt. Ein paar kurze blonde Haarsträhnen waren ihm in die Stirn gefallen, und seine breitrandige Brille war ihm fast bis auf die Nasenspitze gerutscht. Es wäre einfacher, dachte sie flüchtig, wenn er nicht so unerlaubt gut aussehen würde. Wenn irgend jemand ihm im Laufe seines Lebensweges vom Kindergarten über die exklusive Privatschule bis nach Harvard die Nase eingeschlagen oder eine Augenbraue aus der Form gebracht hätte. Aber das war nicht geschehen und war wohl auch in Zukunft nicht zu erwarten.

Er stand auf, trat zu ihr und küßte sie flüchtig auf den Mund. Und noch ein zweites Mal, weniger flüchtig. Einen dritten Anlauf verhinderte sie mit einem Lächeln.

«Wie war dein einsames Wochenende?» wollte er wissen. «Du hättest wirklich mitkommen sollen, wir haben uns blendend amüsiert.»

«Das glaube ich gern. Ich hoffe, du hast deinen Eltern gesagt...»

«... daß du sterbenskrank mit einem Virus darniederliegst, wie du es mir aufgetragen hast. Folgsam bin ich, das muß mir der Neid lassen. Und du?» fragte er die bedrückt im Zimmer auf und ab wandernde Clare. Sie zuckte die Achseln und schaltete seine Klimaanlage ab.

«Eines Tages kriegst du noch eine Lungenentzündung», warnte sie.

«Darauf warte ich doch nur. Dann verklage ich T.N., und die müssen bluten.»

Sie warf einen Blick in seine Zeitschrift, aber auf dem Mittelblatt prangte enttäuschenderweise nur ein Mähdrescher. Zwei seiner Kundenkonten waren stark landwirtschaftlich ausgerichtet, aber sie konnte ihn sich nur schwer mit Stroh im Haar vorstellen.

«Hast du dich entschieden, Clare?»

«Ja.»

«Und?»

«Dan – ich ...» Sie begegnete widerstrebend seinem Blick, dann hatte sie es plötzlich sehr eilig, alles loszuwerden.

«Dan, du mußt das verstehen, ich – ich will überhaupt nicht heiraten, weder dich noch sonst jemanden. Wenn ich heiraten wollte, würde ich nicht zögern, dich zu nehmen, aber ...»

«... aber du hast gezögert.»

«Ja.» Was hätte sie sonst sagen sollen.

«Mach nicht soviel davon her, Clare. Ich kann dich ja verstehen. Deine Unabhängigkeit ist dir wichtig und so weiter.» Seine Stimme klang herzlich, aufrichtig. «Ich will dir was sagen: Vergessen wir einfach das Ganze, machen wir weiter wie bisher. Wäre das nicht das Einfachste?»

«Es wäre zu einfach, Dan. Du wirst immer wieder versuchen, mich davon zu überzeugen, daß ich unrecht habe.»

«Sicher – aber ich werde dich nicht zu sehr bedrängen, das verspreche ich dir.»

Sie war zu schlapp zum Diskutieren. Es war ein ganz und gar verkorkster Tag gewesen. Was hätten Worte geändert? Wenn er unbedingt wollte, würden sie eben Theater spielen. Gewohnheiten sitzen tief. «Wir wollten uns mit den Whites auf einen Drink bei *Clancy* treffen, nicht?»

«Ja, um sechs, danach essen wir zusammen, und dann –»

«Du, das geht nicht.» Sie hob besänftigend die Hand, und Dan machte den Mund wieder zu. «Ich meine – bis sechs geht es nicht. Ich muß noch zum Gericht, ich bin sowieso schon spät dran.» Rasch wandte sie sich zur Tür.

«Strafzettel?»

«Idiot! Nein, es geht um diese San-Ex-Spray-Geschichte, da hat jemand sich beim Staatsanwalt beschwert, und ich bin als einigermaßen unverdächtige Vertretung von T.N. benannt worden, um die Vorverhandlungen zu führen. Wo essen wir, falls ich es bis zu *Clancy* nicht schaffe?»

Er sagte es ihr. Es gelang ihr, ohne einen Abschiedskuß davonzukommen, und sie beschloß, die Abrüstungsverhandlungen später fortzusetzen. Unten kaufte sie rasch eine Zeitung und überflog die Schlagzeilen, ehe sie ein Taxi heranwinkte. Die neuesten Nachrichten waren schnell zur Kenntnis genommen. An dem langen Wochenende hatte es das übliche Verkehrschaos gegeben, und die Leitartikler lieferten erboste Kommentare. Die Zahl der Verkehrstoten hatte sich wieder erhöht, über die Feiertage waren mehrere Morde begangen worden, und die Politiker schlugen sich heftig an die Brust ob der Zustände im Land der allzu unbegrenzten Möglichkeiten.

Sie ließ die Zeitung im Taxi liegen und betrat das Gerichtsgebäude, um sich ohne große Überzeugung für San-Ex zu schlagen. Das Gespräch dauerte länger, und sie engagierte sich heftiger, als sie erwartet hatte. Sie schaffte es nicht zu *Clancy* und mußte sich zu dem Restaurant ein Taxi nehmen, noch immer kochend vor Wut und total frustriert durch die Bockbeinigkeit der Justiz.

In ihrer Eile, zu Dan und den Whites zu kommen, bemerkte sie den Mann nicht, der ihr folgte.

Sie hätte ihn auch nicht erkannt. Er hatte sich erheblich verändert.

3

Am Dienstag lief es besser.

Die T.N.-Leute schienen, nachdem sie am Tag zuvor das Wochenende ausgiebig durchgehechelt hatten, wieder mehr oder weniger arbeitswillig zu sein. Durch den Feiertag und den unproduktiven Montag waren erhebliche Rückstände entstanden, aber plötzlich gingen alle mit erstaunlichem Schwung ans Werk. Es wurde fast halb sieben, bis Clare wegkam. Es war ein langer und trotz Klimaanlage schwüler Tag gewesen, und zum späten Nachmittag war die Arbeitswut verdächtig in Richtung Reizbarkeit abgerutscht.

Die Hauptverkehrszeit war fast vorüber. Ein paar freie Taxis kamen vorbei, allerdings hielten sie sich alle beharrlich an der Straßenmitte und schienen fest entschlossen, mögliche Fahrgäste auf dem Gehsteig zu ignorieren. Mit wenig freundlichen Gedanken an die Werkstatt, in der ihr Wagen noch immer auf ein unentbehrliches Ersatzteil aus Los Angeles wartete, verlegte sich Clare auf die bewährte Technik, sich hart an der Bordsteinkante haltend, im Gehen ein Taxi zu fangen.

Die Fußgänger um sie herum hatten noch genug Energie, sich gegenseitig anzugiften, und ein Mann lief in sie hinein, ohne auch nur den Mund zu einer Entschuldigung aufzumachen. Als sie zum zehntenmal den Arm hob, sah endlich ein Taxifahrer hin. Er reagierte mit einem matten Winken, sah sichernd nach hinten und setzte seinen Blinker. Er würde sich nur ganz allmählich zum Straßenrand vorarbeiten können, soviel war ihr klar. Langsam ging sie weiter. Plötzlich spürte sie fast gleichzeitig zwei Stöße. Der eine kam von einem Mann vor ihr, der ausgeschert war, um ebenfalls ein Taxi zu ergattern, der andere von links.

«Gern geschehen», rief sie erbittert hinter dem ersten Mann her, wirbelte herum, um den zweiten abzufertigen. Aber es war niemand mehr zu sehen. Wahrscheinlich war der Kerl schon vorbeigerannt. Er hatte ihr richtig weh getan. Sie rieb ihren schmerzenden linken Arm, aber da näherte sich endlich das Taxi der Bordsteinkante, und sie setzte sich in Trab, damit niemand es ihr vor der Nase wegschnappen konnte.

Sie fiel auf die Rückbank, schlug die Tür zu und stieß einen erleichterten Seufzer aus. Der Fahrer grinste sie im Spiegel an.

«Haben's alle eilig, die Leute», meinte er.

«Ja, und es ist ihnen ganz egal, wen sie dabei über den Haufen rennen», bestätigte sie und nannte ihm die Adresse. Er fuhr an und fädelte sich vorsichtig in den Verkehr ein.

Jetzt, nachdem sie zur Ruhe gekommen war, wurde ihr richtig flau von der Hetze des Tages. Die stickige Luft im Taxi benahm ihr den Atem, und das Geruckel wurde bald ausgesprochen unangenehm. Als sie sich vorlehnte, um das Fenster herunterzukurbeln, spürte sie den Riemen ihrer Schultertasche an ihrem Arm. Ein stechender Schmerz durchfuhr sie. Dieser Idiot, der da in sie hineingerannt war, mußte irgend etwas Scharfkantiges getragen haben, ein Buch oder einen Karton. Sie hob die Hand, um über die Abschürfung zu fahren.

Clare spürte mehr als eine Abschürfung, spürte etwas Nasses, Klebriges. Sie ließ den Taschenriemen nach unten gleiten und starrte ungläubig auf ihren Arm.

«Großer Gott», stöhnte sie auf. Eine Welle schwitzig-feuchter Übelkeit ging über sie hinweg, während sie das runde dunkle Loch in ihrem Fleisch ansah.

«Was ist? Haben Sie was vergessen?»

«Jemand hat auf mich geschossen», brachte sie heraus. «Jetzt eben. Hier auf der Straße.»

Der Fahrer bremste scharf, es schleuderte sie nach vorn.

«Was war das?»

«Ich habe ein Loch im Arm», erläuterte sie und kam sich ziemlich albern vor. «Ich blute Ihnen das ganze Taxi voll.»

«Ach, du ahnst es nicht.» Er drehte sich um, ohne das hinter ihm anschwellende Hupkonzert zu beachten, holte ein Taschentuch aus seiner Hosentasche, stieg aus und dann zu ihr auf den Rücksitz um. «Keine Aufregung, Lady, der Knochen ist nicht kaputt, das hätten Sie nämlich gleich gemerkt, nur 'ne Fleischwunde, wie man so sagt. Blutet allerdings gemein. Lehnen Sie sich mal vor. Ja, glatter Durchschuß. Legen Sie den Kopf auf die Knie, ja, sehr schön... alles halb so schlimm.» Er band ihr das Taschentuch sehr fest um den Arm. «Sie werden mir doch nicht meinen schönen neuen Wagen vollkotzen?»

Clare schüttelte den gesenkten Kopf, der graue Flausch des neuen Teppichbodens verschwamm ihr vor den Augen. Die schweren schwarzen Schuhe des Fahrers wirkten wie Riesen neben ihren schmalen gelben Slingpumps.

«Was ist denn hier los?» Eine schwere Stimme, resigniert, nicht sehr gut gelaunt. Der Taxifahrer sah auf und blickte über die Schulter.

«Mann, was bin ich heute mal froh, daß ihr kommt. Die Lady hier ist angeschossen worden.»

Der uniformierte Cop schob sich auf den Rücksitz, so daß der Fahrer sich ganz in die Ecke zwängen mußte. «Stimmt das?»

«Ich habe ein Loch im Arm», wiederholte Clare. Wie blöd das klang... «Es blutet», ergänzte sie.

«Verdammt – tatsächlich!» Der breitschultrige Cop stieg wieder aus und winkte seinem Kollegen in dem schwarzweißen Streifenwagen, der sich vor das stehende Taxi gesetzt hatte. Der zweite Cop machte die Wagentür auf, kam langsam auf sie zu. Der Taxifahrer blieb, leise durch die Zähne pfeifend, neben Clare sitzen.

«Jetzt kommt alles in Ordnung», tröstete er sie. «Nur locker bleiben.»

Die beiden Polizisten berieten sich leise, dann beugte der erste sich wieder zu Clare herunter. «Wo ist es passiert?»

Der Fahrer erklärte, wo er Clare aufgenommen hatte. «Und wissen Sie, wer es war, Miss? Jemand, den Sie kannten, der es auf Sie abgesehen hatte?»

«Nein, ich habe nicht einmal gemerkt, daß es ein Schuß war. Ich dachte, jemand hätte mich angestoßen, mit einem Karton oder so. Etwas wie einen Schuß habe ich nicht gehört.»

Der Cop blinzelte, er war jetzt hellwach. «Es war also niemand in der Nähe, Sie haben keinen Schuß gehört, keine Fehlzündung, nichts dergleichen...»

«Sie lief am Gehsteig entlang und winkte mir», schaltete sich der Taxifahrer ein. «Ganz normal, wie es alle machen.»

«Verdammter Mist.» Der Cop lief zu seinem Wagen und griff zum Funkgerät. «Zebra Fünf Charlie, möglicherweise Heckenschütze Ecke Cleary und Buchanan. Ein Opfer, nur Fleischwunde. Bitte Bestätigung.»

Im Gerät knisterte es. «Danke, Zebra Fünf Charlie. Bestätigung Meldung Code Zwei-eins-sieben, Ecke Cleary/Buchanan. Ihren Standort bitte.»

«Cleary und Polk.»

Clare registrierte verschwommen, daß sich ein zweiter Uniformierter, jünger als der erste, an Stelle des Taxifahrers neben sie setzte. Die Rückbank schwankte unter seinem Gewicht und machte sie ein bißchen seekrank. «Darf ich mal sehen, Miss?» Er hatte eine sanfte Stimme, und seine Bewegungen waren leicht und sicher, als er das blutdurchtränkte und nutzlos gewordene Taschentuch löste. Sie hatte sich aufgesetzt und den Kopf an die Sitzlehne gelegt und starrte auf die Lampe am Wagendach. Eine Ecke der Plastikabdeckung war herausgebrochen, eine Schraube fehlte.

«Es ist nichts Ernstes.»

«Das hat der Taxifahrer auch gesagt.» Ihre Stimme kam ihr sehr fern vor. «Aber es tut weh.»

«Das will ich gern glauben. Sie sind tapfer, wirklich, sehr tapfer.» In seiner Stimme schwang ein leichter Südstaatenakzent.

Draußen diskutierte der Fahrer mit dem ersten Cop, der jetzt versuchte, den Verkehr an den beiden mitten auf der Straße stehenden Fahrzeugen vorbeizulenken. Der Taxifahrer trat von einem Fuß auf den anderen und kickte nach einem Fetzen Papier.

Die Stimme des jungen Cop erhob sich über dem Lamento des Fahrers. «Alles in Ordnung, Miss?»

«Randell, Clare Randell.»

«Bleiben Sie ganz ruhig sitzen, Miss Randell, der Krankenwagen muß gleich hier sein. Wir würden Sie selber hinbringen, aber wenn sich hier wirklich irgendwo ein Heckenschütze herumtreibt, brauchen die Kollegen jeden Mann, das verstehen Sie sicher.»

«Natürlich. Sie meinen, daß er sonst das nächste Opfer umbringt.» Clare versuchte, klarer zu sehen. Der junge Cop hatte die Mütze abgenommen. Sein Gesicht war ein blaßpfirsichfarbener Luftballon mit Ohren, der beharrlich versuchte, durch das Autodach zu entschweben. Dann fing der Ballon wieder an zu sprechen.

«Ja, leider. Es ist eine schlimme Geschichte.»

In der Ferne hörte man ein mißtönendes Sirenenkonzert. Der grelle Klang erhob sich wie ein Protesttransparent zwischen den Türmen aus Glas und Beton.

4

«Eins von den dreien muß es sein.»

Malchek sah von der anderen Straßenseite her an den Häusern hoch – neutral-anonyme Fassaden, ausdruckslose Fensteraugen, die in die sinkende Sonne blinzelten.

«Wahrscheinlich Nr. 12», bemerkte er zu Gonzales. «Haarige Entfernung, aber kein Gegenüber. Kommt drauf an, ob er töten oder nur angst machen wollte. Und es sind bestimmt keine weiteren Treffer gemeldet worden?»

Gonzales schüttelte den Kopf. «Zwei Geschäfte haben angerufen, bei denen die Scheiben zu Bruch gegangen sind, einem Wagenbesitzer hat es einen Reifen zerfetzt, aber Menschen sind sonst nicht zu Schaden gekommen.» Er sah auf die geräumte Kreuzung. Vor zehn Minuten hatten sie Großalarm gegeben, jetzt sperrten Streifenwagen alle vier Zufahrten und die beiden Durchgänge. Weiter hinten wurden die Straßenbahnen umgeleitet, Fußgänger desgleichen. In einiger Entfernung drängten sich Schaulustige an den Absperrbarrieren, die Hand vor die Augen gelegt, um besser sehen zu können. An einigen Bürofenstern sah man neugierige Gesichter. Er griff nach der Flüstertüte.

«Treten Sie von den Fenstern zurück. Bitte zurücktreten. Hier spricht die Polizei, bitte von den Fenstern zurücktreten. Es besteht Gefahr.» Er senkte das Megaphon und ließ den Knopf los.

«Richten wird sich doch keiner danach», meinte er.

«Sofern er nicht anfängt herumzuballern.»

«Genau.» Er legte das Megaphon auf den Rücksitz. «Willst du jetzt rauf?»

«Meinst du, ich bin bloß hergekommen, weil du so schön durch deine Flüstertüte säuseln kannst?»

Malchek knöpfte sein Jackett auf und setzte sich in Trab. Plötzlich schien ihm das Gewehr einzufallen, das er in der Hand hatte. Er blieb stehen, kam ein paar Schritte zurück und warf es Gonzales zu. «Brauchst du das nicht?» fragte dieser erstaunt.

Malchek zuckte die Achseln. «Von hier aus schießt du wie aus einem Brunnenschacht. Wenn die Kugel ihren Höhepunkt erreicht hat, saust sie wieder senkrecht runter und trifft mich wahrscheinlich ins Auge. Da oben genügt der Achtunddreißiger.»

«Und du bist sicher, daß er da oben ist und nicht in einem der anderen Kästen?» Gonzales legte das Gewehr auf den Rücksitz neben das Megaphon und schloß sich dem Jüngeren an.

Wieder zuckte Malchek die Achseln. «Es ist das Naheliegendste. Jetzt, am späten Nachmittag, kriegen die Leute Langeweile und schauen aus dem Fenster. Hätte er von Nr. 6 oder Nr. 9 geschossen, hätte ihn längst jemand gesehen.»

Sie gingen durch die leere Halle zu den Fahrstühlen. Ein uniformierter Streifenpolizist stand neben einem geöffneten Lift. Die anderen waren stillgelegt worden. Der Hausverwalter sah hinter einem Sonnenöl-Schild im Drugstore-Fenster der Lobby hervor. Er wirkte ein bißchen verlegen.

Gonzales drückte den Knopf zum 12. Stockwerk, und die Türen schlossen sich hinter dem Verwalter und seinem angekratzten Selbstwertgefühl. Die Zahlen der Anzeigetafeln begannen zu flakkern.

«Und wenn er nun in einem Büro steckt?» Gonzales war noch nicht zufrieden.

«Möglich. Aber der Verwalter sagt, daß zur Zeit keine Büroräume leerstehen, und die Toiletten haben alle keine Außenfenster, sie gehen auf den Lichtschacht hinaus.»

«Aber es war fast halb sieben. Um diese Zeit sind viele Büros nicht mehr besetzt.»

«Wir sehen erst mal auf dem Dach nach, okay?» sagte Malchek fast gelangweilt.

Jetzt hob Gonzales die Schultern. «Du kennst dich ja aus.»

«Bei diesen Typen kennt sich niemand aus.»

Gonzales sah ihn von der Seite an. Seit fünf Jahren arbeitete er jetzt mit Malchek zusammen, aber noch immer begriff er nicht, was ihn in derartigen Situationen motivierte. Malchek war Spezialist für Heckenschützen und gedungene Killer, so stand es in seiner Akte. Wenn sie Ärger in dieser Richtung hatten, war es meist Malchek, der ihnen mit seinen Tips half, den Kerl zu fassen und festzunageln. Gonzales schätzte Expertenarbeit, aber im normalen Dienst war Malchek ihm sympathischer.

Knirschend glitten die Aufzugtüren zurück, als der Korb anhielt, und sie traten auf den Gang hinaus. Hinten, an der Tür mit der unübersehbaren Aufschrift «Dach», stand ein uniformierter Streifenpolizist. Als sie auf ihn zugingen, hallten ihre Schritte von den Glastüren, dem Linoleum, den Deckenlampen wider, die aussahen wie Eiswürfelbehälter.

«Unverschlossen?» fragte Gonzales, als sie bis auf etwa sechs Meter herangekommen waren.

Der Cop nickte. «Ja, Sir. Gehen Sie rauf? Ich sollte drinbleiben.» Man merkte ihm an, daß er darauf gebrannt hatte, nach draußen zu gehen. «Es sei denn, daß wieder geschossen würde, hieß es.»

«Stimmt – meine Anweisung.» Malchek gähnte. Der Cop glotzte fassungslos. Malchek grinste. «Stressreaktion. Der Körper verlangt nach zusätzlichem Sauerstoff, um die Adrenalinproduktion zu erhöhen. Lesen Sie's gelegentlich mal nach. Keine Angst, ich schlaf schon nicht ein.»

«Nein, Sir», sagte der Cop. Aber es klang nicht sehr überzeugt.

Malchek griff unter sein Jackett, zog den Revolver aus dem Halfter, und Gonzales tat es ihm nach. Möglichst langsam und geräuschlos den Türknauf drehend, öffnete Malchek die Tür einen Spaltbreit und sah in das Treppenhaus hinein. Es war steil und dunkel. Oben zeichnete ein Lichtstreifen die Umrisse der geschlossenen zweiten Tür zum Dach nach. Die Treppe selbst war leer – kahle, rußgeschwärzte Betonstufen.

Malchek ging rasch nach oben und blieb neben der Tür stehen, während Gonzales unten wartete. Zentimeterweise die zweite Tür öffnend, ließ Malchek das späte Sonnenlicht ein, das sein Gesicht und die oberste Stufe blutrot färbte. Als sich nichts weiter tat, setzte er einen Fuß auf den rissig-blasigen Asphalt des Daches, zögerte sekundenlang und trat dann ganz hinaus.

Noch immer tat sich nichts.

Gonzales folgte ihm und bekam gerade noch die Tür zu fassen, als Malchek sie losließ. Vor ihnen lag die weite Dachfläche. Unmittelbar neben der Tür stand das Gehäuse für Klimaanlage und Wassertank. Der kastenförmige Aufbau der Aufzugsapparatur warf seinen Schatten halb bis zur hinteren Brüstung.

Vorsichtig ging Malchek an der Wand des Aufbaus entlang, während Gonzales leise die Tür schloß.

Der mächtige Aluminiumrahmen der Fernsehantenne stand hinter dem Ende der Wand, und während Gonzales sich bückte, um darunter hinwegzukriechen, griffen sich die langen Metallfinger seinen Hut und streiften ihn ab. Als er vorsichtig um die Ecke kam, sah er, daß Malchek schon am vorderen Dachrand stand und hinuntersah. Gonzales knurrte halb erleichtert, halb enttäuscht, schob seinen Revolver ins Halfter zurück und trat zu ihm.

«Der falsche Dampfer?»

Malcheks Gesicht war ausdruckslos. «Nein, wir waren nur nicht fix genug.» Er wies mit dem Fuß an den unteren Rand der Brüstung. Halb unter einer zusammengeknüllten Papiertüte versteckt lag ein Häufchen Patronenhülsen. «Keine weiteren Verletzungen? Nur die Sachbeschädigungen?» vergewisserte er sich noch einmal. Er lehnte sich vor und spähte auf die leere Straße hinunter, von der nur die wartenden Polizisten zu ihnen hinaufsahen.

«Nein. Die Meldungen über die Sachschäden kamen ganz schnell, nachdem die Frau getroffen worden war. Nur diese eine Frau. Ein Treffer in den Arm, heißt es, als sie auf ein Taxi zulief»

«Sonderbar. Was ist sie denn für ein Typ?»

«Typ?»

«Alt, jung, dick, dünn, Hausfrau, berufstätig...»

«Ziemlich jung, gut aussehend, arbeitet im Büro.»

Malchek nickte, er war offenbar zu einer Entscheidung gekommen. «Sag ihnen, sie können die Sperre unten aufheben, er ist längst über alle Berge.»

«Glaubst du?»

«Ja, das glaube ich.» Malchek hockte sich hin, drückte mit dem Revolverlauf die Ränder der Tüte auseinander und sah hinein. Pergamentpapier, ein Stück Vollkornsandwich. Er behandelte es vorsichtig. An Schweiß und Hautfett auf Papier lassen sich heutzutage sehr brauchbare Fingerabdrücke ermitteln. Er griff nach den Patronenhülsen – und hielt mitten in der Bewegung inne.

Als Gonzales zurückkam, der dem unten an der Treppe wartenden Polizisten Anweisungen zugerufen hatte, hörte er Malchek fluchen.

«Was ist?»

Malchek machte eine Bewegung mit dem Revolverlauf, während er gleichzeitig in die Jackentasche griff. Eine Reihe schwach erkennbarer weißer Streifen zeichnete sich auf dem Asphalt und dem unteren Rand der Brüstung ab. Einer, dicker als die anderen, schimmerte noch feucht. Er stippte eine Taschentuchecke hinein, schnupperte, rümpfte die Nase. Langsam richtete er sich auf und faltete das Taschentuch zusammen, mit der befeuchteten Ecke nach innen. «Die Aufregung war zuviel für ihn», bemerkte er angeekelt, schob das Tuch in seine Tasche und verstaute den Revolver im Halfter. Dann wandte er sich wortlos ab. Gonzales betrachtete noch einen Augenblick die weißen Streifen, dann folgte er ihm.

«Ich sage im Labor Bescheid, sie sollen jemanden herschicken», meinte er, während sie die Treppe hinuntergingen. «Vielleicht finden sich auch Speichelspuren auf dem Brotrest. Eins wissen wir jedenfalls: Eine eifersüchtige Ehefrau war es nicht.»

Clare versuchte gerade, nacheinander ihre Finger zu biegen, als die beiden Männer ihr spartanisches Krankenzimmer betraten. Mißtrauisch sah sie auf.

«Miss Randell?» fragte der Ältere mit ermutigendem Lächeln. Er streckte ihr einen Ausweis mit seinem Bild und eine goldblitzende Dienstmarke hin. «Ich bin Lieutenant Gonzales, Police Department San Francisco, das ist Lieutenant Malchek.» Der jüngere Kollege nickte, ohne eine Miene zu verziehen. «Wir kommen wegen der Schießerei. Haben Sie ein paar Minuten Zeit für uns?»

«Sicher – aber ich weiß eigentlich nicht, was ich Ihnen dazu noch sagen könnte.»

«Ich denke, es hat Sie am Arm erwischt?» ließ sich Malchek abrupt vernehmen. Er hatte am Fußende ihres Bettes Position bezogen und musterte sie kalt.

«Hat es auch.» Sie machte eine leichte Bewegung mit dem Arm, der in der Schlinge lag.

«Und was ist mit Ihrem Kopf?»

Clare wurde rot, sie fühlte sich durch seinen unfreundlichen Blick in die Defensive gedrängt. «Es ist mir sehr unangenehm –

aber nachdem sie mir unten eine Tetanusspritze verpaßt hatten, bin ich einfach umgefallen. Dabei habe ich einen Instrumentenwagen zu Boden gerissen. Sie hatten mich eigentlich nach Hause schicken wollen – aber jetzt muß ich die Nacht über zur Beobachtung hierbleiben.» Sie griff an den Rand des Stirnverbands. «Der Arzt sagt, daß ich wahrscheinlich noch ein blaues Auge kriegen werde. Hübsch, nicht?» Sie wandte sich an den älteren Beamten, der vertrauenerweckend wirkte. «Ich komme mir ausgesprochen blöd vor.»

«Eine durchaus verständliche Reaktion, Miss Randell. Viele Leute fallen aus weitaus geringfügigerem Anlaß in Ohnmacht. Das braucht Ihnen nicht unangenehm zu sein.»

«Ja, schon... Aber ich bin ja schließlich kein kleines Kind mehr.» Der jüngere Cop machte ein Gesicht, als sei er ganz ihrer Meinung. Sie tat, als hätte sie seinen arroganten Gesichtsausdruck nicht bemerkt. «Was ich weiß, erzähle ich Ihnen natürlich gern.»

«Zunächst eine ziemlich direkte Frage.» Gonzales holte Notizbuch und Stift hervor. «Können Sie sich vorstellen, daß jemand darauf aus sein sollte, Sie umzubringen?»

«Da wüßte ich niemanden.»

«Sie arbeiten in dem Bürohaus, vor dem Sie angeschossen wurden, nicht wahr? Als Sekretärin?»

«Nein, ich bin Cheftexterin bei der Werbeagentur Tandy-Nicholson.»

«Ein verantwortungsvoller Posten, nicht wahr?»

Der Jüngere schaute aus dem Fenster und wandte sich nach rechts und nach links, als versuche er, draußen irgend etwas genauer zu erkennen. Ob er überhaupt zuhörte? Sie wandte sich wieder Gonzales zu. Er hatte ein nettes Gesicht, liebe Spanielaugen, olivenfarbene Haut, Übergewicht, buschige Brauen und dunkle, hinter einem kahlen Halbkreis kurzgeschnittene Haare.

«Verantwortungsvoll? Ich weiß nicht recht... Sicher, ich habe einige Entscheidungsfreiheit, bekomme ein ordentliches Gehalt und glaube, daß ich meine Sache recht gut mache. Bisher hat man mich jedenfalls noch nicht gefeuert. Ich bin seit acht Jahren bei der Firma.»

«Aber Sie haben einen leichten Mittelwestakzent, oder irre ich mich? Sie sind doch noch nicht acht Jahre hier?»

Der Jüngere – Malchek, so hieß er ja wohl – blätterte in einer Mappe, die eine Schwester zusammen mit Clares Zeitung auf den Tisch gelegt hatte. Er holte ein gelbes Blatt Manuskriptpapier hervor und vertiefte sich darin.

«Ich bin in Connorsville, Indiana, geboren und habe an der Northwestern University studiert. Danach habe ich erst für T. N. in New York gearbeitet und mich vor sechs Jahren hierherversetzen lassen.» Sie hielt inne. Malchek sah sie an. Wieder wurde ihr unbehaglich unter seinem Blick, aber sie hielt ihm tapfer stand. Er hatte ein großflächiges Gesicht, eine lange, gerade Nase, ruhige grüne Augen, dichtes hellbraunes Haar, das ihm knapp bis über den Kragen reichte. Volle Unterlippe, geschwungene Oberlippe, kein Lächeln, nur diese frostige Arroganz.

«Die Werbebranche ist ein ganz schön mörderisches Geschäft», meinte er. Seine Stimme war hell, mit einem metallischen Unterton. «Bei den großen Konten wird, wie man hört, mit recht harten Bandagen gekämpft. Piraterie nennt man das wohl...»

«Manchmal schon. Aber für so etwas haben wir unsere Spähtrupps. Ich schreibe nur die Texte, und die rechtfertigen bisher noch keinen Mordanschlag.»

Er zuckte die Achseln und ging zurück zum Fenster. Kein Wunder, daß die Polizei in Mißkredit geraten ist, dachte Clare. Bei diesen Manieren...

Lieutenant Gonzales räusperte sich. «Haben Sie einen Freund, Miss Randell?»

«Ist das wichtig?»

«Möglicherweise ja. Es gibt Leute, die sich zum Beispiel ziemlich aufregen können, wenn sie einen Korb bekommen haben. Haben Sie in letzter Zeit irgendwelche Körbe verteilt?»

Clare sah ihn einigermaßen entsetzt an. Dan? Ausgeschlossen.

«Körbe verteilt, wie Sie es ausdrücken, habe ich nicht. Seit zwei Jahren gehe ich ziemlich regelmäßig mit einem Mann aus, wir sind mehr oder weniger verlobt.»

«Was heißt ‹mehr oder weniger›?» fragte Malchek, ohne sich umzudrehen.

«Daß wir auch ohne kirchlichen Segen glücklich sind.»

«Sie wohnen zusammen?»

«Nein.»

Jetzt sah er sie doch an. «Eine platonische Freundschaft?»

«Nein.»

«Miss Randell!» Sie ließ ihren Blick von der schmalen Gestalt am Fenster zu Gonzales hinüberwandern.

«Entschuldigen Sie, Lieutenant. Aber ich glaube wirklich nicht, daß Dan mich umbringen will.»

«Dan – das ist der Name Ihres Verlobten?» Gonzales waren offenbar konventionelle Kategorien lieber. Ein netter Mann, rund, fleischig, freundlich. Die schokoladenbraunen Augen wirkten gütig, verständnisvoll. Plötzlich begann sie leise zu lachen. Es gab ihm einen Ruck.

«Was ist?»

«Sie – er – es ist mir gerade erst aufgegangen ...»

«Was ist Ihnen aufgegangen?» wollte Malchek wissen, aber sie konzentrierte sich auf Gonzales.

«Sie spielen Ihr berühmtes Rollenspiel vom guten und vom bösen Cop. Was für ein Geständnis erwarten Sie eigentlich von mir?»

«Sieht das wirklich so aus? Wie findest du das, Mike, die Dame glaubt, wir manipulieren sie.»

«Tja, wie soll man das finden ...» Malcheks Stimme war ausdruckslos.

«Ehrlich, Miss Randell, das war nicht beabsichtigt.» Gonzales lächelte nur noch mit gebremster Kraft. «Tut mir leid, wenn Sie diesen Eindruck hatten. Mike redet immer so müde daher, er kann nicht anders. Das ist ihm so angeboren, stimmt's, Mike?»

«Stimmt.»

Gonzales tätschelte ihr väterlich-wohlwollend ob ihres Scharfblicks die Hand. «Daß der eine oder andere von uns manchmal mit diesem Dreh kommt, ist schon wahr, das haben Sie ganz richtig erkannt. Aber Mike und ich arbeiten normalerweise nicht zusammen, er ist diesmal nur ausnahmsweise dabei, weil er Spezialist für Heckenschützen ist.»

«Dann entschuldigen Sie bitte.» Clare suchte sich eine andere

Lage, die Wirkung des Schmerzmittels begann nachzulassen, und die Armwunde klopfte wie ein kaputter Zahn. «Möchten Sie sonst noch etwas wissen?»

«Im Augenblick nicht. Bei unseren Kollegen haben Sie gesagt, daß Sie nichts gehört oder gesehen haben.»

Clare schilderte, was sich zugetragen hatte, ehe der Schuß gefallen war. Als sie fertig war, nickte er und klappte sein Notizbuch zu. «Das wär's, Miss Randell. Sie scheinen mir nicht der Typ zu sein, dem jemand nach dem Leben trachten würde.»

«Wie soll ich das verstehen? Sie meinen, ich bin eine Art Neutrum?»

«Nein, das meint er nicht, Miss Randell.» Malchek war neben Gonzales getreten. «Soweit wir das jetzt schon beurteilen können, haben Sie einfach Pech gehabt.»

«Pech?»

«Ja. Wir haben auf dem Dach, auf dem der Heckenschütze hockte, einen Haufen Patronenhülsen gefunden. Weitere Verletzte sind uns nicht gemeldet worden, nur Sachschäden. Vermutlich war es ein Spinner, der nur aus Spaß in der Gegend herumgeballert hat.»

«Aus Spaß?»

Er zuckte die Achseln. «Das gibt's. Eine sexuelle Marotte, sagen die Psychologen. Machtgelüste. So ein Typ dreht durch, kriegt ein Gewehr zu fassen, sucht sich eine möglichst hoch gelegene Stelle und läßt seinen Haß an den ahnungslosen Ameisen da unten aus. Wohlgemerkt – er tut, als ob. Natürlich gibt es auch echte Massenmörder, auch das hatten wir schon ein paarmal. Aber die meisten interessieren sich gar nicht für die Realität, sie genießen das Gefühl, daß sie könnten, wenn sie wollten.»

«Wie kommen Sie darauf, daß es einer aus dieser Kategorie war?»

«Wir haben Spermaspuren neben den Patronenhülsen gefunden. Er stellt sich auf das Dach, zielt, befriedigt sich dabei – und dann sieht er Sie. Sie sind jung, sehen gut aus, da hat er wohl den Finger ein bißchen zu krumm gemacht.»

«Besten Dank!»

«Daß er Sie tatsächlich getroffen hat», fuhr Malchek nüchtern fort, «war ihm wohl zu real. Er hat sich sofort aus dem Staub gemacht. Wir werden uns ein paar der einschlägig bekannten Typen vornehmen. Vielleicht haben wir Glück, aber ich bezweifele es.»

«Und das, glauben Sie, ist des Rätsels Lösung?»

«Glauben Sie das nicht? Ansonsten gibt es nur noch die Möglichkeit, daß jemand ganz gezielt darauf aus ist, Sie umzubringen, und das kaufen Sie mir ja nicht ab. Es ist nicht unser erster Fall dieser Art, glauben Sie mir.»

Sie schüttelte sich. «Ein ekelhaftes Gefühl...»

«Seien Sie froh, daß Sie noch am Leben sind», sagte Gonzales ermutigend und stand auf. «Jetzt ruhen Sie sich erst mal schön aus. Ist Ihr Verlobter verständigt?»

«Ich wollte ihm gerade Bescheid sagen lassen, als Sie kamen.»

«Tun Sie das. Lassen Sie sich ein bißchen von ihm bemitleiden, das wird Ihnen guttun. Wir bedauern es sehr, daß Ihnen das passieren mußte. Man könnte vielleicht sagen, daß es unsere Schuld ist, weil wir nicht hinreichend für den Schutz der Bevölkerung sorgen und so weiter.»

Sie schüttelte den Kopf. «Die Welt läßt sich nicht abschalten, Lieutenant, dazu sind wir zu viele und Sie zu wenige.»

Malchek wartete schon ungeduldig an der Tür. Gonzales lächelte ihr noch einmal freundlich zu, dann gingen sie zusammen hinaus. Draußen verging ihm das Lächeln.

«Nimmst du ihr das ab?» fragte er Malchek. «Daß es ein Zufall war?»

«Vermutlich stimmt es.»

Gonzales schüttelte den Kopf. «Da muß noch irgendwas sein. Als ich sie fragte, ob sie letzthin jemandem einen Korb gegeben hat. Der Ausdruck in ihren Augen... Wenn du mich fragst, hat sie sofort an ihren Freund gedacht.»

«Der hätte es nicht aus dieser Distanz gemacht.»

Gonzales sah ihn an. «Wie meinst du das?»

«Sie ist so der Typ... Wenn du sie schon erschießt, dann möchtest du auch, daß sie es weiß.»

5

Der hochgewachsene Mann hatte im verblassenden Abendlicht zwei Stunden lang den Eingang zur Unfallstation beobachtet. Jetzt sah er wieder auf die Uhr. Er hatte nicht viel Zeit, die Maschine startete um elf, und er mußte noch die beiden Koffer aus dem Hotel holen.

Er hatte sie zu Fuß vom Krankenwagen zur Aufnahme gehen sehen, also war sie nicht ernsthaft verletzt. Leider. Wäre nicht dieser dicke Trottel auf dem Gehsteig ausgerechnet in dem Augenblick in sie hineingerannt, als er abgedrückt hatte, wäre er sie jetzt schon los.

Im Grunde war die ganze Sache ziemlich unwichtig, nur – er mußte morgen vor zwei in Buenos Aires sein. Die Feierlichkeit war auf vier Uhr anberaumt. Sicher, eine halbe Stunde Verspätung war bei solchen Veranstaltungen erfahrungsgemäß immer drin, aber er brauchte auch noch Zeit zur Vorbereitung. Mit einem leisen Fluch stieg er aus und betrat die Aufnahme, in der es schwach nach Desinfektionsmitteln roch.

Die Schwester bedauerte lebhaft, ihm nicht so helfen zu können, wie sie es gern gewollt hätte. «Es tut mir leid, ich bin erst vor einer Stunde gekommen. Aber ich höre mich gern mal um, vielleicht weiß jemand was. Bitte warten Sie hier.» Lächelnd und mit einem leichten Hüftschwung kam sie hinter ihrem hufeisenförmigen Tisch hervor.

Nach ein paar Minuten kam sie wieder, langsam, damit er Zeit hatte, sie ausgiebig zu mustern, während sie über den linoleumbedeckten Boden auf ihn zukam.

«Man behält sie die Nacht über zur Beobachtung hier, es hat irgendwelche Komplikationen gegeben. Soll ich versuchen, die Zimmernummer zu erfahren?»

«Das wäre sehr nett von Ihnen.»

Sie telefonierte kurz, dann wandte sie sich wieder ihm zu, eine Hand über den Hörer gelegt. «Sie liegt im vierten Stock, aber die Schwester sagt, daß sie Besuch hat. Die Polizei. Soll ich Sie anmelden?»

Er schüttelte bedauernd den Kopf. «Nein, bitte bemühen Sie sich nicht weiter. Ich muß leider zum Flughafen. Aber ich melde mich dann morgen telefonisch. Wenn ich weiß, daß es nichts Ernstes ist, bin ich schon beruhigt. Vielen Dank für Ihre Hilfe.»

«Dafür bin ich ja da.» In ihrem Lächeln lag mehr als Höflichkeit. Ein andermal, Puppe, dachte er und ging.

Draußen wendete er scharf und raste, einen Strafzettel riskierend, zum Hotel. Die Zeit wurde knapp, aber das Mädchen war ein Problem, dessen Lösung keinen Aufschub duldete.

Er wußte nicht einmal, ob er genug dabei hatte. Für den Job hier in der Stadt hatte er das Zeug nicht gebraucht. Aber schätzungsweise reichte es für jetzt und außerdem noch für Buenos Aires. Notfalls konnte er dort noch Draht nachkaufen, obgleich das eigentlich nicht sein Stil war.

Wenn Clare Randell die Nacht im Krankenhaus verbrachte, stand ihre Wohnung leer. Während er die Hotelhalle verließ, sah er noch einmal auf die Uhr. Wirklich, es war mehr als knapp. Gut, daß er sich in der Wohnung gestern schon umgesehen hatte.

Es war nicht weit zu dem Apartmenthaus. Er parkte den Wagen unter einem jungen Bäumchen, das in dem Gras zwischen Gehsteig und Randstein zu überleben versuchte. Eine Minute später stand er unten in der Tiefgarage und sah sich um. Ihr Cougar stand wieder an seinem Platz. Gestern war er nicht da gewesen. Er zögerte. War der Wagen vielleicht besser?

Zweierlei verhalf ihm zu seiner Entscheidung. Ein Wagen rollte die Rampe hinunter, als sich vor ihm die Aufzugtüren öffneten.

Und ihm fiel ein, daß sie mit dem Arm in der Schlinge wohl nicht viel fahren würde.

Die Wohnungstür setzte ihm keinerlei Widerstand entgegen. Die Diele war schmal und schmucklos bis auf eine Reihe von Federzeichnungen an der Wand, die er sich gern näher angesehen hätte. Die Technik kam ihm bekannt vor.

Er ging weiter ins Wohnzimmer und sah sich um. Ein großer Raum, eigentlich zu groß für das, was er vorhatte. Doch er registrierte anerkennend die weißen Wände, den bronzefarbenen Veloursboden, den Rauchglastisch unter dem großen Fenster, das den Rahmen für einen schnell dunkler werdenden, türkisfarbenen

Himmel bildete, vor dem sich schwarz die schon mit Ketten flimmernder Lichter bedeckten Berge erhoben.

Es war nur eine Sache von Minuten, bis er eine Porzellanschüssel in der passenden Größe gefunden hatte.

Als er fertig war, klopfte er sich die Tweedhosen ab und steckte den Stecker wieder ein. Wenn er zügig fuhr, schaffte er es noch zum Flugplatz. Aber er würde fleißig in den Rückspiegel sehen müssen.

Die Bullen hatten gerade Schichtwechsel gehabt, ausgeruhte Streifen patrouillierten auf den Schnellstraßen und warteten nur darauf, ihr Strafzettelsoll zu erfüllen, ehe die Betrunkenen auszuschwärmen begannen.

6

Clare tat sich an diesem Abend schwer mit dem Einschlafen. Der Arm tat ihr weh, der Kopf tat ihr weh, das Ego tat ihr weh.

Was Malchek gesagt hatte, war ihr gründlich gegen den Strich gegangen: Daß ein Perverser sie im Augenblick seines sexuellen Höhepunkts angeschossen hatte. Weil sie jung war und gut aussah, hatte er gemeint. Sie kam sich besudelt vor, als sei sie vergewaltigt worden.

Und dann war Dan gekommen, hatte sie mit Blumen und seiner Fürsorglichkeit überschüttet, sie geherzt und geküßt wie eine Zehnjährige.

Ärgerlich suchte sie sich eine neue Lage und zog mit einem ungeduldigen Ruck die Decke glatt. Außer Dan gab es offenbar noch jemand, der sie so sah – dieser Cop.

So lächerlich es war, sein Aussehen, seine sparsamen Bewegungen, seine straffe Haltung, das alles hatte ihr auf Anhieb gefallen. Er hatte Lachfältchen um die Augen, aber es war ziemlich klar, daß sie in letzter Zeit keine Verstärkung bekommen hatten. Warum war er nur so wütend gewesen? Vielleicht hat er ein Magengeschwür, dachte sie und verbannte entschlossen sein Bild aus dem Zimmer. Sie rutschte tiefer unter die Decke und legte den verbundenen Arm möglichst bequem hin. Zwanzig Minuten später schlief sie. Keine wütenden Cops, besitzergreifenden Freunde oder Perverse mit ejakulierendem Gewehr störten ihren Schlummer.

Um zehn kam der Arzt, leuchtete ihr mit einer Lampe in die Augen, stach ihr mit einer Nadel in den Arm und sagte, sie möge schleunigst verschwinden, das Bett würde gebraucht.

Um halb zwölf erschien Dan in aufreizend guter Laune. Sie sollte sofort ins Büro fahren, fand er, Arbeit sei die beste Ablenkung. Gleich wieder hinauf auf den Gaul, so drückte er es aus.

Sie sträubte sich standhaft. Schließlich lenkte er ein und brachte sie in ihre Wohnung. Sie müsse ihre Identität festigen, ehe sie sich wieder in die Arbeit stürzen konnte, sagte sie. Schließlich war sie gestern abend nicht heimgekommen. Zumindest brauchte sie frische Unterwäsche, das müsse er ja wohl einsehen. Im Grunde wäre es ihr am liebsten gewesen, wenn man sie mit einem Brathähnchen aus der Tüte, einem Kitschroman und möglichst wenig Realität allein gelassen hätte. Aber mit dieser Therapie wäre Dan schwerlich einverstanden gewesen.

«Ich komme nur rasch mit herein und mache es dir gemütlich», sagte er, ihre Proteste überhörend.

«Ich habe noch nie einen Hütehund mit Brille gesehen», sagte sie unfreundlich, während sie ins Wohnzimmer ging und die tröstliche Atmosphäre ihrer Wohnung auf sich wirken ließ. Die Mittagssonne zeichnete einen hellen Kreis auf den Teppich und eine Seite des Sofas, die Bai leuchtete heute tiefblau, ein Hitzeschleier zitterte über den Bergen.

«Du wolltest etwas essen», sagte er, sich zielstrebig die Hände reibend, eine Angewohnheit, die sie immer in Harnisch brachte. «Daß du hier allein bleibst und noch dazu bei lebendigem Leibe verhungerst, kommt überhaupt nicht in Frage.»

«Ich habe keinen Hunger, Dan», schwindelte sie.

«Erzähl mir nichts, du hast immer Hunger. Geh und wirf dich in etwas Lässig-Elegantes. Ich führe dir inzwischen einen echten Rollentausch vor und mache dir einen Salat.»

«Ich will keinen Salat», rief sie aus dem Schlafzimmer. Was sie wollte, war eine große runde fetttriefende Pizza und ein Riesenbecher Mokka-Eis. Salate, das war etwas für die Weltklugen, die

Vernünftigen, die Diätbewußten. Sie wollte etwas haben, was ihr am Kinn herunterlief.

«Dann vielleicht einen Käsetoast. Oder worin ich noch ganz groß bin –»

Sie erfuhr nie, worin er noch ganz groß war.

Ein kurzer Donnerschlag schleuderte Dan Fowler und den Inhalt des Kühlschranks quer durch die Küche und gegen das schmiedeeiserne Gitter der Frühstücksbar, bis es schließlich nachgab und zu Boden stürzte. Clare, durch den Rahmen der Schlafzimmertür vor der vollen Wucht der Explosion geschützt, wurde aufs Bett geworfen und rutschte Sekunden später auf den hochflorigen weißen Teppichboden.

Noch eine ganze Weile klirrte Glas, schepperten Gegenstände zu Boden, splitterte Holz, dann züngelte die erste Flamme am Wohnzimmerteppich hoch, schwärzte die goldfarbenen Fasern, versengte Fetzen eines Leinen-und-Polyester-Sakkos, das einmal einem Hütehund mit Brille gehört hatte. Rauch und der süßliche Gestank von Plastiksprengstoff waberten durch die Wohnung, verfinsterten die teure Aussicht, drangen in jede Ecke, krochen in Bücher, Polster, Kleidung, Vorhänge.

Die eiligen Schritte, das entsetzte Stimmengemurmel der Menschenmenge an der ausgehängten Wohnungstür, das Geheul von Feuerwehr und Streifenwagen – das alles drang nicht bis zu Clare Sie hatte das Bewußtsein verloren.

Und das war die einzige Gnade, die ihr an diesem Tag zuteil wurde.

7

Gonzales bekam die Meldung von der Explosion in Clare Randells Wohnung erst nachmittags gegen fünf. Vormittags hatte er in einer Verhandlung als Zeuge ausgesagt, nach einem hastigen Lunch hatte er sich ein paar Typen aus der Perversenkartei vorgenommen. Das Verhör war in allen Fällen ergebnislos verlaufen.

Malchek hatte nicht daran teilgenommen. Er arbeitete gerade

intensiv an einem anderen Fall und hatte am Vortag Gonzales nur begleitet, weil man hinter dem Anschlag einen Heckenschützen vermutete. Sein Büro war noch leer, als Gonzales schwitzend vor Hitze und Ekel vom Vernehmungsraum heraufkam.

Er hatte seinen Kaffee noch nicht ganz ausgetrunken, als Grogan hereinkam. Der Bericht wäre sonst am nächsten Morgen bei der Dienstbesprechung erörtert worden, Fowlers Tod war zunächst als gesonderter Fall aufgenommen und Grogan und Johnson übertragen worden. Aber Grogan hatte ein gutes Namensgedächtnis.

«Ist das nicht die Frau, mit der du gestern zusammen mit Mike wegen der Heckenschützengeschichte gesprochen hast?» fragte er, an die Tür gelehnt, und reichte Gonzales seinen vorläufigen Bericht.

«Verdammt!» Gonzales überflog rasch die wenigen Zeilen. «Da hat sich Mike also tatsächlich geirrt. Ist sie verletzt?»

«Ich glaube, es ist nicht schlimm. Aber sie ist wieder im Krankenhaus. Ihn kratzen wir gerade noch von der Wand.»

«Ist bekannt, wer er ist?»

«Fowler, Dan Fowler. Seine Brieftasche lag aufgeschlagen auf dem Kaffeetisch, stell dir das vor. War durch die Druckwelle aus seiner Tasche geflogen. Mit der Mitgliedskarte im Downtown Athletic Sportclub obenauf. Tja, da sind sie einen Handballspieler los.»

«Sehr komisch.» Gonzales verzog keine Miene. «Wo steckt Mike?»

«Geht einer Spur im Dondero-Mord nach. Er ist überzeugt davon, daß es ein Racheakt war und kein Raubmord. Manchmal habe ich den Eindruck, daß er bloß noch bezahlte Killer im Kopf hat.»

«Es ist sein Spezialgebiet.»

«Sicher, aber nicht jeder Mörder ist unbedingt ein Auftragskiller, stimmt's? Weißt du noch die Sache, wie Funky Donoghan vor zwei Monaten von seiner Alten kaltgemacht worden ist? Wie sich herausstellte, war er mit der Metzgersfrau fremdgegangen. Das war nun wirklich kein gekaufter Mord. Obwohl er Verbindungen zum organisierten Verbrechen hatte.»

«Ja, schon... Aber nicht auf Donderos Niveau.»

Grogan machte schmale Lippen und legte den Kopf schief. «Mag sein, aber Dondero war kein Legs Diamond.»

«Das ist Clare Randell auch nicht. Trotzdem hat es offenbar jemand auf sie abgesehen.»

«Vielleicht ist sie mit dem Metzger fremdgegangen», meinte Grogan.

«Möglich. Sag bitte Mike Bescheid, wenn er kommt, wegen der Randell, meine ich.» Gonzales griff sich seinen Hut und ging an Grogan vorbei in den Dienstraum.

«Du nimmst Johnson und mir den Fall also weg?» Grogan folgte ihm bis zum Trinkwasserkühler. Im Weitergehen wandte Gonzales sich halb zu ihm um. «Es war gar nicht euer Fall. Er gehört zu der Randell-Geschichte. Trotzdem schönen Dank für die Vorarbeit, ich revanchiere mich bei Gelegenheit.»

«Geschenkt. Ich hab was gegen Bomben.»

Gonzales hob eine Augenbraue. «Neuerdings so empfindlich?»

Grogan machte ein finsteres Gesicht. «Vergiß nicht, daß ich Ire bin.»

Gonzales blieb stehen. «Ach so. Wenn du willst, schick ich dich für eine Weile zur Jugendkriminalität.»

«Wozu? Ich hab selber schon sechs Bälger. Wär froh, wenn ich die verstehen würde. Bleib mir bloß vom Leib mit fremder Leute Kindern!»

In der Krankenhausverwaltung besaß jemand offenbar einen Sinn für Kontinuität. Clare Randell lag wieder in ihrem alten Zimmer.

«Sie hätten das Bett nicht mal neu zu beziehen brauchen», sagte sie mit vom Rauch und vom Jammer rauher Stimme zu Gonzales.

«Daß jemand es tatsächlich auf Sie persönlich abgesehen hat, Miss Randell, dürfte jetzt wohl klarsein.» Er setzte sich aufstöhnend. Wenn es warm wurde, schwollen seine Füße an.

Tränen stiegen in Clares Augen hoch und rannen in die Mullbinde über Wange und Kinn, wo die Stichflamme die Haut verbrannt hatte.

«Aber auf Dan hatte es doch niemand abgesehen.»

«Nein, er kam nur dazwischen.»

«Aber er ist tot. Keiner will es mir sagen, aber ich weiß es. Ständig heißt es: Jetzt machen Sie sich mal darüber keine Gedanken. Als wäre ich ein Baby...»

Gonzales sah sie ernst an. «Ja, Miss Randell, er ist tot. Es muß ganz schnell gegangen sein, er hat nichts gespürt.»

Er hatte sie richtig eingeschätzt, seine Worte riefen keine neuen Tränenfluten hervor, kein Schluchzen, keine Hysterie. Im Gegenteil, sie wirkte jetzt ruhiger. «Ja, ich habe es mir gedacht. Besser als –»

«Es war für Sie bestimmt. In gewisser Weise hat er Ihnen das Leben gerettet.»

«Glauben Sie, das ist ein Trost, Lieutenant? Ich weiß, daß es für mich bestimmt war. Dan hatte keine Wahl, er hat sich nicht freiwillig für mich zerfetzen lassen. Aber warum? Womit habe ich einen derartigen Haß verdient?»

«Ich weiß es nicht. Wir werden gemeinsam versuchen müssen, es herauszufinden. Können Sie schon darüber sprechen?»

Sie seufzte. «Alles ist besser, als hier allein herumzuliegen und über Dan nachzudenken.» Jetzt weinte sie wieder, aber es waren eher Tränen des Schocks und der Erschöpfung als Tränen der Trauer. «Wir waren gar nicht richtig verlobt, ich habe Ihnen das nur erzählt, weil ich keine komplizierten Erklärungen abgeben wollte. Er hat mir letzte Woche einen Heiratsantrag gemacht, und ich habe ihn abgewiesen. Aber das mochte er nicht akzeptieren. Er hat mich einfach weiter umsorgt und getan, als gehörte ich ihm. Da konnte ich sagen, was ich wollte...»

Und das war alles, was der Ausdruck in ihren Augen gestern besagt hatte, dachte Gonzales beschämt, während er ihr ein Kleenextuch vom Nachttisch reichte. Daß sie sich aus dieser Beziehung zurückgezogen hatte, war von Fowler offenbar nicht zur Kenntnis genommen worden. Ihm fiel noch etwas ein. «Mit wem waren Sie vor Fowler befreundet?»

«Ach, da hatte ich eigentlich keinen festen Freund. Ich habe mich mal mit dem, mal mit jenem getroffen, aber es war alles nichts Ernstes. Bei Dan war es anders, er hat mich ganz allmählich vereinnahmt – er war ein Typ, der immer das tat, was er sich in den Kopf gesetzt hatte. Mit den anderen habe ich ganz den Kontakt verloren.»

«Und dort, wo Sie vorher waren?»

«In New York? Da hatte ich natürlich auch männliche Bekannte, aber es war nicht so, daß ich gebrochene Herzen reihenweise zurückgelassen hätte.»

«Sie haben eine scharfe Zunge, Miss Randell», sagte Gonzales mit leichtem Tadel.

«Das stimmt.» Sie schloß die Augen und fuhr leiser fort. «Ich weiß. Es ist wohl eine Waffe, die ich allzu häufig einsetze, manchmal noch ehe ich angegriffen werde. Entschuldigen Sie bitte.»

«Mich stört es nicht. Wenn es Sie erleichtert...»

Sie brachte ein halbes Lächeln zustande. «Vermutlich, aber das ist im Grunde keine Entschuldigung, nicht wahr? Ja, also ich bin nicht der Typ, bei dem die Männer den Kopf verlieren. Daß ich nicht häßlich bin, weiß ich, keine Frau braucht heute mehr häßlich zu sein, wenn sie nur ein bißchen auf sich hält. Aber sagen wir so: Kein Mann wäre bereit, sich meinetwegen in ein Duell zu stürzen. Ich bin nicht gerade eine Rose ohne Dornen.»

«Schön, da finden wir also nichts. Wie steht es mit Ihrer Arbeit?»

«Ich sagte es ja gestern schon: Ich bin nicht wichtig genug. Ich könnte mir vorstellen, daß jemand einen Auftraggeber umbringen würde, das hätte ich selber gelegentlich gern getan. Aber mein Tod würde überhaupt nichts bewirken.»

«Wie steht es mit der Familie? Haben Sie eine Erbschaft zu erwarten?»

«Nein. Und ich habe auch nicht die geheime Formel für einen Wundertrank im Kopf.»

«Besitzen Sie etwas, woran jemandem gelegen sein könnte? Stehen Sie irgendwelchen Menschen, irgendwelchen Plänen im Wege?»

«Ich glaube, Lieutenant, Sie sehen zu viele Fernsehkrimis.» Sie strich sich das Haar aus dem Gesicht. «Ich habe eine Eigentumswohnung, aber niemand gedenkt, das Haus abzureißen, um einen Parkplatz auf dem Grundstück zu bauen. Ich spiele nicht und spekuliere nicht an der Börse. Ich habe ein Auto, aber das läuft zur Hälfte auf Wechsel. Und ich besitze keinen Pelzmantel.»

Darüber mußte Gonzales lachen. «Etwas haben wir noch nicht

erwähnt – die Politik. Sind Sie in irgendeiner politischen Gruppe aktiv? Haben Sie sich in letzter Zeit öffentlich für irgend etwas eingesetzt?»

«Bei dem Unternehmen, das unser Apartmenthaus betreut, habe ich Krawall gemacht. Wegen der Wasserrohre im Keller. Sie stinken.»

«Haben Sie Freunde, die mit Politik, mit Verbrechen zu tun haben?»

«Mit Politik schon mal gar nicht. Neuerdings ist Politik in der ganzen Werbebranche verpönt, und T. N. war auf diesem Gebiet schon immer neutral. Verbrechen? Ich weiß nicht... Die meisten meiner Freunde sind natürlich auch in der Werbung tätig. Manche Leute sehen schon darin ein Verbrechen.» Sie legte den Kopf zurück und schloß die Augen.

Als Gonzales von seinem Notizbuch aufblickte, sah er ihr die Anstrengung an.

«Sie haben in den letzten vierundzwanzig Stunden einiges mitgemacht, Miss Randell. Daß Sie in Gefahr sind, dürfte feststehen, und somit haben Sie Anspruch auf Schutz, wenn wir damit auch etwas spät dran sind. Wir stellen Ihnen eine Wache vor die Tür, und Besuche kann ich Ihnen leider zunächst nicht gestatten, bis wir festgestellt haben, von wo die Anschläge kommen.»

«Oder von wem.» Ihre Stimme war leise geworden, und sie hatte die Augen wieder geschlossen.

«Ganz recht. Ich lasse Sie jetzt allein, und Sie ruhen sich erst einmal aus. Morgen früh machen wir weiter, bis wir gefunden haben, was wir suchen. Irgendwo muß es einen Ansatzpunkt geben. Niemand macht sich soviel Mühe, einen Menschen zu ermorden, wenn er nicht sehr gewichtige Gründe dafür hat.»

Sie schlug die Augen auf, sah ihn an. «Aber Sie können doch etwas dagegen tun? Ich werde doch nicht so weiterleben müssen?»

«Ich bin überzeugt davon, daß wir den Fall sehr schnell werden klären können. Wir haben immerhin einige Erfahrung auf diesem Gebiet.» Er tätschelte ihre Hand und verabschiedete sich. Der uniformierte Posten saß zwischen den Aufzügen und ihrem Zimmer, und Gonzales wies ihn an, jeden zu überprüfen, der Clares Zimmer betreten wollte, auch das Pflegepersonal, und auch wenn das zu Spannungen führen sollte. «Wenn es zu schwierig wird, können wir sie auf eine Gefängnisstation verlegen, obgleich wir uns damit unter Umständen Ärger anderer Art einhandeln. Wenn etwas passiert, soll man mir Bescheid sagen. Aber ich hoffe, das wird nicht nötig sein. Klar?»

Der Wachmann grinste. «Alles klar, Sir.»

Gonzales nickte und wandte sich zum Gehen. Seine Hartgummiabsätze quietschten auf dem gefliesten Boden.

Den ganzen Abend über ließ Clare in dem abgedunkelten Raum den Fernseher laufen. Die Bilder auf dem kleinen Schirm tanzten in regellosen Mustern vor ihren halbgeschlossenen Augen. Ab und zu schlief sie ein, verpaßte den Schluß der einen, den Beginn der nächsten Sendung, schreckte auf, wenn sich wieherndes Lachen vom Band über den leise gestellten Ton erhob.

In einem dieser kurzen wachen Momente spürte sie, daß jemand am Fußende ihres Bettes stand. Sie wandte den Kopf, erwartete eine Schwester und sah, daß Malchek sie beobachtete. Er stand in tiefem Schatten, nur das Licht vom Gang fiel über seine hohen Wangenknochen und das harte, gekerbte Kinn. Sie setzte zum Sprechen an – aber es gab ja nichts zu sagen. Die Augen fielen ihr wieder zu.

Am Morgen war sie sich nicht sicher, ob er überhaupt dagewesen war.

Nach dem Frühstück kam Gonzales. Heute fiel es ihr schon leichter, sich seinen Fragen zu stellen.

Er konzentrierte sich zunächst auf ihre Familie. Nichts. Dann fragte er, ob sie einmal Mitglied einer Jury gewesen war. Nein. In irgendwelche Prozesse verwickelt? Nein, nur die San-Ex-Spray-Sache. Sie erzählte ihm von dem verstimmten Kunden.

«Na schön.» Seufzend machte er sich einen weiteren Vermerk in seinem allgegenwärtigen Notizbuch. «Gehen wir einmal durch, was Sie in den letzten Tagen gemacht haben. Was war am Wochenende?» Er hatte sich aus der Kaffeemaschine an der Aufnahme einen Becher Kaffee geholt und hatte ihr auch einen mitgebracht. Langsam nahm er einen Schluck.

Clare zuckte die Achseln. Ein scharfer Schmerz erinnerte sie daran, daß ihr Arm noch nicht vergessen hatte, was ihm angetan worden war.

«Eigentlich habe ich überhaupt nichts gemacht. Dan hatte mich zu seinen Eltern eingeladen, aber ich hatte dann doch keine Lust. Da wußte ich schon ziemlich genau, wie ich Dans Antrag beantworten würde, und ich wollte das Verhältnis nicht noch mehr komplizieren. Sie sind sehr nett, und ich fand es irgendwie nicht fair...»

«Ja, ich verstehe. Wie haben Sie die Zeit also verbracht?»

«Am Freitagabend habe ich meine Einkäufe für die nächste Woche gemacht, am Samstag war ich vormittags beim Friseur, nachmittags zu einer Ausstellungseröffnung.» Er sah, daß sie ein bißchen rot geworden war. «Ich habe bei *Carlo* gegessen, mit einer Freundin, sie kann es Ihnen bestätigen...»

«Ich verlange kein Alibi von Ihnen, Miss Randell», sagte er lächelnd. Warum war sie plötzlich so verlegen?

«Nein, natürlich nicht. Am Sonntag habe ich lange geschlafen, und nach dem Frühstück habe ich eine Spazierfahrt gemacht.»

«Wohin?»

«Nicht weit... Durch den Golden Gate Park, am Point Lobos vorbei, einfach so ein bißchen kreuz und quer. Im Radio lief ein Konzert... Irgendwo an einem Aussichtspunkt habe ich dann haltgemacht. Ich wollte über Dan nachdenken, mir überlegen, was ich wirklich wollte. Ich habe wohl versucht, mir Mut zu machen.»

«Gehört denn Mut dazu?»

«Eigentlich schon. Im Grunde ging es um die Frage, ob ich nun endgültig ledig bleiben sollte oder nicht. Ich bin dreißig – und da, wo ich herkomme, ist man in diesem Stadium schon eine alte Jungfer. Ich weiß, heute ist das anders, aber bei der Entscheidung ging es mehr um meine Einstellung zu mir selbst als zu Dan.»

«Und nach der Spazierfahrt?»

«Ich bin in meine Wohnung zurückgefahren, habe gebadet, Papiere geordnet und vor dem Fernseher gesessen. Das ist alles.» Das Rot auf ihrem Gesicht hatte sich vertieft.

«Warum ist Ihnen das so peinlich, Miss Randell? Sie sind ganz rot geworden.»

Sie seufzte. «Es ist nur...» Sie zupfte abwesend an der Bettdecke herum. «Es hört sich so trist an, wenn man es erzählt. Keine flotten Parties, keine leidenschaftlichen Liebhaber, nichts. Einfach eine Frau, die herumsitzt wie bestellt und nicht abgeholt.»

«Hätten Sie zu Parties gehen können, hätten Sie – wie sagten Sie noch – leidenschaftliche Liebhaber haben können?»

Sie lächelte. «Einen schon.» Ihre Augen verdunkelten sich, sie sog scharf die Luft ein. Dann fuhr sie fort: «Und Parties... ja, irgendwo gibt es immer eine Party, ich hätte alles mögliche machen können. Statt dessen saß ich allein auf Sutro Heights und sah den Möwen nach. Sehr emanzipiert, sehr selbständig... Was ist denn?» Er machte ein ganz komisches Gesicht.

«Das haben Sie vorhin nicht gesagt», stellte er vorwurfsvoll fest.

«Was denn?»

«Daß Sie nach Sutro Heights gefahren sind.»

«Doch.»

«Nein, Sie sagten, Sie seien durch den Park und zum Point Lobos gefahren.»

«Das kommt doch auf dasselbe heraus.»

«Es liegen drei Kilometer dazwischen. Um welche Zeit waren Sie dort?»

«Also daß Sie sich darüber so aufregen... Na schön, von etwa halb zwei bis so gegen drei, schätze ich. Ich bin im Wagen sitzengeblieben.»

«Erzählen Sie.»

«Aber was denn nur?» fragte sie ratlos. «Ich habe dort gesessen und hinausgesehen. Es war heiß. Ich habe die Fenster heruntergekurbelt und den Wind durch den Wagen wehen lassen. Ich habe mir das Konzert im Radio angehört. Ich bin gern allein. Auf dem Parkplatz standen nur wenige Wagen, ein oder zwei Leute kamen vorbei. In der Ferne habe ich natürlich Leute gehört. Schließlich wurde es mir langweilig, und ich fuhr heim.»

«Genauer bitte. Was für Leute kamen vorbei?»

Sie verlor die Geduld. «Was weiß ich... Eine Familie mit zwei Kindern, zwei Teenager, ein paar Männer, noch eine Familie... Wie soll ich mich daran jetzt noch erinnern?»

«Haben Sie etwas gehört?»

«Gehört?» Er nickte, versuchte, sie nicht zu drängen, sich nichts von seiner Spannung anmerken zu lassen. Sie schüttelte den Kopf. «Die Möwen habe ich gehört, die Musik, Lachen, Reden, Kindergeschrei, Feuerwerk, Frachtersignale, Wagengeräusch.»

«Feuerwerk ist in diesem Staat verboten», meinte er.

«Und die Leute packen sich mit dem Zeug in Mexiko den Kofferraum voll und bringen es über die Grenze, das wissen Sie doch ganz genau», sagte sie ungeduldig. «Wenn die Eltern dumm genug sind, werden den Kindern am 4. Juli immer noch die Hände weggerissen.»

«Erzählen Sie mir von den Männern.»

«Von welchen Männern?»

«Sie haben gesagt, Sie hätten ...» Er warf einen Blick auf seine Notizen. «Sie hätten ein paar Männer gesehen.»

«Ach so. Ja, es waren zwei. An den Größeren erinnere ich mich noch. Wegen der Papiere.» Sie sah, wie er die Augen zusammenkniff, und fuhr rasch fort: «Zwei Männer in einem weißen Kabrio fuhren auf den Parkplatz. Sie fielen mir auf, weil sie Straßenanzüge trugen, und das fand ich ziemlich albern an einem heißen Sonntag. Sie gingen zu Fuß in den Park hinunter. Später kam der eine zurück, und als er an mir vorbeikam, fielen ihm ein paar Papiere aus der Aktentasche.» Kurz erzählte sie von ihrem Wortwechsel mit dem großen, gutaussehenden Geschäftsmann und der Störung durch die Teenager in dem Edsel.

«Würden Sie ihn wiedererkennen?»

«Ich denke schon. Allerdings war er kein sehr ausgeprägter Typ. Er sah gut aus, graue Augen, gute Zähne, gute Knochenstruktur ...»

«Sie waren ihm nahe genug, um seine Augenfarbe erkennen zu können.»

«Ja, etwa drei Meter entfernt.»

«Trug er einen Hut?»

«Nein. Dunkles Haar, sehr kurz geschnitten.» Sie erstarrte, in ihrem Gesicht begann es zu arbeiten. «Ist das der Mann, der versucht, mich umzubringen?»

«Ich weiß es nicht. Aber es wäre möglich. Sie sagen, die beiden waren bis drei dort?»

«Ja, etwa bis drei.»

«Können Sie den anderen Mann beschreiben?»

«Der, mit dem er gekommen ist? Den würde ich bestimmt wiedererkennen. Ein kleiner Dicker mit langem schwarzem Haar und sehr blasser Haut. Er trug eine Menge Ringe, es funkelte richtig, wenn er die Hand bewegte. Er machte keinen sehr sympathischen Eindruck, im Gegensatz zu dem anderen. Der Dicke war ordinär, aber der Große wirkte distinguiert, durchaus anziehend.»

Gonzales sah sie scharf an. «Hm.»

Sie wartete auf seine nächste Frage, aber er blickte sie nur unentwegt an. In seinen Augen stand fast so etwas wie Mitleid.

«War es das, wonach Sie gesucht haben?» fragte sie schließlich.

«Vielleicht.» Er stand auf und schob sein Notizbuch in die Jacke. «Gleich kommt Ihr Essen, Miss Randell. Heute nachmittag komme ich wieder und bringe einen Zeichner mit. Ich möchte Sie bitten, ihm den Mann zu beschreiben. Wenn wir Glück haben, kommt ein gelungenes Bild dabei heraus. Glauben Sie, daß Sie das können?»

«Welchen Mann?»

Er lächelte ein wenig. «Den sympathischen, Miss Randell.»

«Ich werd verrückt.» Malchek rieb sich den Nasenrücken, fuhr sich mit den Händen durchs Haar, schüttelte es aus dem Gesicht. «Der Dicke war Dondero, gar kein Zweifel. Die Ringe, das Haar...»

«Und die blasse Haut.»

«Kann ich mir vorstellen, daß er blaß war. Wenn er wußte, wen er da bei sich hatte...»

«Das werden wir jetzt nicht mehr erfahren.»

«Nein. Drei Meter entfernt.»

«Er hat graue Augen, sagt sie.»

Malchek konnte es offensichtlich noch nicht fassen. «Keine Narben, keine Warzen, kein Hinkebein.»

«Ein sympathisches Gesicht, sagt sie. Gute Knochenstruktur. Ich hatte den Eindruck, daß er ihr richtig gefallen hat.»

«Killer mit Charme, das ist mal was Neues.» Malchek stand auf, ging zum Fenster, straffte und beugte die Schultern, öffnete und schloß die Hände.

«Dein Mann ist in der Stadt.»

«Hab ich dir doch gesagt.»

«Ja, hast du mir gesagt.» Gonzales klappte sein Notizbuch zu. «Du hast mir auch gesagt, daß er sich nirgendwo länger aufhält. Daß er seine Jobs innerhalb von vierundzwanzig Stunden erledigt.»

«So hat er es bisher jedenfalls gemacht.»

«Wenn er es wirklich ist, hat er sich diesmal länger hier herumgedrückt. Der Mord an Dondero war am Sonntag, aber erst am Dienstag hat er sich die Randell vorgenommen. Mit dieser Perversenspur hat er uns ganz schön aufs Glatteis geführt.»

Malchek verzog den Mund. «Ausgebuffter Profi.»

«Und erst am Mittwoch hat er die Bombe hochgehen lassen.»

«Gelegt hat er sie wahrscheinlich schon am Dienstag, nachdem er Miss Randell verfehlt hatte. Er weiß, daß sie ihn identifizieren kann, da muß er auf Nummer Sicher gehen.»

«Aber bei ihr hat er zwei Anläufe gemacht. Ich denke, er ist der große Perfektionist?»

Malchek zuckte die Achseln. Er sah noch immer aus dem Fenster. «Vielleicht hat sie einen Schutzengel.» Malchek war in Kalifornien aufgewachsen, aber der skeptische Tonfall war reiner Missouri-Slang.

8

Es war eine kleine Notiz auf einer der Innenseiten der *Times*.

Der hochgewachsene Mann kaufte sich sein Exemplar am Zeitungsstand in der Hotelhalle, zählte gelassen-routiniert die Pesos ab und behielt genug zurück, um der Kellnerin im Coffeeshop noch ein Trinkgeld geben zu können.

Er war bei seinem zweiten Toast, als er die Nachricht vom Tod des Dan Fowler las. Selbst der duftende mexikanische Honig, den er bevorzugte, konnte ihm heute früh die Laune nicht versüßen. Die Kellnerin kam um ihr Trinkgeld, er stürmte aus dem Restaurant und knallte die Tür hinter sich zu.

In seinem Zimmer spülte er zwei Pillen mit einem Glas Wasser herunter und legte sich aufs Bett, um die Wirkung abzuwarten. An manchen Tagen dauerte es länger.

Diese Störungen mußten aufhören. Der Job hier in Buenos Aires war einer der bedeutsamsten und ganz gewiß einer der kompliziertesten der letzten zehn Jahre. Die Sicherheitsvorkehrungen waren praktisch wasserdicht, und er hatte drei Tage gebraucht, um eine Lücke im System zu finden. Das Timing mußte auf die Minute genau sein, sonst war seine Chance dahin.

Und jetzt dieser Ärger. Ausgesprochen unfair war das – er mußte schließlich an seine Arbeit denken.

Langsam lösten die Pillen die Spannung und erfüllten ihn mit einem wohligen Gefühl erhabener Einsamkeit.

Warum sollte er sich um die Person eigentlich selber kümmern? Dutzende standen bereit, um das für ihn zu besorgen.

Er rollte sich auf der Tagesdecke herum und zog das Telefon zu sich heran. Das war etwas für Morrie, der konnte das alles regeln, ohne auch nur sein Büro verlassen zu müssen. Es gab immer Nachwuchskräfte, die nur auf eine Chance warteten, von Morrie in die engere Wahl gezogen zu werden. Er lachte leise vor sich hin, als er die erste Zahl wählte. Weiß Gott, darüber war er hinaus. Er hatte Geld genug, um seine kleinen Probleme von kleinen Leuten lösen zu lassen.

Was war diese Clare Randell denn für ihn?

Ein minimales Loch in seinem Schweizer Bankkonto.

9

Clare lag auf dem Krankenhausbett und beobachtete Malchek, der vor dem Fenster auf und ab marschierte, langsam, immer wieder pausierend, aber unaufhörlich, ruhelos, hin und her.

«Ich begreife immer noch nicht, warum dieser – wie heißt er gleich –, dieser Edison mich umbringen will. Wie kommt er überhaupt darauf, ich könnte ihm gefährlich werden? Wenn er mich nicht angeschossen hätte, wäre ich nie darauf gekommen, entsprechend zu kombinieren.»

«Das hat er nicht gewußt. Er war davon überzeugt, daß Sie ihn schon identifiziert hatten.»

«Aber wie denn?» fragte sie ungeduldig.

«Überlegen Sie mal, was Sie gemacht haben, als Sie am Montag aus dem Büro gekommen sind – Sie haben es Gonzales erzählt. Sie sind aus dem Haus getreten, haben eine Zeitung gekauft, einen Blick hineingeworfen und sich dann ein Taxi herangewinkt. Angenommen, er ist Ihnen gefolgt. Wohin sind Sie gefahren?»

«Zum Gericht.»

«Eben nicht.» Er schüttelte den Kopf wie ein unzufriedener Prüfer. «Zur *Hall of Justice* sind Sie gefahren. Das ist ein großes Haus. Sicher, darin ist auch das Gericht untergebracht, aber außerdem sitzen dort noch Hunderte anderer Dienststellen, unter anderem auch wir. Ihr Leben bedeutet ihm nichts, Miss Randell. Wenn er auch nur als möglich annehmen muß, Sie könnten ihn der Polizei gegenüber identifiziert haben, war das für ihn Grund genug, Sie umzubringen. Töten ist sein Beruf, es ist für ihn so einfach wie Atemholen.»

«Nein!» stöhnte sie auf. «Und wie wär's, wenn ich in den *Examiner* eine große Anzeige einrücken lasse: ‹Lieber Mr. Edison, Ihr Geheimnis ist bei mir gut aufgehoben!›?»

Er betrachtete sie verärgert. «Ja, bilden Sie sich wirklich ein, das ist ein Spiel mit festen Regeln? Wachen Sie auf Miss Randell. Mir tut's leid, Ihnen tut's leid, ihm tut's leid. Aber umbringen wird er Sie trotzdem.»

«Aber Sie werden mich beschützen, Sie haben es versprochen...» In ihrer Panik fielen plötzlich zwanzig Jahre von ihr ab. Gonzales drückte ihr beruhigend die Hand.

«Natürlich werden wir Sie beschützen, Clare.»

«Ist er – wann...»

Malchek schob sich mit einer Hüfte auf die Kante des Tisches unter dem Fenster. «Wir glauben, daß er zur Zeit nicht hier ist. In Buenos Aires ist am späten Mittwoch ein Attentat begangen worden, das deutlich seine Handschrift trägt. Selbst wenn er heute morgen wieder hergeflogen ist, brauchte er eine Weile, um Sie hier zu finden. Und bis dahin haben wir Sie hier herausgeschafft.»

«Warum? Bin ich denn hier nicht sicher?»

«Vor Edison sind Sie nirgends sicher, begreifen Sie das endlich.»

«Mike», sagte Gonzales warnend, aber Malchek überhörte den unausgesprochenen Tadel.

«Sie soll ruhig wissen, was auf sie zukommt. Um so besser wird sie sich in acht nehmen.»

«Es ist unsere Aufgabe, auf sie achtzugeben», sagte Gonzales. Malchek schüttelte entschieden den Kopf. «Ihre auch. Wenn ich ihr sage, sie soll sich hinwerfen, und sie zögert auch nur eine Sekunde lang, ist es vorbei. Wenn sie überleben will, muß sie parieren.»

«Und wie lange?» fragte Clare, den Blick auf den kleinen Berg unter der Bettdecke gerichtet – ihre Knie, die sie fest zusammengepreßt hatte, damit sie nicht so zittern sollten. «Wie lange werden Sie über mein Leben bestimmen?»

«Wenn ich nicht darüber bestimme, wird es ein sehr kurzes Leben sein.»

«Das ist keine Antwort.»

Etwas regte sich am Grund der graugrünen Augen. Etwas wie Verlangen. «So lange, bis wir ihn haben. Mit Ihrer Beschreibung haben wir endlich eine echte Chance.»

«Endlich?»

Gonzales räusperte sich. «Mike ist schon lange hinter Edison her, Clare.»

«Und warum hat er ihn noch nicht?» Sie sprach zu Gonzales, aber ihre Augen hielten noch immer Malchek fest.

«Bisher hatten wir keine zuverlässige Beschreibung. Er ist berühmt für seine Verkleidungen. Und ich konnte ihn nicht zwingen, in San Francisco zu morden, ich mußte darauf warten.» Malchek wandte den Blick ab, sah sie wieder an und sagte schroff: «Wenn ich sage ‹Springen!›, dann springen Sie, verstanden?»

«Nein. Warum machen Sie das nicht?» fragte sie Gonzales.

Er zog ein verlegenes Gesicht. «Es ist Mikes Fall, Clare. Sie sind auf komische Art hineingeraten, aber es geht im Grunde genommen um den Mord an Dondero, und den bearbeitet er. Sie könnten nicht in besseren Händen sein.»

«Aber in freundlicheren.»

Malchek funkelte sie beide an, sagte aber nichts.

«Komm jetzt, du Dickschädel», sagte Gonzales überredend. «Da liegt eine Lady, eine hübsche junge Lady, die in der Klemme steckt. Was ist nur los mit dir?» Das klang schon schärfer.

Malchek stand auf und machte eine Verbeugung. «Ergebensten Dank, Miss Randell», sagte er ironisch. «Ich werde danach trachten, Sie nach besten Kräften zu schützen, solange es nötig ist, Miss Randell. Und jetzt entschuldigen Sie mich bitte, Miss Randell, ich muß nämlich noch einen hübschen hohen Elfenbeinturm für Sie bauen.» Als er sich aufrichtete, stand Verachtung in seinem Blick. Er ging hinaus, ohne sie noch einmal anzusehen.

Clare machte ein betroffenes Gesicht. «Was hat er denn? Ist er meinetwegen so giftig?»

Gonzales starrte auf die leere Türöffnung. «Ich weiß nicht. Er war immer ein bißchen komisch, wenn es um Edison ging und die anderen Auftragskiller. Aber so schlimm habe ich es bei ihm noch nie erlebt. Es tut mir leid. Schließlich ist es gar nicht einzusehen, daß Sie nun auch noch unter seinem Haß leiden müssen.»

Malchek stand regungslos in der brütenden Nachmittagssonne und wartete, bis sich die ärgste Hitze aus der geöffneten Wagentür verzogen hatte.

Er hätte Gonzales erklären können, was mit ihm los war. Aber es war nicht seine Art, mit anderen über seine Probleme zu sprechen.

Er war auf Umwegen zur Polizei gekommen. Lange hatte sein Talent unbemerkt in ihm gekeimt, bis dann in Vietnam die tödliche Saat aufgegangen war.

In der Army hatte er keine besonderen Ansprüche an seinen Arbeitsplatz gestellt, er würde tun, was von ihm verlangt wurde, hatte er gesagt, Fronteinsatz, Schlosserarbeiten, Schreibstubendienst, Kartoffelschälen, es sei ihm egal. Also beobachteten sie ihn und wogen ihn und prüften ihn, und dann sagten sie, was sie von ihm erwarteten, und er stellte fest, daß es ihm ganz und gar nicht egal war. Zuerst schon, aber später nicht mehr.

Malchek wurde Heckenschütze.

Für den Captain seiner Einheit war Malchek eine Waffe, nicht mehr und nicht weniger. Wie ein Raketenwerfer oder eine Bazooka. Dementsprechend wurde er immer dort eingesetzt, wo er am meisten Schaden anrichten konnte.

Und das war nicht auf einem Baum.

Sie nannten es «taktische Beseitigung». Oder «selektive Eliminierung». Oder «vorbeugende Entfernung». Hundert Bezeichnungen, hundert Worte, um nur die eine nicht zu nennen: Mord.

Er setzte sich ans Steuer und startete, die schmerzenden Augen mit der Sonnenbrille vor dem gleißenden Licht schützend. Er hatte zu lange nicht geschlafen. Zuviel gejagt, gespäht, gewartet.

Er fuhr zu dem Haus, das er ausgewählt hatte, und ließ sich dabei von der auslaufenden Flut des Mittagsverkehrs treiben. Wie sicher ist ein «sicheres Haus»? Und wie sicher, dachte er, will ich es überhaupt haben? «Was ist los mit dir?» hatte Gonzales gefragt. Das will ich dir sagen, Gonzo, alter Freund. Die hübsche junge Lady mit den großen Augen und den hübschen, griffigen Titten unter dem Krankenhausnachthemd, die möchte ich nehmen und als Köder aufhängen. Schau, Edison, möchte ich sagen, schau, was ich Schönes für dich habe. Und wenn er dann kommt, möchte ich ihm eine Kugel durch den Kopf jagen.

Das Dumme ist nur, daß es möglicherweise zuerst die hübsche junge Lady erwischt. Und dieses Geschäft betreibe ich nicht mehr. Nicht mehr seit der Sache mit dem Alten im Garten.

Er parkte in der Auffahrt und schloß die Tür des langgezogenen eingeschossigen Hauses auf. Es war genau das Richtige. Besonders gefiel ihm der geharkte Kies im Garten an Stelle von Gras, das jeden Laut schluckte. Die drei Meter hohe Hecke war alt und bewachte mit knotigen Fingern den Gartenrand, dicht und geschlossen bis auf die Lücke, durch die die Auffahrt ging.

In der ganzen Gegend wohnte – fast klösterlich-diskret – viel gutes Geld. Die Inneneinrichtung «seines» Hauses, das normalerweise als Gästeheim für prominente Besucher der Stadt genutzt wurde, hatte einen orientalischen Anstrich. Große Räume. Schlichte, elegante Möbel als Inseln im Meer des moosgrünen Teppichbodens. Nichts Überladenes. Schönheit pur. Das bedeutete andererseits auch, daß sie sehr wenig Deckung hatten, falls

Edison sich für einen Überfall entschied, aber das war unwahrscheinlich. Edison arbeitete lieber allein.

Auch Malchek war das stets lieber gewesen.

Der Arzt im Krankenhaus hatte ihm gesagt, sie könnten Clare jederzeit verlegen. Das Problem war nur, sie herauszubringen, ohne daß Edison es merkte. Daß sie verletzt war, wußte er bestimmt, möglicherweise war ihm sogar das Ausmaß der Verletzungen bekannt. Er hatte in den letzten Jahren genug verdient, um sich kaufen zu können, was und wen er wollte. Der Armschuß, zwei gebrochene Rippen, ein verstauchtes Knie – wie verbirgt man so etwas?

Malchek hatte eine Idee, aber sie war lächerlich theatralisch, und es würde nicht einfach für sie sein. Sie würde mit ihrem lahmen Knie eine lange Strecke laufen müssen, ohne zu hinken, denn darauf würde Edison besonders achten. Edison würde auf alles achten.

Als Malchek wieder zum Krankenhaus zurückfuhr, war die ärgste Hitze vorbei. In der Luft sammelte sich Feuchtigkeit, aber die Sonne stand noch über dem Horizont.

Gonzales sei vor etwa einer Stunde gegangen, berichtete der Posten, und Clare habe ihr Essen unberührt zurückgehen lassen. In dem kleinen Fernseher lief eine Nachrichtensendung.

«Guten Abend.»

Sie war sichtlich überrascht. «Guten Abend.» Kein Lächeln, wachsames Mißtrauen in den dunklen Augen.

«Ja, also –» begann er verlegen. Sie wandte sich halb zu ihm um, während sie mit einem Auge noch die Wetterkarte verfolgte. «Es tut mir leid, daß ich heute nachmittag so schroff war. Es wäre nicht nötig gewesen, Sie können ja nichts dafür.»

«Allerdings nicht.»

Er lächelte ihr befangen zu, was sie noch mehr zu verblüffen schien als vorher sein ruppiges Benehmen. Zu verdenken war's ihr nicht...

«Gonzo hat schon recht, ich führe regelrecht Krieg gegen Edison. Ich jage ihn schon lange. Er vergiftet alles, was er berührt, so sehe ich das jedenfalls. Wenn ich...» Plötzlich lag ihm daran, daß sie seine Einstellung begriff. «Er widert mich an. Diese Auftragskiller sind absolut das Letzte.»

«Lieutenant Gonzales hat gesagt, daß Sie Spezialist auf diesem Gebiet sind. Daß Sie selber Heckenschütze waren, in der Army. Sie wissen, wie diese Leute vorgehen, wie sie denken, hat er gesagt.» Sein schmales Gesicht verhärtete sich schon wieder und wurde blaß, obgleich ihr Ton lediglich Neugier verriet. «Hassen Sie diese Leute deshalb so?»

«Vielleicht.»

Die Folgerung war logisch, und sie konnte es sich nicht versagen, sie auszusprechen. «Bedeutet das, daß Sie sich selber hassen?»

Er stand sehr plötzlich auf und sprach zur Decke. «Das hat mir gerade noch gefehlt! Wieder mal eine, die sich einbildet, es reicht, wenn man in den richtigen Büchern immer das erste Kapitel liest.»

Bedauernd sah sie, daß sein Gesicht sich wieder verschloß; sie hätte sich ohrfeigen mögen. Fast eine volle Minute lang hatte er richtig menschlich ausgesehen. «Manchmal lese ich sogar das zweite Kapitel», sagte sie abbittend. «Wenn es ein bißchen Sex verspricht...»

Aber er biß nicht an, sie hatte nicht den richtigen Ton getroffen. Er lehnte sich über den Fußteil des Metallbettes zu ihr hinüber. «Sie werden bald hier herauskommen. Ich habe mit dem Arzt gesprochen, er wird das Knie bandagieren und Ihnen eine Spritze geben, damit Sie vernünftig laufen können. Gehinkt wird nicht, klar?»

Eine Stunde später sagte Clare: «Das Hinken macht mir weniger Sorge. Ich habe nur Angst, daß ich lachen muß, sobald ich Sie ansehe.»

«Dann sehen Sie mich nicht an. Schlagen Sie die Augen nieder und denken Sie daran, daß bei jedem Schritt, den Sie tun, jemand Sie im Fadenkreuz hat, daß irgendeiner von den Menschen, an denen Sie unten in der Halle und draußen auf der Straße vorbeigehen, ein Klappmesser im Ärmel hat, das durch Sie hindurchgehen könnte wie durch Butter oder mit dem er Ihnen die Kehle aufschlitzen könnte wie einem Kalb am Metzgerhaken.»

«Was hat dieser Mann bloß für ein Mundwerk?» Die Polizistin steckte Clares Ärmel an der Vorderseite des Habits fest und ließ die Sicherheitsnadeln in dem üppigen Fall der grauen Falten verschwinden.

Malchek hatte schon seine Tracht an, er stand wieder am Fenster und sah durch die Jalousien auf die Straße hinunter. Zum Glück war das Krankenhaus von der Straße zurückgesetzt und von einem breiten Baumgürtel umgeben.

Als die beiden Nonnen in ihr Krankenzimmer gerauscht waren, hatte Clare zunächst an eine Verwechslung gedacht, aber dann hatte die Größere bemerkt: «Verdammt warm, diese Klamotten. Wie die das bloß aushalten?» Dann hatte sie sich umgedreht und die Tür hinter sich zugemacht.

Malchek hatte sich über Clares verblüfften Gesichtsausdruck amüsiert. Die «Nonnen» – zwei Polizistinnen – hatten ihre Tracht rasch abgelegt. Die Dunkelhaarige, die etwa Clares Figur hatte, war ihr Double. Die Größere, Blonde, würde, wenn Clare und Malchek fort waren, noch eine Weile im Zimmer bleiben und sich dann unter die Krankenhausbesucher mischen und mit ihnen das Haus verlassen.

Malchek hatte sich nicht mit weitschweifigen Erklärungen aufgehalten. «Die Matthäusschwestern haben ständig hier im Krankenhaus zu tun, das hat mich auf die Idee gebracht. Heute nachmittag war ich bei der Oberin und habe ihr das Problem geschildert. Einem braven Katholiken wie mir hilft sie gern, hat sie gesagt.» Er deutete auf die Tracht. «Nonnen gehen immer mit zusammengelegten Händen, wir können also Ihren linken Arm ruhigstellen. Der Pflasterverband um die Rippen ist unter dem vielen Stoff nicht zu sehen. Haube und Schleier verändern Gesichtsschnitt und Gesichtsform, und einer Nonne sieht sowieso kaum einer direkt ins Gesicht.»

Als sie eingekleidet war, schaute Clare in den Spiegel. Was sie sah, faszinierte sie. Von ihrem Gesicht war nur ein von weißem Leinen eingerahmtes Dreieck zu sehen, steif erhob sich die Flügelhaube darüber, und die grauen Stoffbahnen hingen über ihre Schultern bis zur Erde. Nur die Schuhspitzen sahen hervor. Um die Taille hing schwer ein Rosenkranz mit dicken schwarzen Perlen. Als sie die rechte Hand in die herunterhängenden Finger der linken legte, sah man nur ihre Knöchel. «Wie unglaublich kompliziert das ist – so viele Schichten, so viele Einzelteile.»

«Das durfte im Mittelalter selbst den aufdringlichsten Mönch abgeschreckt haben, möchte ich meinen. Ordenstrachten haben sich in den letzten fünfhundert Jahren nicht wesentlich geändert», sagte Malchek vom Fenster her. Merkwürdigerweise stand ihm die Tracht viel besser als Clare. Die straffen Leinenbänder hatten sein Gesicht nicht verzerrt, und nachdem das dunkle Haar unter der Haube verschwunden war, konzentrierte sich der Blick mehr auf die schmale Nase, den unnachgiebigen Mund. Sie konnte sich vorstellen, wie er ohne ein Lächeln Bücher und ketzerische Jungfrauen verbrannte.

Ihr Widerspruch war schon fast automatisch. «Einige Orden haben ihre Tracht schon geändert. Und es gibt moderne Nonnen, die überhaupt keine Tracht mehr tragen, sie laufen in Bermudashorts herum, wenn es heiß ist, und drehen sich die Haare ein.»

«Ihr Glück, daß die Matthäusschwestern in dieser Hinsicht noch so konservativ sind.» Er legte sich den schweren Rosenkranz um die Finger und ließ die weiten Ärmel über seine unverkennbar maskulinen Hände fallen.

Nach der Injektion, die der Arzt ihr gegeben hatte, schmerzte das geschwollene Knie praktisch nicht mehr, so daß sie ganz ungezwungen laufen konnte. Lange würde die Wirkung nicht anhalten, hatte er gesagt, es war das Zeug, das sie Sportlern spritzten, wenn niemand hinsah.

«Also los», sagte Malchek unvermittelt aus der Tiefe seiner Flügelhaube hervor. «Blick nach unten, ausdrucksloses Gesicht und möglichst gleichmäßig und zügig gehen.»

Der Weg durch die Gänge und die Krankenhaushalle war problemlos. Aber sie hatten kaum das Krankenhaus verlassen, als er merkte, daß sie sich quälte. Offenbar machten ihr die gebrochenen Rippen zu schaffen – daran hatte er nicht gedacht. Mit dem Gehen hatte sie keine Schwierigkeiten, die Injektion wirkte noch. Den Impuls, möglichst viel Tempo vorzulegen, hatte Malchek sowieso unterdrückt, das hätte nicht zur Rolle gepaßt. Doch nach einer Weile mußte er noch langsamer werden, um es ihr leichter zu machen. Sie klagte nicht, aber sie atmete so flach wie möglich, und er hörte jedesmal ein leises Pfeifen in ihrer Kehle, wenn der Schmerz zuschlug.

Eine Gänsehaut überlief ihn unter seinem Habit, er spürte, daß er beobachtet wurde, aber dagegen war jetzt nichts zu machen. Schließlich zupfte er sie am Ärmel und blieb stehen, und sie taten, als sähen sie sich die Auslagen in einem Uhrengeschäft an. Es hätte schlimmer kommen können, dachte er, am Ende wären wir aus Versehen noch vor einem Pornoshop gelandet. In der spiegelnden Scheibe beobachtete er die Straße. Aber außer vorbeifahrenden Wagen und vorübergehenden Passanten war nichts zu sehen. War einer von ihnen Edison?

«Können wir nicht ein Taxi nehmen?» bat Clare.

«Nonnen gehen zu Fuß, das ist gut fürs Seelenheil. Es ist jetzt nicht mehr weit zum Mutterhaus. Dort können Sie sich ein paar Stunden ausruhen. Nach Anbruch der Dunkelheit schaffen wir Sie in einem Wäschewagen hinaus. Beißen Sie die Zähne zusammen, es sind nur noch sechs Blocks.»

«Heiliger Gott», stöhnte sie.

«Sehr gut», lobte er spöttisch. «Stanislawski wäre stolz auf Sie gewesen.»

Ihre Antwort paßte ganz und gar nicht zu ihrer frommen Rolle.

10

Malchek organisierte den Wachdienst im Zwölf-Stunden-Rhythmus, um die Personalbewegungen vor dem «sicheren Haus» möglichst gering zu halten. Er postierte je zwei Wagen pro Schicht an verschiedenen Stellen vor dem Haus, stellte die Lieferung von Lebensmitteln sicher (der Besitzer von *Dave's Supermarkt* war ein früherer Polizeibeamter) und sorgte für Unterhaltung (eine Kiste mit Taschenbüchern, Farbfernseher, sechs Spiele Karten). Die Hauswache hatten jeweils zwei Kriminalbeamte und eine Polizistin. Jeder Wagen war mit zwei Mann besetzt.

Er selbst wollte sich draußen auf Edison konzentrieren.

Die Zeitungen waren voll von der Ermordung des amerikanischen Botschafters in Buenos Aires. Man nahm an, daß der Attentäter einer der Anarchisten war, die sich vor der Botschaft zusammengerottet hatten, als der Botschafter durch einen Hintereingang das Haus verlassen hatte, um zum Flughafen zu fahren. Die Presse zumindest meinte den Mörder in Anarchistenkreisen suchen zu müssen und spekulierte darüber, wen die Partei, der der Botschafter angehört hatte, jetzt zum Präsidentschaftskandidaten nominieren würde.

Malchek bat die Polizei von Buenos Aires fernschriftlich um eine Kopie der ballistischen Untersuchung. Das Ergebnis bestätigte seine Vermutung. Die Streifen und Rillen auf den Kugeln waren die gleichen wie in zwei Mordfällen aus seiner Akte, die beide Edison zugeschrieben worden waren und ein beziehungsweise drei Jahre zurücklagen. Einmal hatte er in Denver, einmal in Palo Alto zugeschlagen. Elf mögliche Schußwaffen hatte er bisher für Edison notiert.

«Wir hätten uns die ganze Schau sparen können», sagte er ärgerlich zu Gonzales. «Er war gar nicht hier.»

«Das konntest du nicht wissen. Es war schon richtig so.»

«Mag sein.» Er öffnete mit einer heftigen Bewegung eine Schublade. «Jedenfalls ist sie im Augenblick in Sicherheit.»

«Mich wundert, daß du nicht selber eine Schicht übernommen hast.»

«Wozu gibt es niedrige Ränge?» Malchek heftete den Bericht aus Buenos Aires in seiner Akte ab. «Die wahren Organisationstalente wie du und ich müssen am Schreibtisch sitzen bleiben und Akten lesen.»

«Bisher warst du nicht gerade scharf aufs Aktenstudium.»

«Wir bekommen Clare Randell am schnellsten aus dieser vertrackten Situation heraus, wenn wir Edison fassen, ehe er es noch einmal versucht. Nachdem die Phantomzeichnung im Umlauf ist, kriegen wir ihn höchstwahrscheinlich.»

«Eben. Wir sind ja nicht der einzige Staat, der ihn haben will. Er ist nicht wählerisch, ihm kommt es nicht darauf an, wo er zuschlägt. Die Feds fahnden wegen des Strinder-Attentats vor fünf Jahren nach ihm.»

«Ein bißchen kommt es ihm schon darauf an, wo er zuschlägt, Gonzo. Im Osten ist er bisher überhaupt noch nicht aufgetaucht. Und die Feds suchen ihn, wenn ich nicht irre, auch wegen des Mordanschlags auf Senator Santos.»

«Das war er auch? Davon war bisher nie die Rede», meinte Gonzales zweifelnd.

«*Ich* sage, daß er es war. Er hatte seine dreckigen Pfoten in der Sache, darauf wette ich. Die ‹hochgewachsene Frau›, die das Päckchen abgegeben hat, der Edelstahldraht, die Kiste mit den teuren Zigarren, die Knoten in der Schnur – doppelter Palstek, typisch für ihn –, es war Edison, verlaß dich drauf.»

Gonzales sah den Kollegen an, der mit zornig verkrampften Schultern am Fenster stand. «Donnerwetter, du kennst den Burschen ja wirklich in- und auswendig. Du solltest lieber Clare Randell bewachen, Mike. An dir kriegt er keine Zigarrenkisten vorbei, das ist mal sicher.»

Mike antwortete nicht. Er konnte selber nicht erklären, warum er zögerte, sich mit Clare Randell in dem «sicheren Haus» zu verbarrikadieren. Sicher, das Naheliegendste wäre es, nur dort waren seine Kenntnisse wirklich praktisch verwertbar. Seine Berichte hatte jeder mitnehmen und dort lesen können.

Aber Clare Randell machte ihn unsicher. Sobald er versuchte, sich ihr mit etwas menschlicheren Zügen zu zeigen, machte sie mit ihrer scharfen Zunge alles wieder kaputt. Wut beeinträchtigt die Funktionstüchtigkeit, und wenn er mit ihr zu tun hatte, war er fast immer wütend.

Gonzales hatte miterlebt, wie Mike sich bei der Kriminalpolizei Stufe für Stufe hochgearbeitet hatte. Er war früher einer seiner Inspectors gewesen. Malchek galt jetzt unter den Kollegen als eiskalt, ziemlich humorlos, supertüchtig und streng, aber gerecht seinen Untergebenen gegenüber.

«Notfalls könntest du wohl auch die Koordinierung übernehmen», meinte Malchek widerstrebend.

«Hm.» Gonzales starrte zur Decke.

«Ach verdammt, du hast ja recht», murrte Malchek und wandte sich um. «Aber was glaubst du, wie langweilig das wird, wenn wir da herumhocken.»

«Nicht wenn Edison aufkreuzt. Meinst du, damit werden deine Inspectors und Sergeants fertig?» Gonzales löste den Blick von der Neonlampe und lächelte in Malcheks finsteres Gesicht hinein.

Kurz vor neun betraten Malchek und Grogan unangemeldet das Wohnzimmer. Der Posten im Wagen hatte sie angehalten, aber aus purer Neugier hatte Malchek die Haustür mit seinem Dietrich aufgemacht. Die Ketten waren nicht vorgelegt, das Geplärr des Fernsehers übertönte ihre Schritte. Wütend schaltete er den Apparat ab.

«Das hier ist ein sicheres Haus, verdammt noch mal, und kein Zirkus. Wenn ich Edison gewesen wäre, könntet ihr euch jetzt schon die Radieschen von unten besehen. Idioten!» Er sah zornig die beiden Kriminalbeamten an, die es sich ohne Schuhe in den tiefen Sesseln bequem gemacht hatten, aber der dienstliche Tadel blieb ihm in der Kehle stecken.

Clare Randell sah ihn aus ihrer Couchecke heraus wortlos an. Es kam ihm vor, als sei sie kleiner geworden, seit er sie zum letztenmal gesehen hatte – bis auf die Augen. Die waren riesengroß, tief verschattet und voller Angst.

Etwas regte sich in ihm, wie ein rascher Flügelschlag, dann brach der Sturm los.

«Verschwindet», fuhr er die erschrockenen Cops an. «Und morgen früh braucht ihr euch hier nicht mehr blicken zu lassen. Den nächsten Einsatz findet ihr am Schwarzen Brett. Wenn ihr noch Fragen habt, könnt ihr morgen damit kommen, ich bin gegen zehn im Haus.»

Sie zogen die Schuhe an, wechselten einen stummen Blick und verzogen sich schleunigst.

Er ging zu Clare hinüber. «War ein Arzt bei Ihnen? Sie sehen furchtbar aus.»

Er wandte sich an die Polizistin, die mit einem Geschirrtuch in der Hand aus der Küche kam. «Rufen Sie in der Zentrale an, Bannermann soll sofort herkommen. Und Sie gehen ins Bett», wandte er sich an Clare.

«Ich will aber nicht ins Bett.»

«Wenn ich es Ihnen sage, gehen Sie ins Bett, verdammt noch

mal. Los jetzt. Sie gehen mit ihr», sagte er zu der Polizistin. «Mit Bannermann rede ich selber.»

Die Polizistin nickte und trat zur Couch. Trotz blitzte kurz in Clares Augen auf und verlosch. Mit hängenden Schultern stand sie auf und folgte der Polizistin wie ein Automat.

«Ich denke, Sie sind Familienvater», ging Malchek jetzt auf Grogan los. «Und bisher habe ich auch gedacht, Sie sind ein guter Cop. Warum haben Sie mir nicht gemeldet, wie es um sie steht? Aber nein, da lese ich immer denselben Quatsch: ‹Lage unverändert, R. befindet sich wohl.› Nach dem Fußmarsch vom Krankenhaus nach hier hat sie besser ausgesehen als jetzt. Haben Sie keine Augen im Kopf?»

«Sie schläft nicht besonders, das ist alles», verteidigte sich Grogan.

«Und ißt nicht besonders, wetten? Ißt sie überhaupt? Sieht mir gar nicht danach aus.» Er ging zum Telefon und begann zu wählen, ohne Grogans Antwort abzuwarten. «Sie ist nicht unsere Gefangene, Dave», fuhr er fort. «Wir sollen sie betreuen und nicht – geben Sie mir Dr. Bannermann, hier Lieutenant Malchek.» Er rückte einen unordentlich aufgebauten Zeitschriftenstapel gerade, der zum Telefon hinüberzurutschen drohte. Dann meldete sich eine Stimme in der Leitung.

«Bannermann? Hier Mike Malchek. Ich habe ein Problem, Sie müssen sich jemanden ansehen. Können Sie gleich kommen?» Er gab ihm die Adresse und ließ eine in sanftem, vorwurfsvollem Ton vorgetragene Kurzvorlesung über sich ergehen. «Weiß ich alles, aber Naudo ist ein Arschloch, es handelt sich um eine junge Frau, die eine leichte Hand braucht. Also seien Sie nett und kommen Sie rüber, ich verbuddele auch den nächsten Strafzettel für Ihre Frau.» Die sanfte Stimme sprach weiter.

Als Malchek auflegte, hatte er nicht mehr den unwiderstehlichen Drang, mit einem gezielten Fußtritt den Fernseher zu zerschmettern. Wenn Bannermann auf Clare Randell ebenso wirkte, hatte er, Malchek, eine Sorge weniger.

Clare hörte das tausendfache Getrippel der Regentropfen, als sie am nächsten Morgen die Augen aufschlug. Es schien einer dieser

Güsse zu sein, die den ganzen Tag dauern, silbrige Vorhänge um das Haus legen und noch vor dem Mittag Abendkühle ins Haus bringen.

Sie hob den Arm, um auf die Uhr zu sehen, und stellte überrascht fest, daß es erst sieben war. Es hätte sie nicht gewundert, wenn sie mit den Pillen, die ihr der Arzt gestern abend gegeben hatte, den halben Tag verschlafen hätte. Aber sie fühlte sich besser, entschieden besser. Selbst der Arm tat nicht mehr so weh, sie hatte ihn gehoben, ohne nachzudenken. Es war die erste Nacht, die sie in diesem Haus durchgeschlafen hatte.

Das Wohnzimmer war leer, und die Vorhänge waren noch vorgezogen. Es sah anders aus als am Vorabend, ordentlicher. Die Lampen brannten noch, aber der Fernseher saß blind und stumm in der Ecke. Sie machte die Pendeltür zur Küche auf.

Malchek machte sich fluchend an der Kaffeemaschine zu schaffen. Sein Oberkörper war nackt, um seinen Hals hing eine Goldmünze an einer langen, dünnen Kette. Sein Körper war nicht hager, wie sie gedacht hatte, nur schmal und muskulös, die Muskeln waren straff unter der leicht gebräunten Haut. Er trug weder Schuhe noch Strümpfe, das lange, dichte Haar hing ihm wirr in die Augen.

Er fuhr herum, als er das Geräusch an der Tür hörte, und griff automatisch an seine linke Hüfte und die Waffe, die dort im Halfter steckte. «Sie könnten wenigstens pfeifen, wenn Sie so früh am Morgen hier herumkriechen», meinte er unfreundlich.

«Tut mir leid.»

Er ließ die Waffe los und fuhr sich verlegen durchs Haar. Sein Gesicht wurde eine Spur freundlicher. «Wissen Sie, wie man das verdammte Ding zum Spucken bringt?» Er deutete auf die Kaffeemaschine.

Sie ließ die Tür los. Die Kaffeemaschine reagierte gehorsam auf ihre Berührung.

«Und weshalb hat sich bei mir nichts getan?»

«Ich hab für die Firma mal die Werbung gemacht», sagte sie leichthin, als sei damit alles klar. «Der Kaffee ist im Schrank hinter Ihnen.»

Er wandte sich um und griff nach oben. Dabei sah sie die gekerbte Narbe auf seinem Schulterblatt, die noch so frisch war, daß sie sich rosa von der Haut abhob. Eine andere, ältere Narbe zog sich silbrigweiß über seine hinteren Rippen, knapp oberhalb der Taille. Er gab ihr den Kaffee, und sie maß ihn ab. «Wo sind Sergeant Grogan und Nancy?»

«Schlafen. Nancy braucht nur wach zu sein, wenn Sie auf sind, Grogan hat gestern abend drei Stunden für mich Wache geschoben, heute früh haben wir gewechselt. Es wird ein, zwei Schichten dauern, bis ich im Rhythmus drin bin.»

«Ach so.» Sie schaltete die Maschine ab.

«Sie sehen heute besser aus», meinte er.

«Ja, ich fühle mich auch besser. Es war nett, daß sie diesen Dr. Bannermann hergeholt haben.» Der höflich-distanzierte Ton zwischen ihnen war ungewohnt.

«Er ist ein guter Mann. Sie hätten schon längst einen Arzt kommen lassen sollen.»

«Mag sein.» Nach einiger Mühe bekam sie die Toastpackung auf. «Ich wollte keine Umstände machen.»

«Das war albern.» Die Höflichkeit klang schon etwas angestrengt. «Laut Bannermann leiden Sie an Unterernährung, schweren Erschöpfungszuständen und einer beginnenden Blutvergiftung. Was hat es für einen Sinn, Sie vor Edison zu schützen, wenn Sie uns auch ohne ihn draufgehen?»

«Sehr unangenehm für Sie, das will ich gern glauben», sagte sie erbittert und fuhr zu ihm herum. Einen langen Augenblick funkelten sie sich an, dann ging sein Blick zu ihrem Morgenrock, der sich teilweise geöffnet hatte. Unwillkürlich zog sie den Gürtel fester, ihrer Nacktheit unter dem leichten Flanell plötzlich sehr bewußt. Als er den Blick wieder hob, hätte sein unbeteiligtes Gesicht jedem Assistenzarzt Ehre gemacht. «Pax?» fragte er leise.

Sie lächelte und wandte sich ab. «Pax. Zumindest bis ich wieder zu Kräften gekommen bin.»

Sie saßen nebeneinander an der Frühstückstheke, aßen Toast, tranken Kaffee dazu und sahen durch die Jalousien in die wehenden Regenschleier hinaus. Als Clare aufstand, um frischen Toast zu machen, drehte er sich auf seinem Hocker herum.

«Noch Hunger?»

«Ja, schrecklichen Hunger. Möchten Sie Eier?»

«Wenn Sie welche machen...» Er sah ihr zu, wie sie zum Kühlschrank ging und sich eine Bratpfanne griff. «Hat er Ihnen gestern abend was für den Appetit gegeben?»

Sie zuckte die Achseln. «Darf ich nicht frühmorgens ein bißchen Hunger haben?» fragte sie, die schmelzende Butter in der Pfanne.

«Wenn Ihr schlechtes Gewissen sich nicht daran stört – ich habe gewiß nichts dagegen.»

Die Eier zischten protestierend. «Ich denke, wir haben einen Friedensvertrag geschlossen?»

«Einen Friedensvertrag, aber keinen Schweigevertrag. Es interessiert mich eben.»

Sie warf einen raschen Blick über die Schulter. «Was? Mein schlechtes Gewissen?»

«Wenn Sie so wollen.»

«Hart oder weich?»

«Weich. Sie haben überhaupt keinen Anlaß, sich Vorwürfe zu machen. Es war reiner Zufall, daß er den Kühlschrank geöffnet hat. Ebensogut hätte es Sie treffen können.»

«Es *sollte* mich treffen, das ist doch der springende Punkt. Er war nur da, weil...» Sie verstummte.

«Weil er Sie gern hatte und sich ein bißchen um Sie kümmern wollte, stimmt's?»

So wie er es sagte, klang es sehr vernünftig, sehr normal. «Ja, aber...» Sie holte tief Atem, nahm sich zusammen. «Ich wollte ihn gar nicht in meiner Wohnung haben.»

«Nein?» Er trank seinen Kaffee aus und ging langsam an ihr vorbei zur Kaffeemaschine. «Ich denke, Sie waren verlobt?»

«Ein Schweigevertrag wäre vielleicht doch nicht das Schlechteste», sagte sie schließlich und schnüffelte ein bißchen.

Er schenkte sich Kaffee nach, goß Sahne dazu. «Na schön. Nur noch eine Frage, ehe wir den Sprechverkehr einstellen: Möchten Sie noch Kaffee?» Sie nickte, und er brachte den Glaskrug mit.

Jetzt hörte man nur noch das Klappern von Besteck und das Wispern des Regens. Als sie fertig war, zog sie mit ihrer Gabel Muster durch die Eigelbreste.

«Ist das eine Schußwunde an der Schulter?»

«Klappmesser.»

«Muß frisch sein.»

«Ein halbes Jahr.» Er rührte in seiner dritten Tasse Kaffee herum.

«Und die andere?»

«Welche andere?» fragte er ehrlich verblüfft.

«An Ihrer Seite. Da.» Ihre Finger streiften über seine Haut, und er zuckte.

«Ach die. Uralt. Ein Gewehrschuß in Vietnam. Ich wußte gar nicht, daß man sie noch sieht.»

«Sie sind ja ein richtiger Glückspilz.»

«Wie kommen Sie auf so was?» fragte er mit plötzlicher Schärfe. Sie wurde rot, rutschte von ihrem Hocker, stellte die Teller zusammen und flüchtete sich zur Spüle.

«Weil Sie noch am Leben sind – mit zwei kleinen Narben. Und wieviel Gewalt haben Sie erlebt, wie viele Attacken?»

Er hatte sich tief über seinen Kaffee gebeugt. «Das war kein Glück, das war Vorsicht. Zweimal war ich nicht vorsichtig genug. Das ist alles.» Abrupt schob er seine Tasse weg und stand auf. «Wenn man Lust hätte, melodramatisch zu werden, könnte man sagen, daß man die wahren Narben nicht sieht.»

Sie beschäftigte sich weiter mit dem schmutzigen Geschirr, hantierte unter dem Schaum mit dem Abwaschtuch, Messer und Gabeln klirrten unsichtbar gegeneinander «Und – sagen Sie das?»

«Blödsinn. Ich ziehe mich jetzt an.» Er verschwand. Sie wusch weiter ab, immer wieder denselben Teller. Die Tür ging noch einmal auf. «Übrigens – besten Dank für das Frühstück.»

Sie ertappte sich dabei, daß sie noch nickte, als die Pendeltür schon längst wieder zur Ruhe gekommen war.

In dem Zimmer, in dem er vorhin geschlafen hatte, besah sich Malchek seinen Rücken im Spiegel und streifte leicht über die silbrige Narbe.

Glückspilz – ja, so hatten sie ihn früher schon genannt. Es war Glück, daß er genug Grips hatte, um Einsen nach Hause zu bringen, Glück, diese Begabung für Geländelauf und Tennis zu haben, sich Hoffnung auf leicht errungene Erfolge machen zu können.

Aber es waren anderer Leute Hoffnungen, nicht seine eigenen, und das brachte ihn schließlich so weit, daß er drauf und dran war, das Studium hinzuwerfen. Immer planten andere sein Leben. Er wurde mürrisch, unzufrieden, zügellos.

Aber auch aus seinen eigenen Plänen war nicht viel geworden.

Mit scharfer Stimme hatte der Alte seinem Jüngsten, seiner größten Hoffnung und seiner bittersten Enttäuschung, die Leviten gelesen.

«Wenn du so weitermachst, Mike, sitzt du in Jahresfrist im Gefängnis. Was soll das für einen Sinn haben? Du willst nicht weiterstudieren? Okay, dann gibt es nur zwei Möglichkeiten. Entweder du gehst zum Militär und läßt dir beibringen, was Disziplin ist, oder du verläßt mein Haus und kommst nie mehr hierher zurück. Es tut mir weh, dir das sagen zu müssen, mein Junge, aber anders geht es nicht.»

Die traditionelle Abschiebelösung für den schwierigen Sohn. Lachhaft – wenn nicht aus dem Mund seines Vaters die Worte so selbstverständlich geklungen hätten – Worte, in denen noch eine Spur des vom Großvater aus der Alten Welt mitgebrachten Akzents schwang. Daß es seinem Vater weh tat, so mit ihm zu reden, bezweifelte er nicht. Das sah er, das hörte er.

Waffen, Drogen, Bagatellvergehen – er hatte alles ausprobiert, was typisch für die jugendlich-aggressive Auflehnungsphase ist. Aber diesen letzten Schritt konnte er nicht tun. Er konnte nicht aufhören, seinen Vater zu lieben und den eisernen Willen zu bewundern, mit dem der Alte die Tränen zurückhielt.

Und er hatte sich für die Army entschieden. Hinter Gittern wäre er wohl doch besser dran gewesen. Sie hätten ihn dort vielleicht nicht die Kunst des Tötens gelehrt.

Als er abends zur Schicht kam, sah Malchek verärgert, daß seit dem Vormittag wieder die alte Unordnung eingekehrt war. Die beiden neuen Cops der Tagesschicht hausten womöglich noch schlimmer als die früheren.

Grogan kam herein und schüttelte die nasse Jacke aus. «Der Nebel wird dichter, man riecht es förmlich.»

«Das hat uns gerade noch gefehlt», sagte Malchek. Er ging an den beiden Polizistinnen vorbei, die vor dem Schichtwechsel noch ein bißchen zusammenstanden und miteinander schwatzten, klopfte leise an der Schlafzimmertür und machte sie auf. Die Nachttischlampe brannte. Clare legte das aufgeschlagene Buch hin.

«Alles in Ordnung?» Er sah an ihr vorbei zum Fenster, überzeugte sich davon, daß es geschlossen und der Vorhang vorgezogen war. Sie trug ein altmodisches Nachthemd mit langen Ärmeln, Stehkrägelchen mit Knöpfen und einer Spitzenrüsche unter dem Kinn. Sie sah aus wie zwölf.

«Ja, danke. Ich habe eine von den Pillen genommen, die mir der Doktor gegeben hat. So langsam komme ich wieder zu Kräften, morgen kann ich wieder mit Ihnen streiten. Hier tanzt nämlich alles viel zu sehr nach Ihrer Pfeife. Dr. Bannermann und ich haben uns lange miteinander unterhalten, wir haben Sie in der Luft zerrissen.»

«Ich spüre nichts», grinste er.

«Ja, davon haben wir auch gesprochen», sagte sie, und das Lachen verging ihm.

«Als Sie krank waren, haben Sie mir besser gefallen», erklärte er knapp und machte die Tür zu, ehe sie antworten konnte.

Um Mitternacht hörten sie am Golden Gate das Nebelhorn. Grogan und Nancy waren in einen alten Bogart-Film vertieft, aber Malchek fand keine Ruhe. Er ging in die vordere Diele, die sich zur Hintertür in einem etwas schmaleren Gang fortsetzte, zog seinen Regenmantel über und trat hinaus in die Nacht.

Das Haus lag im Nebel wie in Gazeschleier gehüllt, in die nur hier und da ein schwacher Windstoß fuhr und etwas wie Wellenbewegungen über dem Kies erzeugte.

Vor dem Haus stand, alles beherrschend, ein großer Findling. Er hockte dort wie eine riesige schwarze Kröte, das blinde Gesicht der Auffahrt zugewandt. Malchek hielt sich auf dem Kies. Seine Schritte knirschten an dem Findling vorbei. Der Nebel bot ausgezeichnete Deckung, und das wollte ihm gar nicht gefallen. Hundert Mann in jeder Nacht hätte ich umlegen können, wenn ich in Vietnam so einen Nebel gehabt hätte, überlegte er.

Er trat durch die Lücke in der Hecke auf die Straße hinaus und begann einen Rundgang ums Haus. An der dunklen Limousine, die zwanzig Meter vom Eingang entfernt stand, blieb er stehen, um ein paar Worte mit den Männern zu wechseln.

«Wie läuft's, Mike?» fragte der eine.

Malchek zuckte die Achseln. «Wahrscheinlich drin besser als bei euch da draußen. Irgend jemanden gesehen?»

Sie schüttelten beide den Kopf. «Nur Anwohner – der Mann, der mit seinem Hund Gassi geht, die Frau, die Bewegung wegen ihrer Krampfadern braucht.»

«Ihr könnt euch auch ein bißchen Bewegung verschaffen. Macht ein paar Runden zu Fuß, damit ihr nicht einrostet. Wenn er auf seine Chance wartet, ist dieser Nebel ein Himmelsgeschenk für ihn.»

Er ging weiter, ohne die Antwort abzuwarten. Tut ihnen gut, sich mal auszulüften, dachte er. In einer Gegend wie Highshore Wache zu halten war schon eine verdammt langweilige Angelegenheit – ein Plus für Edison, ein Minus für sie. Er wußte aus Erfahrung, daß die Männer dort im Wagen nicht die ganze Nacht hellwach dasitzen würden. Sie würden sich darauf verlassen, daß ihr Unterbewußtsein Alarm schlug, sobald ein ungewohnter Laut zu hören war. In einer so ruhigen Gegend trugen Geräusche weit.

Aber der Nebel nahm nicht nur die Sicht, sondern täuschte auch das Ohr. Hohe Luftfeuchtigkeit wirkt lautverzerrend. Seine Schritte schienen ihm bald zu folgen, bald vor ihm herzulaufen. Mehr als einmal wirbelte er herum, ehe er begriff, daß er sein eigener Verfolger war.

Er erreichte die Grenze des Grundstücks. Das neuerbaute Haus auf dem Nachbargrundstück war umgeben von weicher, frisch umgeworfener Erde. Es roch nach Torf, moschusartig, durchaus angenehm. Malchek schob sich unter größtmöglicher Schonung des werdenden Rasens an der stachligen Hecke entlang, wobei er zweimal um ein Haar das Gleichgewicht verloren hätte. Beim zweitenmal geriet er mit der Hand in die Hecke, die harten Zweige schoben seinen Jackenärmel zurück und zerkratzten ihm den Unterarm. Leise fluchend blieb er stehen und saugte die Blutstropfen aus dem Riß. Dabei fiel ihm ein Nebelband auf, das über seine Füße kroch, ein breiter grauer Strom, der sich über den Boden ergoß wie eine Flüssigkeit.

Da stimmt doch was nicht, dachte er. Da stimmt etwas ganz und gar nicht...

Der gärtnerische Ehrgeiz des Nachbarn war vergessen. Malchek sprintete über die weiche Erde zurück, rannte zur Haustür und die Auffahrt hinauf. In dem «sicheren Haus» stand etwas offen. Eine Tür, ein Fenster, irgend etwas. Die warme Luft von innen trieb den Nebel nach außen.

Er konnte das Haus kaum erkennen, ahnte es nur als einen langen, niedrig-dunklen Umriß zwischen den hohen Nebelgardinen. Er ging an den Wohnzimmerfenstern und am Küchenfenster vorbei um die hintere Ecke. Die Küchentür war nur angelehnt. Er griff unter die Jacke, holte den Revolver aus dem Halfter und entsicherte ihn. In diesem Augenblick tauchte vor ihm eine Gestalt aus dem Nebel. Sein Finger krümmte sich um den Abzug, ehe er die breite, rundschultrige Gestalt Grogans erkannte, der ebenfalls seine Waffe gezogen hatte. Sekundenlang erstarrte er, als er Malcheks ansichtig wurde, dann, als er ihn erkannt hatte, atmete er sichtlich auf.

«Was ist denn, Grogan?» zischte Malchek. Grogan trat zu ihm.

«Ich habe ein Geräusch gehört. Sie konnten es noch nicht sein, dazu war es zu früh. Ich wollte mal nachsehen.»

«Und haben die verdammte Tür offengelassen?»

«Nancy ist drin, und von der Küche geht's nur durchs Wohnzimmer zum Ausgang», verteidigte sich Grogran. Er machte Anstalten, seine Waffe wegzustecken.

«Was war das für ein Geräusch?» Malchek behielt den Revolver in der Hand.

«Eine Art Poltern, als wenn was hinfällt. Aber die Fenster sind dicht, keine Spuren, über den Kies ist keiner gekommen.»

«Okay, dann gehen wir jetzt rein, warten zehn Minuten und machen noch eine Runde.» Er schob Grogan in die dunkle Küche, machte die Tür zu, schloß ab und traf an der Tür zum Wohnzimmer wieder mit ihm zusammen. «Ab zur Haustür», sagte er leise, «und einmal ums Haus herum. Rasch!»

«Sie haben doch gesagt, ich soll zehn Minuten warten. «

«So, das haben Sie mich sagen hören?»

«Klar, Sie haben gesagt –»

«Wenn da draußen jemand war, hat er das auch gehört. Los jetzt.»

Malchek rief ihre Namen; zusammen gingen sie durch die Pendeltür. Nancy hatte das Gewehr auf die Tür gerichtet, den Lauf auf der Sofalehne abgestützt, und hielt es mit der linken Hand über dem rechten Handgelenk ruhig. Sie hatte offenbar einen Schreck bekommen, aber die Mündung schwankte nicht.

Erleichterung zeichnete sich in ihrem Gesicht ab, und sie ließ die Waffe sinken. Grogan ging sofort wieder hinaus.

«Schauen Sie nach ihr», sagte Malchek zu Nancy, dann folgte er Grogan. Sie öffneten lautlos die Haustür und gingen in entgegengesetzter Richtung einmal um das Haus herum. Zwei Minuten später trafen sie sich an der Küchentür.

«Muß wohl eine Katze gewesen sein», meinte Grogan. «Tut mir leid.»

«Besser als ein zweibeiniges Tier.» Malchek prüfte die Küchentür, das Schloß hielt. «Diesmal sehen wir uns auf dem Grundstück um. Wir treffen uns vorn.»

Sie knirschten über den Kies bis zur Mitte der inneren Heckenkante, trennten sich und waren Sekunden später allein im Nebel. Mit gesenktem Kopf leuchtete Malchek das Gelände ab, den Strahl der Taschenlampe mit der Hand abschirmend. Aber er fand nichts.

An der Haustür trafen sie wieder zusammen. Malchek schloß zweimal herum und schob die Riegel oben und unten vor. «Ein bißchen frische Luft ist doch was Schönes.»

Fünf Minuten nachdem sie sich im Wohnzimmer gesetzt hatten, hörten sie ein Geräusch. Ein deutliches Poltern, wie Grogan es beschrieben hatte.

«Da ist es wieder.»

Sie horchten. Es wiederholte sich noch einmal, dann war es, als rutschte oder schleifte etwas über das Dach.

«Jetzt seht euch dieses Bild an!» Nancy deutete auf den Bildschirm, auf dem sich die Figuren in Streifen und Wellenbewegungen aufzulösen begannen. «Diese verflixte Antenne – der Mann hat sie offenbar nicht richtig montiert.»

«Was für ein Mann?» fragte Malchek mit gefährlich leiser Stimme. Nancy erstarrte.

«M-Mary hat erzählt, daß sie heute vormittag Ärger mit der Antenne hatten, die Zentrale hat ihnen einen Monteur geschickt. Er war heute nachmittag da, hinterher war alles wieder in Ordnung, Sie haben es ja gesehen.»

«Verdammte Schweinerei», fuhr Malchek auf. «Warum haben Sie mir das nicht gesagt? Warum haben Fiddler oder Dunn es mir nicht gesagt? Wie zum Teufel soll ich hier noch arbeiten –»

«Aber er kam von der Zentrale», verteidigte sich Nancy. «Ich hab schon daran gedacht, aber er hatte einen richtigen Dienstausweis, sagt Mary, und er ist überhaupt nicht im Haus gewesen. Außerdem war es ein Schwarzer, und Edison ist doch nicht –»

»Und wenn er knallrot war und in der Auffahrt seine Hosen runtergelassen hat, um die australische Nationalhymne zu singen, das ist mir scheißegal. Ich will wissen, was hier vorgeht, bis in alle Einzelheiten.» Sein Gesicht war weiß vor Wut, und er griff wieder nach seinem Revolver. Grogan erhob sich zögernd. «Auf», schrie Malchek ihn an. «Bewegung, Alter, ab mit dir...»

Er war schon auf halbem Wege zur Diele, als von oben noch einmal ein lauteres, wie abschließendes Poltern ertönte. Dann zischte vor den Fenstern eine Stichflamme hoch. Selbst durch die schweren Vorhänge hindurch erkannte man das blendend-silberblaue Licht, das von einem bösartigen Prasseln begleitet war. Gleich darauf wurde aus dem Silberblau ein mattes Rot, und das Licht begann zu flackern.

«Herrgott noch mal», brüllte Malchek. «Brandbombe mit Zeitzünder. Verfluchter Mist.» Er rannte in die Diele, dicht gefolgt von Grogan. Nancy stand schon am Telefon.

Grogan schob die Riegel zurück, kämpfte gleichzeitig mit dem Sicherheitsschloß und mit seiner Waffe. Durch das Glas rechts und links der Tür sahen sie Flammenbänder vom überhängenden Dach herunterzüngeln und vom Kies hochspritzen.

Malchek stürmte in Clares Zimmer.

Ich hätte an das Dach denken sollen, ich hätte nachsehen sollen, als ich kam, es war noch hell genug. Du Idiot du, verfluchte er sich.

Edison wußte natürlich, daß die Wachmannschaft vor lauter

Langeweile ständig vor dem Fernseher hocken würde. Mit einem Gewehr, das einen Schalldämpfer und ein gutes Zielfernrohr hatte, war es ein Kinderspiel, im Laufe des Vormittags von einem leeren Haus aus die Stützen der Antenne zu beschießen, bis sie zur Seite fiel. Klar, daß sie sofort einen Monteur kommen lassen würden.

Er riß die Tür auf, sah fassungslos auf das leere Bett. Dann hörte er hinter sich die Wasserspülung gehen. Er sah den Gang entlang. Die Badezimmertür öffnete sich einen Spaltbreit. Er wirbelte herum, schob die verschlafene, überrumpelte Clare zurück in den gekachelten Raum und knipste das Licht aus. Sie stolperte, setzte sich abrupt auf den Badewannenrand und klammerte sich am Duschvorhang fest. Dann machte er die Tür zu, und es war stockdunkel um sie.

Nach einer Weile kam ihre Stimme, leise, noch unter der Wirkung des Schlafmittels: «Lange können wir uns nicht mehr so treffen, Liebling, der Klempner wird schon mißtrauisch.»

«Seien Sie ruhig!»

Er drehte den Türknauf und zog die Tür so weit zu sich heran, daß er durch einen knapp zentimeterbreiten Ritz in den Gang sehen konnte. Die Tür zu Clares Zimmer stand noch offen, ebenso wie die Tür zur vorderen Diele.

«Ist es ...» Ihre Stimme wurde schärfer, als die Wirklichkeit den Schlafmittelnebel zu durchdringen begann.

«Still!» zischte er.

Der Gestank von angesengter Farbe drang zusammen mit einem kleinen Rauchschleier vom vorderen Teil des Hauses zu ihnen. Da wird sich der Bürgermeister freuen, dachte er, während sich der Laut der noch fernen Sirenen über das Knistern der Flammen erhob. Wieder einmal staunte er über das Tempo der Jungs von der Feuerwehr. Aber diesmal würde unter den Schlauchausrollern, den Äxteschwingern und Ordnungskräften eine gelbe Ölhaut sein, die nicht dazugehörte. Ich wette, er wartet draußen nur darauf, daß sie vorfahren. Kommen Sie nur, Mister, Sie werden gleich bedient...

Wäre Clare nicht schon im Badezimmer gewesen, hätte er sie hier hereingeschleppt. Ein ideales Versteck. Keine Fenster, keine Tür, solide gebaut.

«Steigen Sie in die Wanne», flüsterte er. «Legen Sie sich auf den

Bauch, Sie können ein paar Handtücher unterlegen, wenn's sein muß.» Sie gehorchte sofort, ohne ein Wort, ohne die Handtücher mitzunehmen. Er hörte sie nach Luft schnappen, dachte daran, daß sie wahrscheinlich nur ihr Nachthemd anhatte und die Badewanne bestimmt eiskalt war. Er tastete in der Dunkelheit herum, spürte flauschigen Frotteestoff und warf die Handtücher in Richtung Badewanne. In diesem Augenblick hörte er eine Bewegung am Eingang.

Er hatte sich verkalkuliert. Edison hatte nicht gewartet, um Feuerwehrmann zu spielen. In der Diele stand ein motorisierter Streifenpolizist, der weiße Helm glänzte unter der Lampe. Da stimmte alles, bis in alle Einzelheiten. Grogan war vermutlich in seiner Aufregung direkt an ihm vorbeigelaufen, und todsicher stand in der Auffahrt ein echtes Dienstmotorrad, noch heiß und im Nebel dampfend. Aber um zu erkennen, daß dies kein Cop war, brauchte Malchek keine besondere Gehirnakrobatik anzustellen.

Die Zwölf-Zentimeter-Klinge, die der Weißbehelmte aufspringen ließ, während er Clares Schlafzimmertür ansteuerte, sagte alles. Malchek schob seinen Revolver durch den Spalt der Badezimmertür. «Werfen Sie die Kanone weg, Edison.»

Der ameisenähnliche Helmkopf drehte sich beim Klang von Malcheks Stimme nicht einmal zur Seite. Eben noch war er da, ein schwarzes, gesichtsloses Insekt mit tödlichem Stachel, im nächsten Augenblick war er im Schlafzimmer verschwunden. Malchek schoß, sobald sich die Gestalt in Bewegung setzte, und verfluchte sich wieder einmal, daß er sich an die vorgeschriebene Warnung gehalten hatte. Ich hätte ihm sofort eine verpassen und ihn dann warnen sollen. Wer zum Teufel sollte mich verpfeifen? Sie etwa?

Als er sich der Tür zum Schlafzimmer näherte, wurde von innen geschossen. Er drückte sich an den Rahmen. Verdammt, jetzt hält er sich an seinen Ballermann. Na, das kann ja spannend werden. Suchend blickte er sich im Gang um, sah aber nichts, was er hätte gebrauchen können. Er trat ein Stück zurück, streckte den Arm, knipste das Licht aus. «Ich mag die Dunkelheit, Edison. Sie auch?»

Offensichtlich war das der Fall, denn gleich darauf erlosch auch das Licht im Schlafzimmer. Ein wenig Helligkeit kam jetzt nur noch aus der vorderen Diele; in das Licht, das aus dem Wohnzimmer fiel, mischte sich der Flackerschein der Flammen. Das Rot des Feuers dominierte. Er hörte die Feuerwehr vor der Auffahrt halten, hörte gebrüllte Befehle, das Klappern der Geräte. Im Haus herrschte teppichgedämpfte Stille. Malchek hörte fast seinen eigenen Schweiß aus den Poren treten.

Er wußte, daß er selbst in dem matten rötlichen Glimmen für den im dunklen Schlafzimmer wartenden Edison zu sehen sein konnte. Edison selbst hatte zwei Möglichkeiten: die Tür oder das Fenster. Wenn er das Fenster nimmt, muß er die Vorhänge zurückziehen und macht sich damit zur Zielscheibe, dachte Malchek. Aber ich muß mich auch decken. Er streifte einen Schuh ab und warf ihn in flachem Winkel in den Raum. Während er zu einer Begleitmusik von splitterndem Glas an der gegenüberliegenden Wand landete und erwartungsgemäß ein Schuß darauf antwortete, war Malchek mit einem Sprung an der Tür zur vorderen Diele und brachte mit einer Armbewegung das verräterische Licht zum Verschwinden. Die Tür zur Diele schlug zu, der Gang war so schwarz wie das Schlafzimmer, die Chancen hatten sich wieder etwas ausgeglichen.

Er zog den anderen Schuh aus, legte sich auf den Teppichboden und robbte, den Revolver in der einen, den Schuh in der anderen Hand, auf den Ellbogen vorwärts, diesmal die Schlafzimmertür von der anderen Seite anpeilend. Daß er – und die Wiederholung seines Tricks – dort erwartet wurde, war ihm klar. Leider hatte er im Augenblick nichts zu bieten, und er wußte, was Edison dachte. Er warf den Schuh. Tatsächlich, der Revolver im Schlafzimmer bellte wieder. Diesmal aber flog die Kugel durch die Tür hinaus auf den Gang, gefolgt von einer zweiten, die höher, und einer dritten, die niedriger plaziert war. Alle drei landeten in der gegenüberliegenden Wand. Das genügte Malchek. Er wollte ja gar nicht ins Zimmer hinein, er hatte nur das Mündungsfeuer lokalisieren wollen, und das war ihm gelungen.

Er schoß auch dreimal, setzte die Schüsse senkrecht untereinander auf das Mündungsfeuer, dessen Bild seine Netzhaut noch festhielt. Man hörte ein tierhaftes Aufstöhnen, und nach einer kurzen Stille das Geräusch von zerreißendem Stoff. Malchek sah, wie die Hand eines zu Boden sinkenden Mannes die langen, schweren Vorhänge von der Gardinenstange riß, sah einen Schatten unter den Stoffmassen zappeln, zusammensinken, noch einmal aufzukken, still liegenbleiben.

Malchek senkte die Stirn auf den Teppichflor und wartete. Er atmete ganz flach. Was er an Geräuschen hörte, kam von draußen. Vielleicht übertönen sie auch Edisons Atemzüge, dachte er. Vielleicht ist es nur ein Trick. Vielleicht tut er da drin dasselbe wie ich hier draußen: warten.

Aber eine Minute nach der anderen verging, und er wußte, irgendwann mußte er handeln. Er rollte sich an die Wand, gab sich einen Ruck und richtete sich langsam auf. Tief atmend streckte er den Revolver vor und betrat das Zimmer, bereit, sich bei der geringsten Bewegung wieder fallen zu lassen.

Nichts rührte sich.

Er schob sich um den Türrahmen, wartete. Nichts. Er spürte, wie der Lichtschalter sich in seinen Rücken drückte, bückte sich, schob ihn mit den Schultern nach oben, den Revolver mit beiden Händen auf die schattenhafte Masse unter dem blassen Rechteck des Fensters gerichtet.

Das Licht ging an, er blinzelte kurz in die plötzliche Helligkeit, aber die ledergekleidete Gestalt lag still, den Kopf verdreht, den Mund unter der Sichtscheibe des Helms schlaff geöffnet.

Das erwartete Triumphgefühl wollte sich nicht einstellen, Malchek verspürte nur eine etwas flaue Erleichterung darüber, daß nicht er es war, der dort lag, und jenen dumpfen Druck auf den Magen, der sich jetzt immer meldete, wenn er, gleichgültig unter welchen Umständen, einen Menschen getötet hatte.

Er ging um das Bett herum, stieß den Regungslosen mit dem Fuß an. Tot, zweifellos. Das Gesicht, durch den Helm eingezwängt, durch das Rauchglas der Sichtscheibe verzerrt, wirkte lasch und leer, die Augen waren halb geöffnet.

Er ging zur Tür. «Clare? Alles in Ordnung, Sie können herauskommen. Clare!» Er legte den Kopf schräg, hörte, wie sie sich bewegte, aus der Wanne stieg.

Mit einem Klick ging das Licht im Badezimmer an, es gab eine Pause, dann öffnete sie die Tür. Eigentlich hätte er jetzt ärgerlich werden müssen, es hätte genausogut Edison sein können, der ihren Namen gerufen hatte.

«Es ist vorbei», sagte er ruhig. «Er ist tot.»

Ein Rest von Adrenalin pulste durch seine Adern. Unwillkürlich registrierte er die Linien ihres Körpers unter der dünnen Baumwolle des Nostalgienachthemdes, und er spürte, wie sein Körper auf die unbewußte Einladung reagierte. Vielleicht gehören deshalb Krieg und Vergewaltigung so oft zusammen, dachte er plötzlich. Es hätte nur eines winzigen Anstoßes bedurft, und er hätte sich auf sie gestürzt, hätte sich über sie geworfen, sie geöffnet und genommen.

Sie atmete kurz und flach.

«Es ist vorbei», sagte er, selbst ziemlich atemlos, machte einen Schritt, blieb stehen, wartete, bis sie von selbst zu ihm kam.

«Sie haben ihn getötet?» fragte sie benommen. Der Nachthemdstoff über einer Schulter war naß, das glänzende Haar lag an einer Seite feucht an. Der Kaltwasserhahn hatte getropft, während sie dort, erstarrt vor Angst, im Dunkeln gelegen und auf die Schüsse gelauscht hatte, besessen von der Vorstellung, daß die Badewanne geformt war wie ein Sarg.

Als sie bei ihm war, nahm er sie unvermittelt am Arm, zog sie heftiger als nötig ins Zimmer und führte sie vor die Leiche ihres Jägers. Die leere Hülle lag still da und färbte den Teppich rot.

Er schaute sie an und sah erstaunt, daß ihr Gesicht einen ratlosen Ausdruck angenommen hatte.

«Was ist denn? Es ist vorbei, er ist tot. Sie können heimgehen, er kann Ihnen nichts mehr tun.»

Doch sie schüttelte nur mit beängstigender, aufreizender Beharrlichkeit den Kopf in stummem Widerspruch.

Er beugte sich über die Leiche, nahm, von einem jähen, schrecklichen Verdacht erfüllt, den Helm ab. Dichte blonde Locken quollen über den weißen Plastikrand. Ohne die Einengung durch Riemen und Kopfschutz wirkte das Gesicht breiter, flacher.

«Das ist nicht der Mann aus dem Park», sagte sie leise, den Blick auf die Totenmaske neben seinem Fuß gerichtet. «Das ist nicht der Mann, den ich gesehen habe.»

Aber er hatte es gewußt, noch ehe sie den Mund aufmachte. Er kannte das Gesicht, aus Jugendgerichtsverhandlungen, von Verhaftungen.

Es war schlimmer, als er gedacht hatte.

Edison hatte seinen eigenen Auftrag an einen «Unterlieferanten» vergeben.

11

Malchek war noch nie im Büro des Commissioner gewesen. Er kannte Clyde Reddesdale vom Hörensagen, alle Cops in San Francisco kannten ihn. Ausnahmsweise war mal irgend jemand intelligent genug gewesen, den richtigen Mann für dieses Amt auszusuchen. Reddesdale arbeitete – obgleich er wohlhabend und auf eine Stellung nicht angewiesen war – seit achtzehn Jahren bei der Polizei; gleich nach dem Studium hatte er dort angefangen. Bei seiner außergewöhnlichen Begabung hätte er unter einem Dutzend Angeboten wählen können – aus Anwaltskanzleien, aus der Politik, vom FBI. Aber all das lockte ihn nicht. Was er sich in den Kopf gesetzt hatte war, klein anzufangen, als ganz gewöhnlicher Streifenpolizist, und sich auf dem normalen Dienstweg hochzuarbeiten bis zu dem Amt, das er jetzt bekleidete, um dort seine Ideen zu verwirklichen.

Reddesdale hatte von Anfang an seine eigenen Vorstellungen darüber gehabt, wie ein Laden wie der seine zu laufen hatte. Zwar hatte die Berufspraxis gewisse Einzelheiten in diesem Bild leicht korrigiert, aber im Grundsatz hatte sich daran bis heute nichts geändert.

Einer dieser Grundsätze war, daß die dicke Vorschriftensammlung unentbehrlich war. Man konnte Türen damit offenhalten, man konnte seine Notizen darin aufbewahren. Man konnte ein Fenster damit einschlagen, um Rauch oder ausströmendes Gas abziehen zu lassen. Und wenn wirklich mal Not am Mann war, gaben die Vorsatzblätter ein durchaus brauchbares Klopapier ab.

Ansonsten war sie nur als Unterlage gut, während man versuchte, die menschliche, vernünftige, faire Lösung für die Probleme zu finden, mit denen man Tag für Tag konfrontiert wurde. Oft, hatte er festgestellt, reduzierte sich das schlicht und einfach auf eine Wahl zwischen dem, was korrekt, und dem, was durchführbar war.

Unweigerlich entschied er sich für das letztere und stellte sich hinterher der Kritik. Malchek fand das richtig. In einer Stadt mit einer unglaublichen ethnischen und religiösen Vielfalt, mit finanziellem, politischem und sozialem Druck von oben und unten, mit einem Nebeneinander von Touristen, Terroristen, organisiertem Verbrechen und normalen Bürgern in demselben guten Restaurant hatte man nur eine Chance, wenn man flexibel blieb.

Reddesdale muß etliche Vorschriftensammlungen als Unterlagen benutzt haben, um die vorgeschriebene Größe zu erreichen, dachte Malchek. Oder aber er war im Lauf der Jahre zusammeneschnurrt – denn der massige Schreibtisch drohte ihn fast zu rdrücken. In seinem Sessel zusammengekauert wie ein Kind, betrachtete er Malchek und die anderen und hörte sich ihre Probleme an.

Daß es zwei Uhr morgens war, daß man ihn und Captain Halliwell zu diesem Gespräch aus dem Bett geholt hatte, störte den Commissioner offenbar überhaupt nicht. Das Thema interessierte ihn.

«Wir sollen also das Blaue vom Himmel herunterschwindeln, darauf läuft es doch hinaus – oder?»

«Mehr oder weniger», räumte Malchek ein.

«Halliwell?» Reddesdales blaßblaue Augen richteten sich auf das Gesicht des Älteren, der längere Zeit nachdachte.

«Gar nicht so einfach, das wasserdicht zu kriegen», murrte Halliwell schließlich widerstrebend.

«Aber zu machen wäre es?»

Halliwell sah zu Malchek hinüber, dann an ihm vorbei zu Gonzales im nächsten Sessel. «Man könnte es versuchen», sagte er schließlich resignierend. «Aber jemand muß von oben den Daumen draufhalten, damit uns nicht der ganze Brei um die Ohren fliegt.»

«Deshalb hat ja wohl Lieutenant Malchek mitten in der Nacht auch ausgerechnet mich sprechen wollen.»

Malchek nickte. Es war riskant gewesen, und wenn er an seinen Schritt dachte, kam er noch immer ins Schwitzen. Die oft wiederholte Erklärung des Commissioner, er sei jederzeit für jeden seiner Mitarbeiter da, hätte auch nur Gerede sein können.

Reddesdale sah Malchek an, sah ihm durch die Haut bis auf die Knochen, prüfte Blutdruck, Herzschlag, Verdauung und Liebesleben. Das jedenfalls war Malcheks Eindruck.

«Und warum?» fragte er.

Malchek holte tief Luft, atmete aus, scheuerte mit der Schuhspitze auf dem Teppich herum. «Edison hält auf seinen Ruf. Ehe Miss Randell ihn uns beschrieb, hatte er kein Gesicht. Seine Aufträge vermittelt ihm ein Börsenjobber, Morrie Wallack, und selbst für ihn benutzt er offenbar einen Telefonverwürfler. Wir wußten, daß er groß ist und Weißer. Selbst darüber, ob er gut aussieht oder nicht, gingen die Meinungen schon auseinander.»

«Und Miss Randell fand, daß er gut aussah?»

«Ja.»

«Warum geht er dann nicht einfach zu einem Schönheitschirurgen? Sie hat ihn nur dieses eine Mal gesehen – er braucht doch nur sein Gesicht zu ändern.»

«Ich glaube nicht, daß er das kann.»

«Warum nicht?»

«Im Laufe der Jahre hat sich in seiner Arbeit ein Muster herausgebildet. Zwei, drei Monate passiert überhaupt nichts. Dann kommt eine ganze Serie von Morden, dann wieder große Pause, neue Morde – so geht das weiter. Er hält sich aus irgendeinem Grund an einen genauen Zeitplan. Meiner Meinung nach führt er irgendwo noch ein anderes Leben. Dort kennt man sein Gesicht, und er kann nur zu bestimmten Zeiten weg. Vielleicht hat er sogar Familie. Da kommt plastische Chirurgie nicht in Frage.»

«Er könnte einen Unfall arrangieren.»

«Sicher, aber für ihn ist es bestimmt die schnellere und leichtere Lösung, Miss Randell einfach umzubringen. Ich halte ihn nämlich auch für eitel. Außerdem braucht es seine Zeit, einen vorgetäuschten Unfall vorzubereiten.»

«Eitel?»

«Er ist Spitze in der Tarnung, und er hat eine mächtige Portion Stolz. Er legt Wert darauf, daß man erkennt, *wer* das Ding gedreht hat – deshalb die deutlichen Spuren, die er hinterläßt. Wenn eine Sache gut gelaufen ist, kann ihm das nur nützen. Manchmal haut er natürlich auch daneben, aber nicht oft. Zum Beispiel, als die

Zigarren nicht dem Senator Santos um die Ohren geflogen sind, sondern seinem Assistenten, weil der für das Nachfüllen des Zigarrenbehälters zuständig war.»

«Das war Edison?»

«Ich glaube schon.» Er nannte die Gründe, die er schon Gonzales erläutert hatte.

«Ach, deshalb macht das FBI um diese Clare Randell so ein Getue. Die sind nämlich auch hinter ihm her.»

Malchek erstarrte. «Es ist *unser* Fall.»

«Noch...» meinte Reddesdale gelassen. Er stand auf ging zur Kaffeemaschine und schenkte das dampfende Gebräu aus. Wie alle Cops konnte er Kaffee zu jeder Tages- und Nachtzeit in sich hineinschütten, aber als Malchek das Etikett auf der Flasche sah, aus der Reddesdale einen Schuß in jeden Becher gab, zog er unwillkürlich die Augenbrauen hoch.

Dann wandte sich Reddesdale wieder an Malchek. «Sie glauben also, Sie könnten Edison ködern, indem Sie ihn bei seiner Eitelkeit packen?»

«Ja, das glaube ich.» Malchek trank einen Schluck Kaffee. «Meiner Meinung nach ist Edison enorm eingebildet, und wenn man es so hinstellt, als hätte er schlampig gearbeitet, giftet er sich gewaltig.»

«Wenn er also Clare Randell nachgeht, und das steht ja wohl für Sie fest...»

«Felsenfest!»

«... dann wird er versuchen, sie auf eine besonders spektakuläre Art und Weise umzubringen.»

Reddesdale wirbelte auf seinem Drehsessel im Kreis herum wie ein kleiner Junge auf dem Kinderkarussell. Niemand lächelte, obgleich ihm die Fahrt offenbar Spaß machte. Er bremste, hielt an.

«Sag mir, daß Mike gut genug ist, Tom», forderte er unerwartet Halliwell auf. Der Captain wurde ziemlich blaß; er mochte sich nicht festlegen.

«Gut ist er», knurrte er endlich.

«Das weiß ich selber. Ich hätte nicht meine weiche, warme Frau allein gelassen, wenn ich ihn nicht soweit kennen würde. Ich hab gefragt, ob er gut genug ist.»

Halliwell fuhr sich nervös mit der Zunge über die Lippen.

«Er ist gut genug», erklärte Gonzales sachlich. Es war das erste Mal, daß er seit Beginn des Gesprächs den Mund aufmachte.

Reddesdale sah ihn an. «Sie sind mit ihm befreundet.» Es war ein leiser Vorwurf.

Gonzales ließ sich nicht provozieren. «Ich gehe mit ihm, wohin Sie wollen», sagte er ruhig, «und lasse meine Kanone im Schreibtisch.»

Es war eine ungeheuerliche Erklärung, und der Commissioner veranschlagte sie um so höher, als er wußte, daß Gonzales Malcheks vertrauliche Personalakte nicht kannte. Er, Reddesdale, kannte sie.

Malchek wußte kaum, was er von Gonzales' gelassener Erklärung halten sollte, und beschloß, darüber lieber erst später nachzudenken.

«Sie muß schriftlich ihre Einwilligung geben, das ist Ihnen hoffentlich klar. Sie hat es nicht nötig, auf diese Weise Kopf und Kragen zu riskieren», überlegte Reddesdale laut.

Malchek seufzte.»Was bleibt ihr schon übrig? Sollen wir sie noch weitere Wochen oder Monate in Schutzhaft halten? Wir könnten sie natürlich auch wieder frei herumlaufen lassen und hoffen, daß wir ihr die gesamte Bevölkerung von San Francisco einschließlich eines Unbekannten vom Leib halten können. Oder wir können ihr eine Kanone in die Hand drücken und hoffen, daß ihr noch Zeit zum Treffen bleibt.»

«Statt dessen offerieren Sie ihr eine Kombination dieser drei verlockenden Möglichkeiten in hübscher Geschenkverpackung, stimmt's?» grinste Reddesdale.

«Eine konzentrierte Aktion hat ihre Vorteile, das gebe ich zu.» Auch Malchek lächelte.

Halliwell gab ein Knurren von sich. «Ich finde ja nach wie vor, daß sie hier, wo wir sie im Auge behalten können, besser aufgehoben ist als auf einer Reise quer durch den ganzen Staat nur in Ihrer Begleitung.»

«Vergessen Sie nicht meine sechs Mann», korrigierte ihn Malchek. «Und nicht beliebige sechs Mann. Ich habe ja schon erklärt –»

Halliwell wehrte müde ab. «Ja, ja, ich weiß, alles Supermänner wie Sie.»

Als ob er die Bemerkung nicht gehört hätte, fuhr Malchek fort: «Ich meine trotzdem, daß wir, wenn wir die Sache richtig angehen, die Gefahr für Außenstehende minimal halten können. Es ist ihm durchaus zuzutrauen, daß er die ganze Werbeagentur in die Luft sprengt, nur um sie zu erwischen. Wollen Sie das auf sich laden? Wenn wir mit ihr unterwegs sind, beschränkt sich das Risiko auf acht Leute – allerhöchstens. Das ist preiswert.»

«Preiswert dürfte nicht ganz der richtige Ausdruck sein.» Reddesdale zählte an den Fingern ab: «Zusätzliche Wagen, Spesen für acht Mann, die Gehälter, die hier weiterlaufen...»

«Malchek ist gern großzügig mit anderer Leute Geld», knurrte Hailliwell.

«Sachen sind billiger als Menschen», sagte Malchek.

«So haben Sie nicht immer gedacht, Sie Kunstschütze», gab Halliwell zurück.

Nur Reddesdale sah, daß Malchek die Fäuste ballte und dann die Hände langsam wieder löste, einen Finger nach dem anderen. Gonzales starrte in seinen leeren Becher, Halliwell und Malchek sahen sich an.

«Vielleicht habe ich ja etwas dazugelernt», sagte Malchek schließlich sehr ruhig. «Vielleicht lernt man aus seinem Leben – und auch aus seinen Fehlern.»

«Okay, Mike, machen Sie die Anweisungen fertig, ich zeichne sie Ihnen ab», sagte der kleine Commissioner plötzlich. Er hatte genug gesehen.

Halliwell schaute ihn einigermaßen fassungslos an. «Einfach so?»

«Wie denn sonst?»

Reddesdale saß noch immer hinter seinem überdimensionierten Schreibtisch, als es klopfte. Er hatte beschlossen, nicht heimzufahren, es lohnte sich nicht, er würde warten, bis um halb neun Dempster und die Sekretärinnen kamen. Er konnte sich später ein, zwei Stunden auf der Ledercouch langlegen, das hatte er früher oft genug gemacht.

Natürlich würde er Dempsters diskrete Mißbilligung ertragen müssen, wenn er mitbekam, wie der Commissioner sich rasierte. Dempster war die rechte Hand des früheren Commissioner gewesen, und als der dann ganz in die Politik gegangen war, hatte er Dempster dagelassen. Sein Gesicht war nicht so recht auf Volksnähe zugeschnitten. Da er ohnehin in fünf Jahren pensioniert wurde, hatte Reddesdale ihn behalten. Reddesdale schwärmte für Tüchtigkeit, und tüchtig war Dempster. Also stellte er seine persönliche Meinung über seinen protokollhörigen Assistenten zurück, denn Dempster kannte alles und alle, er wußte, welche Dienstwege einzuhalten waren und wie die Dinge liefen. Die Büroroutine funktionierte unter seiner Leitung reibungslos, so daß Reddesdale sich ungehindert seinen eigentlichen Aufgaben widmen konnte. Wenn er dafür eine ständige Stimmung der Mißbilligung in Kauf nehmen mußte, dann war das eben der Preis, den er zu zahlen hatte.

«Bitte», sagte er, als es zum zweitenmal klopfte.

Sie wechselten einen Blick, Malchek machte die Tür hinter sich zu, und der Commissioner nickte. «Hab mir schon gedacht, daß Sie noch nicht fertig waren.»

«Das habe ich mir gedacht, daß Sie sich das gedacht haben.» Malchek ließ sich müde in den Sessel sinken, aus dem er vor zwanzig Minuten aufgestanden war.

Die blaßblauen Augen sahen wieder in ihn hinein.

«Welchem von ihnen trauen Sie nicht?»

«So einfach ist das nicht. Leider», sagte Malchek.

«Wenn es einfach wäre, könnte meine Mutter hier den Laden schmeißen.»

Malchek lächelte bläßlich. «Das Haus allein – das wäre noch einzusehen. Oder der Zeitplan. Aber es waren sechs Schlafzimmer. Im hinteren Gang standen drei Türen offen, und der Kerl ist geradewegs zu ihrem Zimmer gegangen, ohne sich zu besinnen.»

Reddesdale sah ihn mißbilligend an. «Wenn es sechs Zimmer waren, hätten Sie ja auch mal abwechseln können.»

«Sie war ziemlich fertig, das wäre ihr kaum zuzumuten gewesen. Deshalb habe ich in den anderen Zimmern immer nur das Licht ein- und ausgeschaltet, damit sie in demselben Bett bleiben konnte. Sie ist –»

«Okay, okay, Sie sind ein rücksichtsvoller Mensch, und die Frau wäre Ihnen infolgedessen beinah draufgegangen. Ich bin Protestant, Beichten ist bei mir nicht drin. Und jetzt heraus mit der Sprache.»

«Ein Leck.»

«Augenscheinlich. Wie viele kommen in Frage?»

«Um die fünfzig; wenn jemand im Umkleideraum gequatscht hat, vielleicht noch mehr. Aber der Kerl, der uns aufs Dach gestiegen ist, hatte einen Dienstausweis, und wegen der Fernsehreparatur ist die Zentrale verständigt worden. Den hat uns einer von hier auf den Hals geschickt.»

«Wackelig, Malchek. Sehr, sehr wackelig.»

«Was soll ich sonst noch sagen?»

Reddesdale zuckte die Achseln. «Ich würde Ihnen ja gern die Kleinarbeit abnehmen, aber es würde sich schon ein bißchen komisch ausnehmen, wenn ich mich plötzlich im Dienstraum herumdrücken würde, dort habe ich nämlich jetzt eigentlich nichts mehr zu suchen. Schlagen Sie jemanden vor.»

«Gonzales.»

«Nicht Halliwell?»

«Zu alt. Schwankend. Ängstlich.»

«Gonzales nicht?»

«Er hat, soweit ich weiß, eine völlig reine Weste, und er hat nicht viel zu verlieren. Geschieden, keine Kinder, auf halbem Wege zur Pensionierung. Arbeitstier. Aber mit Herz.»

«Ich weiß. Ich habe ihn schon zweimal für Sonderaufträge eingesetzt. Den Mund halten kann er auch.» Er lächelte, als er Malcheks Gesicht sah. «Sonst würden Sie jetzt nicht so blöd aus der Wäsche gucken ...»

Malchek nickte und trank einen Schluck Kaffee, während Reddesdale ein paar Runden in seinem Sessel drehte.

«Also gut, Mike, ich werde mit Gonzales reden, und wir können dann nach und nach von hier aus durchsickern lassen, wo ihr steckt. Aber dafür müssen Sie Edison zur Strecke bringen, ohne ihn zu töten. Das ist meine Bedingung.»

Malchek war wie vom Donner gerührt. «Warum denn das?»

«Wir können ihn gebrauchen. Wenn er weiß, daß er nicht mehr

entkommen kann, wird er sich mit dem, was er zu verkaufen hat, das Leben so angenehm wie möglich zu machen versuchen. In zwanzig Minuten könnte er einen ganzen Haufen Prominenz hochgehen lassen.»

«Eben. Und deshalb werden sich, selbst wenn ich ihn am Leben lasse, seine früheren Auftraggeber liebevoll seiner annehmen.»

«Ich brauche diese zwanzig Minuten. Mehr, wenn möglich.»

«Das kann ich nicht versprechen. Wie zum Teufel –»

«Sie können versprechen, es zu versuchen. Wenn er draufgeht und Sie konnten nichts dafür, merke ich das schon. Aber wenn Sie ihn lebend hätten bringen können und keinen Finger dafür gerührt haben, mache ich Gulasch aus Ihnen. Abgemacht?»

Malchek seufzte. Er wünschte sich Edisons Tod, aber mit Reddesdale feilschte man nicht. «Abgemacht.»

«Und was ist mit dem Mädchen?» fragte Reddesdale.

«Ich habe sie noch nicht gefragt. Wozu auch...»

«Schafft sie es?»

«Ausprobieren...»

«Clare Randell ist Ihre Schwachstelle. Gleichzeitig schießen und streicheln, das geht nicht.»

«Ich weiß. Daß sie mich besonders gern hat, glaube ich nicht. Aber sie hat Vertrauen zu mir.»

«Und haben Sie das Mädchen gern?»

«Ja.» Die Antwort überraschte ihn selbst, aber es stimmte, er hatte sie gern. Sie blökte nicht, sie biß zu. Und damit konnte man fertig werden.

«Geschmackssache.» Reddesdale stand auf. «Aber trotzdem: Viel Glück, Mike.»

12

Der hoch gewachsene Mann holte die Zeitungen ab, die während seiner Abwesenheit zusammengekommen waren. Es wäre ihm nie in den Sinn gekommen, sie abzubestellen. Er schätzte es, nach seiner Heimkehr in aller Ruhe nachzulesen, was sich inzwischen in der Welt getan hatte.

Den Koffer stellte er beiseite, er würde später auspacken. Jetzt hatte er zunächst einmal Hunger und beschloß zu frühstücken, obgleich es schon weit nach Mittag war, fast halb zwei.

Als Schinken, Würstchen, Eier, Bratkartoffeln und Tomatenscheiben in geschmackvoller Anordnung auf seinem Teller lagen, ging er damit in sein Arbeitszimmer, lehnte sich behaglich zurück und ließ es sich schmecken, während er las.

Er hatte die Zeitungen in chronologischer Reihenfolge sortiert und konsumierte ein Ei, zwei Streifen Schinken, eine halbe Tomate und ein Würstchen, ehe ihm der Appetit verging.

Sieg der Polizei bei Schießerei in Kalifornien, lautete die Schlagzeile auf der zweiten Seite der *Times*. Darunter brachte das Blatt eine unscharfe Totenmaske, die völlig austauschbar war, und ein Foto von Clare Randell und einem Polizisten, die Seite an Seite in die Kamera grinsten.

Während Wut und ein Bissen Frühstück ihn in der Kehle würgten, erfuhr er von seinem Tod. Das war schlimm genug, ließ sich aber korrigieren. Blindwütig zum Telefon stürzte er aber, als er las, was der Cop auf dem Foto, ein gewisser Lieutenant M. Malchek, über ihn getönt hatte:

«Es wundert mich im Grunde nicht, daß es uns endlich gelungen ist, den Mann zu fassen. Er war schon lange im Geschäft, und man merkte deutlich, daß er in letzter Zeit immer leichtsinniger wurde. Dieser spezielle Einsatz war ausgesprochen schlampig vorbereitet, und es war nur eine Frage der Zeit, wann die Polizei ihm das Handwerk legen würde. Zufällig war ich es, aber ebensogut hätte es auch ein ganz einfacher Streifenpolizist sein können.»

Er verzichtete auf die Verwürfelung und sprach direkt mit Wallack.

«Sag den Leuten, daß ich nicht tot bin, daß ich das nicht war in K-K-Kalifornien, daß ich damit überhaupt nichts zu tun hatte.»

«Du hast den Auftrag gegeben.»

«Nein, Morrie, ich habe gezahlt, aber den Auftrag vergeben hast du. An einen deiner kleinen Protegés, und der hat Mist gebaut. Du bist der Blamierte, nicht ich. Aber wenn du schon dabei bist, k-k-kannst du den Leuten sagen, daß ich noch lange nicht am Ende bin. Sie sollen schön regelmäßig die Zeitung lesen, dann werden sie bald was Interessantes über diese Randell und ihren großmäuligen Cop erfahren.»

Er knallte den Hörer auf und vertiefte sich wieder in seine Zeitungen. Er war so wütend, daß es zwanzig Minuten dauerte, bis er sich wieder konzentrieren konnte. Das Foto über Mary Byatts Klatschspalte ließ ihn innehalten. Meist war ihm seine Zeit für die Frauenseite zu schade, aber wenn dort ein Bild von Clare Randell und diesem Cop prangte, war das natürlich etwas anderes.

«Sie sind ein ansehnliches Paar, sie – klein, dunkel, bildhübsch und schlagfertig; er – gut aussehend, reserviert, mit einem Lächeln, das zögernd beginnt und sich ebenso zögernd wieder verabschiedet. Es ist eine im besten Sinne des Wortes romantische Geschichte. Wo kann ein Ritter heute noch einen Drachen erschlagen? Lt. Michael Malchek hatte das Glück, für seine Liebste, Clare Randell, ein solches Ungetüm zu erlegen.

Malchek, als ihr Leibwächter zum Schutz vor dem nur unter dem Namen ‹Edison› bekannten Auftragskiller eingesetzt, brachte den Verbrecher zur Strecke, rettete seiner Schutzbefohlenen das Leben und machte ihr einen Heiratsantrag – alles innerhalb von vierundzwanzig Stunden. Ich erkundige mich, ob schon ein Termin für die Hochzeit festgesetzt ist.

‹In den letzten zehn Tagen haben wir beide unter erheblichem Stress gestanden›, sagt Lt. Malchek ruhig. ‹Wir werden zusammen ein bißchen ausspannen, das ist alles.›

Und das war tatsächlich alles. Ich war schon draußen, ehe ich so ganz begriffen hatte, daß das Interview zu Ende war. So fabelhaft Clare Randells Drachentöter auch aussieht – seine Dominanz wäre nichts für mich. Ich habe es bisher nie fertiggebracht, einen Mann derart verklärt anzusehen, wie sie es tut. Andererseits bin ich auch noch nie von einem Ritter in schimmernder Wehr gerettet worden. Habe ich da vielleicht etwas versäumt?»

Als er mit dem Artikel fertig war, wußte Edison, daß er ihnen auf den Leim gegangen war.

«Du Schwein», flüsterte er und starrte auf das Bild des lächelnden Malchek. «Du gerissenes Schwein.»

13

Es packte Clare, als die Brücke etwa vierzig Minuten hinter ihnen lag. Sie hatte Malchek unauffällig beobachtet. Er hatte die Fahrt mit zusammengebissenen Zähnen begonnen. Sein Blick war fast so oft zum Rückspiegel wie zu der Strecke vor ihm gegangen. Die Sonnenbrille verdeckte sein Gesicht, und seine Hände waren fest um das Lenkrad gekrampft. Allmählich wich der starre Zug um Mund und Augen, er blickte nicht mehr ganz so oft in den Spiegel, nicht mehr ganz so oft zum Handschuhfach.

Obgleich es noch früh am Morgen war, wurde es schon heiß, und sie hatten die vorderen Fenster heruntergekurbelt. In dem knapp bemessenen Budget der Polizei von San Francisco waren klimatisierte Wagen nicht vorgesehen. Sie überholten viele Autos, in denen ganze Familien saßen. Als die breite Straße anstieg und sie weiter in die Berge hineinbrachte, sah man immer mehr Wohnwagen auf der äußersten rechten Spur entlangkriechen.

«Ferienanfang», meinte er, als ihm zwei vergnügte Kinder, unangreifbar hinter der Heckscheibe des Wagens vor ihnen, die Zunge herausstreckten. Clare verblüffte sie, indem auch sie ihnen die Zunge zeigte. Sie grinsten und sagten etwas zu ihren Eltern. Als Malchek den Blinker setzte und den Wagen überholte, sahen die Eltern zu ihnen herüber und lächelten.

Für sie sind wir überhaupt nichts Besonderes, dachte Clare, ein ganz normales Ehepaar. Sie lächelte zurück. Das Lächeln blieb. Sie wurde es nicht wieder los. Es war, als sei die Angst in der Stadt zurückgeblieben. In dem fahrenden Wagen hatte sie nicht das Gefühl des Eingesperrtseins, das sie in dem «sicheren Haus» gequält hatte. Mit der Straße stieg auch ihre Stimmung an.

Als das idiotische Grinsen gar nicht mehr weichen wollte, holte sie tief Atem und stieß, die Arme vorstreckend und die Kehle weit und lustvoll öffnend, einen lauten Schrei aus.

Malchek hätte sie um ein Haar in den Straßengraben gefahren.

«Sag mal, spinnst du? Wir wären beinah als Nr. 873 in der Unfallstatistik erschienen.»

«Was Sie nicht sagen, Mike Malchek, Volksheld und Beschützer hilfloser Frauen. Da hätten sie uns dann in tausend Jahren am Grund des Canyon gefunden und sich den Kopf über uns zerbrochen, diese zwei seltsamen Wesen in der metallenen Kiste.»

Er wollte seinen Ohren nicht trauen. Wahrhaftig, sie hatte schon durchgedreht. Automatisch nahm er den Fuß vom Gas. Dann bemerkte er, als sie ihn herausfordernd ansah, das durchtriebene Glitzern in ihren Augen. Sie sah auf eine ganz und gar verrückte Art sehr mit sich zufrieden aus – und plötzlich mußte auch er lachen. Und merkte, daß es gar nicht so einfach war, damit wieder aufzuhören.

«Du hast einen Knall», brachte er schließlich heraus.

Sie freute sich darüber, was ihre Albernheit bewirkt hatte. Hinter der Fassade des kalt-nüchternen kriminalistischen Fachverstandes steckte ein richtiger Mensch.

«Sie sind ein schöner Mann, Mike Malchek», erklärte sie.

«Du hast den Volkshelden vergessen», beschwerte er sich, noch immer belustigt.

«Und Beschützer hilfloser Frauen, richtig. Und was bist du noch?»

«Ach, ich weiß nicht. Dichter vielleicht, Liebhaber, Philosoph. Ich bin ja sehr fürs Hehre...»

Und damit ging es natürlich wieder los. Malchek hatte das Gefühl, als wenn ihm buchstäblich eine Last von der Brust genommen wurde, Stück für Stück. Je mehr er lachte, desto tiefer konnte er durchatmen, und je tiefer er atmete, desto besser fühlte er sich.

Aber den eigenen Namen im Radio zu hören, wenn man nicht darauf gefaßt ist – das kann einen doch sehr verunsichern. Die Stimme des Nachrichtensprechers ließ ihnen jäh das Lächeln vom Gesicht rutschen.

«Der Saga von Clare Randell und Police Detective Mike Malchek scheint noch kein Happy-End beschieden zu sein. Erst vor wenigen Tagen brachte Lieutenant Malchek den Killer zur Strecke, der Miss Randells Leben bedrohte. Danach gaben die beiden ihre Verlobung bekannt, und die Romanze beschäftigte die Phantasie der Öffentlichkeit. Vor einer Stunde legten Sprengsätze die Wohnungen der beiden in Schutt und Asche. Die Wohnungsinhaber waren nicht daheim. Der Sachschaden ist beträchtlich. Wie ein Polizeisprecher erklärte, ist das Zerstörungswerk wahrscheinlich Vandalen oder Spinnern zuzuschreiben, die sich von den Berichten in der Presse anregen ließen. Von Miss Randell und Lieutenant Malchek war keine Stellungnahme zu bekommen.»

Die letzten Worte des Sprechers ertranken in einer Flut von Flüchen, wie sie Clare in dieser Güte in ihrem ganzen Leben noch nicht gehört hatte. Daran änderte auch nichts, daß die Hälfte davon auf russisch war (das einzige Erbe, das Malcheks eingewanderter Großvater ihm hinterlassen hatte). Als er endlich schwieg und sich wieder einigermaßen beruhigt hatte, sagte sie behutsam: «Es tut mir leid, Mike. Wegen deiner Wohnung, meine ich.»

Er zuckte die Achseln. «Es war eine Schlafstelle, mehr nicht. Außerdem bin ich versichert.»

Jetzt, nachdem er den ersten Zorn losgeworden war, wirkte er geradezu unanständig vergnügt, fand sie. Ihr selbst war elend zumute, nicht nur, weil ihre Habe jetzt endgültig dahin war, sondern weil die Wirklichkeit sie so rasch eingeholt hatte. Sie wurde noch immer gejagt. Unruhig sah sie sich um.

«Bist du sicher, daß sie da draußen sind? In unserer Nähe?»

«Wer? Meine Männer? Völlig sicher. Keine Angst, Clare, wir sind auf ihn vorbereitet.»

«Mein Gott, Mike...» Sie konnte kaum sprechen. Das Zittern kroch an ihren Handgelenken hoch, wand sich schlangengleich durch ihren Körper, sie konnte nichts dagegen tun.

Wortlos setzte er den Blinker, schnitt ein Chevy-Kabrio, einen Cadillac, hielt auf dem staubigen Bankett. Dann stellte er den Motor ab. Sie hörten nur noch den Verkehr, der unbeteiligt an ihnen vorüberrauschte.

«Heraus damit, Clare. Das ist die letzte Chance, die du von mir bekommst.»

«Kann ich es mir noch einmal überlegen? Kann ich noch zurück?»

Seufzend sah er hinaus auf die rauhe Felswand, die vor ihrem Fenster aufragte. «Du kannst tun, was du willst.»

Clare konnte den Blick nicht von ihm wenden, obgleich sie wußte, daß Tränen sie zu verraten drohten. Er ist eigentlich klein, stellte sie erstaunt fest. Schmal und feingliedrig, nicht groß, nicht massiv, nicht das, was man sich unter einem Leibwächter vorstellt. Edison war groß, sie sah ihn deutlich vor sich. Groß und langarmig und breitschultrig.

Ein Kombiwagen schob sich langsam an ihnen vorbei. Malchek rückte die Sonnenblende zurecht, um ihnen ein bißchen Schatten zu verschaffen. Die heiße Sonne heizte jetzt, da der kühlende Fahrtwind fehlte, den Wagen auf wie einen Backofen.

Clare sah ihn noch immer an. Was tue ich hier draußen mit diesem kleinen Mann? In der nächsten Minute kann Edison hinter uns auftauchen und mich erschießen. Das Zittern wurde stärker, sie war ihm restlos ausgeliefert.

Malcheks nachdenkliche Stimme drängte sich in ihre Gedanken. «Er glaubt, daß die Zerstörung unserer Wohnungen uns einsam und verwundbar macht. Es ist ein Zeichen dafür, daß er wütend ist, und das ist gut. Seine Wut ist für ihn eine größere Gefahr als die Isolation für uns. Wir können jederzeit neue Möbel kaufen, aber die Fehler, die er in seiner Wut macht, kann er nicht zurückkaufen. Er hat uns im Grunde nichts anhaben können, Clare, es hat sich nichts geändert.»

Er spürte, wie sie zitterte, und wandte sich zu ihr um. Die dunklen Augen waren riesengroß, und er sah ihre Zweifel. Sie ist wieder ganz klein geworden, dachte er. Seltsam, wie sie in ihrer Angst immer kleiner wird, winzig klein wie ein Vogel, mit ganz zarten Knochen, aber ohne Flügel zum Davonfliegen. Er rückte ein Stück an sie heran und legte den Arm um sie, es war eine ganz instinktive Bewegung, als habe er ein verängstigtes Kind vor sich, das getröstet werden mußte.

An ihn gelehnt, merkte sie besonders deutlich, wie schmal gebaut er war im Vergleich zu Edison. Aber seine Muskeln waren hart und unnachgiebig, seine Arme hielten sie sehr fest, und langsam wich das Zittern, brachten seine Arme sie zur Ruhe. Ich bin in Sicherheit, spürte sie überrascht. Nichts kann an mich heran, solange er bei mir ist. Sie horchte dem nach, was er gerade gesagt hatte.

«Woher weißt du, was er denkt?»

Seine leise Stimme brachte ihre Schädeldecke zum Schwingen, sein Gesicht lag an ihrem Haar. «Das kann ich nicht erklären. Ich weiß es eben.»

«Weiß er demnach auch, was du denkst?»

«Wahrscheinlich.»

Also kam es gar nicht so sehr auf Kraft und Körpergröße an. Sie entspannte sich plötzlich, er spürte es. Das Schlimmste war vorbei, sie hatte sich gefangen. Er wartete. Endlich richtete sie sich auf, er ließ sie los.

«In Ordnung?»

Sie nickte, aber sie sah ihn nicht an.

Um so besser, dachte er und betrachtete den schimmernden Haarvorhang. Ich weiß nicht, wie ich im Augenblick aussehe, aber einen besonders erhebenden Anblick biete ich gewiß nicht. Wie warm ihr Körper gewesen war, er hatte sie gar nicht wieder loslassen wollen. Es hatte ihm in den Händen gezuckt, diesen warmen Körper zu erforschen, zu öffnen, sie zu überraschen. Und das jetzt, am hellichten Tage, während Hunderte von Autos an ihnen vorübersausten und irgendwo gar nicht weit von ihnen ein Killer lauerte. Er zwang sich zur Strenge.

«Das darf nicht noch einmal passieren, Clare. Ich kann mir das nicht leisten, verstehst du?» Er sprach Reddesdales Worte nach wie eine Zauberformel: «Gleichzeitig schießen und streicheln, das geht nicht.»

«Es wird nicht wieder vorkommen.» Sie faltete die Hände im Schoß.

Dabei ließ er es bewenden. Er rückte zum Steuer herüber, ließ den Motor an, fädelte sich bei der nächsten Gelegenheit in den Verkehr ein, gab Gas, schaltete am Berg, sah rückwärts in den Spiegel nach der Yamaha, blickte nach vorn, auf der Suche nach dem Impala-Kabrio.

Sie hatten etwa zehn Minuten verloren. Und vielleicht noch mehr.

Der Alte im Garten hatte sich umgedreht, ganz plötzlich, aber die Kugel war schon aus dem Lauf, traf zarte Knochen, traf Fleisch, das in einem rot aufsprühenden Ballon der Zerstörung zerstob –

ein schreiender Mund ohne Kiefer, Augen fort, Nase fort, nur noch eine Kehle, zuckend im Aufbrüllen eines langsamen, viel zu langsamen Todes.

Ein Schweißrinnsal krabbelte über seinen Bauch wie ein schnellfüßiges Insekt, und das Hemd klebte ihm plötzlich an den Schultern. Er öffnete das hintere Fenster auf seiner Seite, mit einer Hand das Lenkrad festhaltend und sich über die Sitzlehne beugend, während er sich hinten mit der Kurbel mühte.

Es war bald Zeit zur Mittagspause.

Am frühen Nachmittag tauchten die ersten Motels auf. Sie hielten am dritten, am Rand von Richardson Grove. Malchek war zufrieden. Es war das erste Motel auf der Liste. Garner und Martin würden ganz in der Nähe ihr Zelt aufschlagen können.

Als sie auf der Suche nach einem Restaurant in die Stadt fuhren, sah er das Kabrio vor dem nächsten Motel stehen. Es würde nicht immer so leicht sein, und es wäre ihm fast lieber gewesen, wenn das Glück noch etwas hätte auf sich warten lassen, im weiteren Verlauf der Reise würden sie es wahrscheinlich nötiger haben.

Er hatte auf Entfernung gesetzt, obgleich er wußte, daß sie letztlich keine entscheidende Rolle spielte. Edison konnte, wenn er wollte, überall seine Beziehungen spielen lassen.

Und sie würden in Bewegung bleiben – allerdings in Maßen. Bis morgen würden sie hier pausieren, um Edison seine erste Chance zu geben, würden den Vormittag, Mund und Nase aufsperrend vor Bewunderung, mit den übrigen Touristen zwischen den ragenden Redwoods, den amerikanischen Mammutbäumen, herumspazieren. Mit den Touristen, aber ein bißchen von ihnen getrennt, in der typischen Pose des ganz in sich versunkenen zärtlichen Flitterpaares. Sie mußten sich isolieren, um die Bedrohung möglichst nur auf sich zu ziehen.

Danach ging es dann in den weiten nördlichen Halbkreis der Nationalparks, blauer Himmel, ziehender Sommerdunst. Ihm und seinen sechs Männern war das Terrain recht gut bekannt, der eine kannte sich in der einen Gegend besser aus, der andere in einer anderen, die Kenntnisse ergänzten sich. Er würde jeweils einen Kontaktmann pro Tag haben. Und Gonzo natürlich.

Gonzo würde sie von San Francisco aus exponieren, jeden Tag ein Stückchen mehr, bis die Botschaft bei Edison ankam.

Malchek wartete an dem Tisch, den sie sich ausgesucht hatten, bis er das Kabrio in den Parkplatz einbiegen sah. Als Terson und Gambini sich gesetzt hatten, etwa drei Meter von Clare entfernt, den Zugang zu ihr von vorn und von hinten deckend, stand er auf und ging zu dem Münzfernsprecher neben der Küche.

Gonzales machte einen gehetzten Eindruck. «Du hast eine Stunde Verspätung», fuhr er los.

«He, Mann, ich bin auf Urlaub», protestierte Malchek ganz friedlich.

«Ich habe eine schlechte Nachricht für dich.»

«Wenn du unsere Wohnungen meinst, das haben wir schon in den Nachrichten gehört.»

«Ach so. Ist sie okay?»

«Du hast einen Vaterkomplex. Es geht ihr blendend.» Er schaute zu ihrem Tisch hinüber. Clare las die Speisekarte. Sie war ein bißchen blaß, aber sonst sah sie fabelhaft aus. Sie hatte sich zum Essen umgezogen, trug ein weißes Jerseykleid, unter dem sich ihre Brüste abzeichneten. Ein roter Gürtel betonte die schmale Taille.

«Wie klappt die Tarnung?» fragte Gonzales. Malchek gab sich einen Ruck.

«Soweit ganz gut. Garner und Martin auf der Yamaha, Terson und Gambini im Kabrio. Sie sind jetzt hier. Morgen fahren sie weiter, und Van kommt zur Ablösung. Er wechselt sich mit Davis ab, in den Kombis.»

«Wann holst du Gambini und Terson wieder ein?»

«Übermorgen, sie steigen irgendwo am Forest Glen in einen Kombi um, den Tag darauf in ein Buick-Kabrio. Gibt's bei euch was Neues?»

Er sah sich noch einmal im Restaurant um, registrierte Türen, Fenster, Gesichter, die staubigen Wagen draußen auf dem Parkplatz, die langsam auskühlten, während die Sonne sank.

«Ich habe heute nachmittag im Dienstraum Richardson Grove fallenlassen, als Versuchsballon. Du bleibst dabei?»

«Ja. Was hört man von der Straße?»

«Keinen Ton. Alles dicht.»

«Komisch. Er läßt sich's wohl was kosten.»

«Muß wohl so sein. Oder es mischt noch jemand mit. Jedenfalls weiß niemand was. Wie geht's, wie steht's, schönes Wetter heute... Du weißt ja, was für einen Quatsch sie dir vorsetzen. Und dabei grinsen sie aus allen Knopflöchern.»

«Ja, ich weiß. Aber du läßt hoffentlich nicht locker...»

«Was denkst du wohl? *Ich* mache ja keinen Urlaub, rolle nicht mit einer gutaussehenden Puppe durchs Land, mampfe genüßlich das feine Spesenessen und lege mich nachts auf kühlen Laken lang.»

«Einer muß ja die Arbeit machen», sagte Malchek trocken. «Wenn's sein muß, kannst du mich über Terson erreichen.»

«Bis wann?»

«Er sagt dir Bescheid, ehe er losfährt.»

Als er wieder an ihren Tisch kam, machte Clare ein unbehagliches Gesicht. «Der Mann in der Ecke schaut mich an.»

Malchek griff nach der Speisekarte, schlug sie rasch auf und ließ das rote vervielfältigte Blatt mit den Tagesmenüs zu Boden flattern. Als er sich, das Blatt in der Hand, wieder aufrichtete, hatte er den Mann im Visier. Gut aussehend, blond, hängende Schultern. Er stierte angestrengt in seine Speisekarte.

«Beobachtet er dich immer noch?» fragte Malchek, während er das lose Blatt wieder an der Büroklammer befestigte. Sie warf einen Blick hinüber.

«Nein, jetzt nicht mehr. Ist es einer von deinen Leuten?»

«Nein – einer von deinen», grinste er.

«Was soll das heißen?»

«Daß du – Gonzales hat mich soeben darauf aufmerksam gemacht – eine gutaussehende Puppe bist. Der Typ hat sich gefragt, ob du allein reist, das ist alles. Jetzt weiß er, daß du nicht solo bist. Ende.»

«Er ist nicht einer von –»

«Er könnte einer von meinen Leuten sein, sicher. Aber da siehst du mal, wie gut es ist, daß ich dich nicht mit ihnen bekannt gemacht habe. Ich möchte auf jeden Fall vermeiden, daß man auf meine Leute aufmerksam wird.»

Sie sah ihn erbittert an. Er trug ein dunkelblaues Denim-Shirt mit offenem Kragen, Jeans und eine Lederjacke, die den Revolver verdeckte.

«Und was mache ich, wenn er dich niederschießt? Woher soll ich wissen, an wen ich mich wenden, wen ich um Hilfe bitten soll?»

«Wenn ich in Deckung gehe, tust du das einfach auch.» Er lächelte, als sei die Rede von den jeweiligen Vorzügen der sechs angebotenen Pizzasorten. «Bleib liegen, sie kommen zu dir. Was bekommst du?»

«Magengeschwüre.»

«Mit Salat oder Pommes frites?» fragte er ungerührt, und sie begriff, daß sie auch deshalb immer wieder versuchte, ihn aus der Reserve zu locken, weil er sie so mühelos von sich wegschieben konnte. Wenn er – selten genug – die Beherrschung verlor und zurückschlug, spürte sie so etwas wie Triumph. Plötzlich erschien ihr das sehr billig. Immerhin versuchte er, ihr Leben zu bewahren.

«Für mich das Lammkotelett», sagte sie abbittend.

Es ist leicht, neben einem Menschen zu schlafen, der einem nichts bedeutet. Neben einem Menschen zu schlafen, den man mag, ist eine ganz andere Sache. Besonders wenn man beschlossen hat, seine Gefühle strikt im Zaum zu halten.

Vor der Abfahrt am Morgen hatte er ihr einen Trauring angesteckt. Auch er trug einen Ring. Sie hatte kommentarlos wieder zur Bürste gegriffen und ihr Haar weiterbearbeitet. Vielleicht eine Idee energischer als zuvor.

Natürlich hätten sie es sich leichtmachen können. Sie waren gesunde, ansehnliche Menschen, und prüde waren sie beide nicht. Wie einfach wäre es gewesen zu sagen: «Hör mal, wenn wir nun schon zusammen sind, laß uns wenigstens ein bißchen Spaß dabei haben.» Oberflächlich betrachtet, war die Situation tatsächlich unkompliziert. Nur – sie waren es nicht.

Und deshalb stellte das Doppelbett im ersten Motel sie vor ein Problem. Aber eine Münze zu werfen und einen von ihnen auf einen Sessel zu verbannen, das kam ihnen auch albern vor. Schließlich machten sie sich beide fertig für die Nacht und legten sich hin. Doch was sie trennte, war mehr als eine Decke.

Er war sich ihrer Nacktheit unter dem weißen Jerseypyjama, für den sie sich entschieden hatte, um gleichsam geschlechtslos zu erscheinen, sehr bewußt. Es war eine Fehlentscheidung gewesen: Der Schlafanzug zeichnete ihre Körperformen deutlicher ab, als es ein Nachthemd getan hätte.

Normalerweise schlief er ganz nackt. Für die Reise hatte er sich einen Pyjama geborgt, aber der Stoff engte ihn ein, machte ihn unfrei. Er zog die Jacke wieder aus und warf sie in den Koffer.

Als Clare später aus Versehen mit der Hand an seinen nackten Rücken kam und die samtige Wärme seiner Haut spürte, mußte sie sich abwenden. Der Drang, seinen Rücken und die Narbe auf seiner Schulter zu streicheln, war so stark, daß ihre Hand ihr fast vorkam wie ein selbständiges, nicht kontrollierbares Wesen. Aber dann schlief sie doch ein.

Zum erstenmal seit Tagen konnte auch Malchek ruhig schlafen. Er wußte, daß irgendwo draußen in der Dunkelheit Garner und Martin lagen und abwechselnd in ihrem gemeinsamen Schlafsack Wache hielten.

Der Alptraum überkam ihn unversehens. Seit über drei Jahren hatte er ihn nicht mehr gehabt. Vielleicht lag es an dem Krabbensalat, vielleicht an dem Kriegsfilm, den sie sich im Fernsehen angeschaut hatten, vielleicht war es einfach Erschöpfung. Seine Lider begannen zu flattern, er warf sich herum, umklammerte die Decke, begann immer heftiger vor sich hin zu reden. Er stöhnte – nicht einmal sehr laut.

Clare fuhr erschrocken hoch. Sie wußte nicht, was sie geweckt hatte. Als er sich wieder heftig bewegte, wandte sie sich um, sah, daß ein zweiter Schrei in ihm hochstieg. In dem schwachen Licht, das von draußen hereinfiel, sah sie, daß sein Gesicht sich in eine Maske unmenschlicher Angst verwandelt hatte.

Instinktiv rückte sie zu ihm heran, hielt ihn fest, schüttelte ihn, rief seinen Namen.

«Nicht, Mike, es ist gut, es ist ja alles gut, es ist alles in Ordnung.» Sie klammerte sich an ihn, versuchte ihn über die Angst hinweg zu erreichen, bis er zusammenschauerte, in einer einzigen heftigen Bewegung hochfuhr und aufwachte. Der Schrei war wie abgeschnitten, die Augen standen weit offen in der Dunkelheit.

Sie drückte sich noch immer an ihn, hatte die Arme um ihn gelegt, ihr Haar streifte seinen Mund. Er merkte es nicht.

«Mein Gott», sagte er mit seltsam flacher Stimme. «Mein Gott.» Dann begann er zu zittern. Sie ließ ihn langsam los, weil sie nicht wußte, ob es ihm recht war, wenn sie ihn berührte. Nach einer Weile warf er die Decke zurück, dann stand er neben dem Bett, ein dunkler Schatten ohne Gesicht.

«Entschuldige», sagte er kurz und verschwand im Badezimmer. Sie machte Licht. Badewasser lief, dann war es still hinter der geschlossenen Tür, eine lange, beängstigend lange Zeit verging. Schließlich bekam sie es mit der Angst zu tun. Sie stand auf, klopfte. Ihre nackten Sohlen krümmten sich, als sie den kalten Boden berührten.

«Alles in Ordnung, Mike?»

«Bestens. Leg dich wieder hin.» Seine Stimme klang kräftig, ruhig, normal. Die wenigen Worte kosteten ihn ungeheure Mühe.

Er lag in dem warmen Wasser, wie sie es ihm beigebracht hatten, und hörte, wie sie wieder ins Bett ging. Den Kopf hatte er an den Badewannenrand gelegt, gelegentlich wandte er das Gesicht zur Seite, um die glühende Haut an dem kalten Porzellan zu kühlen.

Es würde noch eine Weile dauern, bis das Zittern aufhörte. Schlimm genug, daß er den Alptraum bekommen hatte. Schlimmer, daß sie es miterlebt hatte.

Als er schließlich wieder zu ihr kam, wußte er, daß sie nicht schlief, spürte ihr waches Warten über den Raum hinweg, der sie trennte. Während er das Streichholz anriß, um sich eine seiner seltenen Zigaretten anzuzünden, spiegelte sich die Flamme in ihren offenen Augen.

Nach einer Weile holte sie tief Atem. Er hatte gehofft, sie würde gar nichts sagen, aber das war wohl zuviel verlangt. Wahrscheinlich kam jetzt wieder irgendeine Gemeinheit. Er wappnete sich.

«Passiert das oft?» In ihrer Stimme lag keine Aggression.

Er atmete auf. «Es ist seit Jahren nicht mehr passiert. Ich dachte, ich hätte es hinter mir, ein für allemal.»

«War es der Krieg? Etwas im Krieg?»

«Ja. Aber ich möchte nicht darüber sprechen. Es ist ja vorbei.»

Es überraschte ihn, daß sie die einmalige Gelegenheit nicht nutzte, eine spitze Bemerkung anzubringen oder Amateurpsychologie zu betreiben. Allmählich akzeptierte er ihre tröstlich-stumme Gegenwart. Er drückte die Zigarette im Aschbecher aus und rutschte unter die Decke.

Noch immer sagte sie nichts. Aber unter der Decke kam ihre Hand zu ihm, und er schloß seine Finger darüber.

Nach einer Weile merkte er, daß ihr Atem flach und langsam geworden war.

Kleine Clare, die du immer noch ein bißchen kleiner wirst, wenn du Angst hast, wie soll ich es erklären? Ich kann es nicht – ebensowenig, wie ich es meinem eigenen Vater habe erklären können. Er hat mich weggeschickt in der festen Überzeugung, daß die Army besorgen würde, was er nicht geschafft hatte. Daß sie einen Mann aus mir machen würde. Statt dessen... Er seufzte und schloß die Augen.

Statt dessen war eine schmutzige Nacht der anderen gefolgt, eine schmutzige Kugel der anderen. Messer, Garotte. Sein Vater war kurz vor seiner Rückkehr aus Vietnam gestorben. Weil sich in seinen Kummer eine demütigende Erleichterung mischte, daß sein Vater ihm nie die Wahrheit über seinen Krieg abverlangen würde, hatte er sich Tränen über den Tod seines Vaters versagt.

Wie konnte Clare, wie hätte sein Vater verstehen können, was für ein Untier dort aus ihm geworden war? Wie er es hatte tun können, immer wieder, es gut gemacht hatte, bis – nein... Das war der Weg zurück in den Alptraum.

Die hartgetretene Erde unter nackten Füßen, Weidenzweige und Farnwedel, das Gewehr schwer in seinen Händen...

Er wandte den Kopf auf dem Kissen und sah auf Clares Profil, bis ein reinerer Schlaf ihn aufnahm.

Als er morgens aufwachte, sah er, daß sie sich im Schlaf von ihm abgewandt hatte. Aber ihre Hand, klein und warm, lag noch immer in der seinen.

14 Am neunten Tag schien es Clare, als hätte sie ihr ganzes bisheriges Leben als Touristin verbracht. Als hätten sie und Malchek sämtliche Redwoods in den Wäldern betrachtet, alle Berge bewundert, alle Canyons, Schluchten und Täler durchwandert, die im Bereich der Nationalparkverwaltung lagen.

Es hätte sogar Spaß machen können, wenn er in ihre bewundernden Ohs und Ahs eingestimmt hätte. Aber sein Blick umfaßte alles andere, nur nicht die Landschaft. Die Spielregeln waren, wenn auch etwas aufgelockert, nicht anders als in der Stadt. Es war dieselbe Art, ihr in Bars, Restaurants oder Hotelzimmer vorauszugehen, es waren dieselben Rituale des Argwohns.

Als sie an diesem Abend aus dem Bad kam, stand er am Fenster und sah hinaus. Er hatte ihren Koffer auf die Gepäckablage gestellt, und während sie im Dunkeln zu ihm hinüberging, sah sie, wie er sich nach rechts und nach links beugte, als suche er draußen etwas. Er summte leise vor sich hin.

«Laß mich raten», sagte sie. «Wir haben Aussicht auf eine Nudistenkolonie.»

«Nein», antwortete er gelassen. «Ich schätze nur die möglichen Flugbahnen ab.»

Er hockte sich hin und sah zu den Bergen hinauf, die sich hinter dem Motel erhoben. Es war inzwischen fast ganz dunkel geworden, er konnte gerade noch die Kuppe des Berges hinter ihnen erkennen und kam zu dem Schluß, daß der Winkel zu steil war, um gefährlich zu werden. Wälder waren gefährlicher als Anhöhen. Er zog den Vorhang vor, machte Licht und sah sie wie erstarrt vor sich stehen.

«Aber warum denn nur?»

Er war plötzlich befangen. «Gewohnheitssache.» Sein Lachen mißlang. «Ich habe einfach keine Ruhe, bis ich alle Schwachstellen geprüft habe. Zugänge, Ausgänge und so weiter. Ich muß wissen, wie ich wieder rauskomme, egal wo ich bin.» Sie sah ihn unentwegt an. Er ging zur Tür hinüber, dicht an ihr vorbei. «Du hast wohl keine dummen Angewohnheiten, was?» knurrte er im Hinausgehen.

Sie war vor ihrem Koffer stehengeblieben und sah ihm nach. Es war die erste Spur von Reizbarkeit seit der Alptraumnacht. Am nächsten Tag hatte er zwar angestrengt und erschöpft gewirkt, aber auch entspannter und zugänglicher als bisher. Als habe der Traum irgendeinen Giftstoff aus seinem Körper geschwemmt. Offenbar aber war die Befreiung nur vorübergehend gewesen. Inzwischen war er ihr immer sympathischer geworden, ohne daß sie sich dagegen gewehrt hatte. Sie lernte einen Mann kennen, der sich hinhockte, um die Eichhörnchen zu füttern, der abgehetzten Kellnerinnen ein höheres Trinkgeld gab als hübschen. Es war eigentlich sehr angenehm, von diesem Malchek betreut und umsorgt zu werden.

Aber jetzt war der andere wieder da, der Fremde.

Seufzend suchte sie im Koffer nach dem weißen Jerseykleid. Es mußte gewaschen werden. Als sie es herausnahm, fiel eine braune Medizinflasche auf den Teppichboden. Richtig, sie hatte das Fläschchen zusammen mit ihren eigenen Sachen im letzten Motel von dem Brett im Badezimmer genommen und eingepackt. Neugierig las sie das Etikett: «M. Malchek. Paludrin. Nach Bedarf. Dr. K. Stammel.» Wahrscheinlich war es etwas, das er einnahm, um so unterkühlt und distanziert zu bleiben wie zuerst.

Wie albern, sich einzubilden, der alte Malchek sei verschwunden. Die Rituale, die Wachsamkeit – das alles war ja geblieben, die scharfen Befehle: vorwärts, zurück, stehenbleiben. Ein Lächeln hatte sie erträglicher gemacht, aber Befehle waren es trotzdem, und sie hatte gehorcht. Sie wußte, daß er auf geheimnisvolle, ihr unverständliche Art und Weise ständig ein Netz von Beobachtern um sie spannte. Wenn sie sich unvermittelt umdrehte, ertappte sie ihn dabei, wie er irgend jemandem irgendwo ein verstohlenes Zeichen gab. Aber sie hatte es aufgegeben zu enträtseln, wie das Ganze funktionierte.

Sie wünschte fast, Edison würde sein Glück bald versuchen. Zumindest war sie dann aus dieser lächerlichen Situation erlöst.

Als Malchek wieder ins Zimmer kam, hörte er den scharfen Strahl der Dusche und Clares trotzig-falschen Gesang. Sing nur, Baby, dachte er. Du hast es verdient.

Nervös kramte er die Zigaretten hervor, zündete sich eine an, blinzelte, als der trockene Tabak aufflammte. Seine Zigaretten waren immer alt, er rauchte durchschnittlich nur zwei die Woche.

«Hallo!» Sie fuhr sich mit dem losen Ärmel des Bademantels über Gesicht und Haar, während sie aus dem Badezimmer kam. «Ich bin in ein paar Minuten fertig.»

«Ich hab's nicht eilig.»

«Ich denke, du hast solchen Hunger?» Sie griff sich ihre Sachen aus dem Koffer, eine Spitzen- und Nylonkaskade, während sie ihn erstaunt ansah.

«Es ist vorbei, Clare, du kannst aufatmen.»

«Hat Gonzales ihn erwischt?» Sie wußte, daß er im Präsidium angerufen hatte. Er nickte.

«Nicht Gonzo selbst. Ein Sheriff in einem Nest namens Spider Meadows.»

Sie konnte es kaum glauben. «Ehrlich?»

Er lächelte flüchtig. Genau das hatte er Gonzo gefragt. Gonzos Stimme am anderen Ende der Leitung hatte triumphierend und unnatürlich hoch geklungen.

«Wegen Vergewaltigung, was sagst du nun?» hatte er Malchek aufgeräumt ins Ohr gebrüllt.»Dieser Sheriff ist entweder ein toller Hecht, oder er hat nichts weiter zu tun, als unsere Fahndungsblätter zu lesen. Kurz und gut, er sagt, der Typ sei ihm bekannt vorgekommen, und da hat er sich das Blatt gegriffen und noch einmal hingesehen. Angeblich ist es tatsächlich Edison.»

«Komm, komm, das nehme ich dir nicht ab», hatte Malchek protestiert.

Gonzales lachte vor sich hin. «Hab ich auch gesagt. Aber ich habe die Fingerabdrücke hier, habe sie mit denen aus deiner Akte verglichen.»

«Das sind nur Fragmente.»

«Weiß ich. Trotzdem – ich habe sieben Übereinstimmungen festgestellt. Nicht schlecht, was?»

«Aber auch kein Beweis.»

«Was willst du denn noch? Blutgruppe und Geburtsnamen der Mutter?»

«Und wo steckt er im Augenblick?»

«In einem gottverlassenen Nest ganz in deiner Nähe – Spider Meadows. Route 32. Du kannst morgen dort sein.»

«Und in einem Nest namens Spider Meadows haben sie einen Fernschreiber mit Bildübermittlung? Muß wahrhaftig ein toller Hecht sein, dieser Sheriff.»

«Blödsinn, natürlich nicht. Er ist nach Paradise gefahren und hat die Fingerabdrücke von der dortigen Polizeistation abschicken lassen.»

«Edison ist also in Paradise?» Das schien wünschenswert, aber unwahrscheinlich.

«Äh – nein, er ist noch in Spider Meadows.»

«Warum?»

«Ja, also – dieser Sheriff Hoskins hat Bedenken, ihn nach Paradise ins Gefängnis zu bringen.»

«Warum denn das?» Die Geschichte begann Malchek zu langweilen.

«Na ja, die Kleine, die der Kerl vergewaltigt hat –»

«Die Kleine? Daß Edison ein Sittenstrolch ist, war mir nicht –»

«Nein, nein, sie ist fünfzehn, sagt der Sheriff und groß für ihr Alter. Aber – na ja, sie ist wohl seine Nichte. Es ist eine Kleinstadt, und da –»

«Da hat er Edison zusammengeschlagen, das willst du mir doch schonend beibringen, stimmt's? Na großartig...» Er überlegte einen Augenblick. «Route 32, sagst du. Na schön, wir bringen ihn mit. Dieser Hoskins wird keine älteren Ansprüche geltend machen?»

«Bestimmt nicht. Ich glaube, er ist froh, wenn er den Fall los wird. Edison ist ihm irgendwie unheimlich, und mit der Anzeige wegen Notzucht scheint er es auch nicht mehr so eilig zu haben.»

Malchek grinste und schüttelte den Kopf, sich mit der freien Hand durchs Haar streichend. «Was macht dieser vorzügliche Sheriff denn im Hauptberuf?»

«Er ist der Korn- und Futtermittelhändler des Ortes.»

«Gepriesen seien die Amateurpolizisten!»

«Immerhin hat er ihn erwischt», sagte Gonzales, hörbar verstimmt durch Malcheks gebremste Begeisterung.

«Okay, er hat Glück gehabt, und du und ich und die großen Tiere aus der Stadt haben das Nachsehen, ich verstehe schon. Wir holen ihn morgen ab. Übrigens sind zufällig alle meine Leute hier, wir wollten morgen wechseln. Sechs, schätze ich, reichen sogar für einen Edison.»

«Ihr seid doch sieben.»

«Ich habe noch das Mädchen – oder hattest du das vergessen?»

«Richtig... Sie wird sich nicht darum reißen, bei der Rückfahrt neben ihm zu sitzen, was?»

Malchek lachte leise. «Das glaube ich auch nicht.»

Als sie nach dem Essen mit den sechs anderen Cops ins Motel zurückkamen, war Clare beschwingt und ein bißchen beschwipst. Malchek hatte nicht viel getrunken, sie dafür um so mehr. Er stand über die Farbeinstellung des Fernsehers gebeugt, als sie hinter ihn trat, ihre Hände über seine Schultern gleiten ließ und ihm das Haar zerstrubbelte. Noch eine weitere Minute beschäftigte er sich damit, dem Gesicht des Fernsehkommentators einen blasseren Farbton zu geben, dann richtete er sich langsam auf und wandte sich zu ihr um. Sein Gesicht war völlig ausdruckslos.

«Ich wollte nur...» Unter dem kalten Blick der grünen Augen kam sie ins Stottern, aber sie sprach weiter, getrieben von einer Regung, die sie selbst nur halb begriff. «Ich wollte mich nur bedanken, für – für alles, was du getan hast. Ich meine... ich weiß... die Gefahr... er hätte –»

«Und diesen Dank wolltest du im Bett abstatten, ja?» Seine helle, metallische Stimme fuhr scharf durch ihr Gestammel. Sie wich einen Schritt zurück.

«Nein, das heißt –»

Er legte den Kopf schief. «Eine nette Geste, wirklich. Mir soll's recht sein. Gar nicht so einfach, jede Nacht neben einer gutaussehenden Puppe zu schlafen, ohne aktiv zu werden. Warum also nicht?»

Er musterte sie vom Scheitel bis zur Sohle, lächelte zynisch und griff nach ihr. Sie trat noch einen Schritt zurück.

«Bitte nicht. So wie du es sagst, hört es sich an wie eine – eine rein körperliche Sache.»

Seine Augen wurden schmal. «Ja, was denn sonst? Wie gesagt: Eine nette Geste. Kommt jeden Tag vor, so was. Völlig normal.»

«Ich – es war nicht als ‹nette Geste› gedacht.» Sie kämpfte mit der Bestürzung über seine unerwartete Schroffheit. «Ich – ich mag dich, Mike. Ich habe das Gefühl, daß –»

«Sehr gut, ich mag dich auch», sagte er ungeduldig. Aber aus seinem Mund klang es anders, mit jedem seiner Worte machte er etwas kaputt. Wie klein sie plötzlich wieder ist, dachte er bestürzt, während er sich hinter seine Maske zurückzog.

«Nein...» Jetzt wandte sie sich ab. «Entschuldige, ich glaube, ich habe einfach zuviel getrunken.»

Er ballte die Fäuste und fauchte sie an: «Willst du nun bumsen oder nicht?»

Sie hob mit einem Ruck den Kopf, ihre Schultern versteiften sich. «Nein. Nein, danke. Ich – ich möchte nicht bumsen. Vergiß es. Entschuldige.»

«Auch gut. Auf Vergewaltigung bin ich nicht scharf.» Er sah, wie sie blind nach ihrem Nachtzeug tastete und die Badezimmertür zuschlug. Er schloß die Augen.

Du Schwein, dachte er, während er auf den Fernsehschirm starrte. Nein, falsch. Ein richtiges Schwein hätte gelächelt und es ihr leichtgemacht. Es ist ja sowieso nur eine Cop-Schwärmerei. Es ist nur die Erleichterung und Dankbarkeit und eine Flasche Wein. Bumsen will ich dich auch nicht, Clare, lieben möchte ich dich, und damit würden wir uns gegenseitig betrügen. Aber wenn es einen Schutzpatron für Cops gibt, mal herhören: Bitte mach, daß sie mich nicht noch einmal so ansieht. Bitte.

Ich habe hier drin nur Platz für mich, versuchte er dem Schutzpatron zu erklären. Ich kann niemanden zu mir hereinlassen. Ich will nicht mehr verwunden. Ich will auch nicht verwundet werden. Als ich den ersten kaltblütig umlegte, habe ich die Tür zugeschlossen. Sie hat Besseres verdient.

Spider Meadows' Einwohnerzahl stieg nur im Winter über tausend an, wenn es den Überlauf der nahe gelegenen Skigebiete aufnahm. Jetzt, im August, brütete die Leere unter den Bäumen, die Häuser hockten mit heruntergelassenen Jalousien hinter ihren Rasenflächen. Den Weisungen folgend, die Gonzales ihnen durchgegeben hatte, wandten sie sich vor der eigentlichen Stadtmitte nach links und fuhren etwa eine halbe Meile über einen ungepflasterten Nebenweg. Als Malchek ausstieg, traf ihn die Stille fast wie ein Schlag. Kein Kindergeschrei, kein Hundegebell, nichts. Das Kabrio hinter ihm stieß mit den Reifen an die geborstene Bordsteinkante, und in der Ferne sah er die zweifache Staubwolke von Van Schaatens Pickup und Davis' Kombi. Garner und Martin waren schon vor ihnen eingetroffen und saßen unter einer Fichte neben ihrem Motorrad. Hitzeschleier stiegen von dem Motor auf und verloren sich zwischen den schweren Zweigen über ihnen. Er habe schon hinter dem Haus nachgesehen, rief Garner zu Malchek hinüber. Ein Wagen ohne besondere Kennzeichen. Kein Mensch weit und breit zu sehen.

«Warte hier, bis ich dich rufe», sagte Malchek. Clare nickte, und er wandte sich dem Haus zu.

Die knarrenden Verandastufen meldeten sein Kommen wirkungsvoller als jede Klingel, und die Haustür öffnete sich, noch ehe er die oberste Stufe erreicht hatte. Eine schwere Gestalt in Braun stand hinter der Gittertür und sah ihm entgegen.

«Sind Sie Malchek?» knarrte eine scharfe Stimme.

«Hoskins?» Malchek klappte seine Identitätskarte auf und zeigte die Dienstmarke. Der schwere Mann warf kaum einen Blick darauf. Er schien sich mehr für Terson und Gambini zu interessieren, die sich vom Kabrio her näherten. Die runden dunklen Augen schossen an ihnen vorbei zu Van Schaaten und Davis, die jetzt auch langsam herankamen, gingen an Malchek vorbei zu Garner und Martin unter dem Baum und zu Clare in der Limousine.

«Reisen Sie immer mit großem Gefolge?»

«Zufall», gab Malchek zurück. «Wo ist der Gefangene?»

«Hier drin.» Eine lässige Hand schob den Riegel zurück, öffnete die quietschende Gittertür.

Ungefiltert durch das rostige Fliegengitter der Tür erwies sich Hoskins als ein großer, rotgesichtiger Mann mit sich lichtendem grauem Haar und einem Ansatz von Bauch. Er hatte ein blaues

Auge, ein Pflasterstreifen klebte über der Schwellung auf einer Wange und verdeckte nur unvollständig die verschorfte Schramme, die sich rot entzündet vom Ohr zur Nase zog.

«Er hat Ihnen Ärger gemacht, wie ich sehe.» Malchek betrat die lange, dunkle Diele, die bis zur Hintertür durchging. Rechts neben einer Doppeltür führte eine steile Treppe hinauf. Eine weitere Doppeltür war gegenüber.

«Er ist ein ganz schöner Brocken.» Hoskins ließ die Gittertür zuschnappen, als Gambini gerade die Veranda erreicht hatte. Terson griff an ihm vorbei und machte sie wieder auf, sie lehnten mit geöffneten Sakkos am Türpfosten und schauten hinein.

«Und Sie sind sicher, daß es Edison ist?» beharrte Malchek, während er die schmale Diele mit den Flickenteppichen auf den alten, ungebohnerten Dielenbrettern musterte. Hinten erkannte man eine etwas schief in den Angeln hängende Pendeltür, ihre Griffplatte war geschwärzt vom Alter. Das Haus machte einen frauenlosen Eindruck, hier schien ein Mann allein zu leben, dem jede auf die eigene Pflege oder Bequemlichkeit verwandte Minute zu schade war, ein Haus zum Kommen und Gehen, in dem nicht Gewohnheit Ordnung schaffte, sondern Abwesenheit. So war es auch mit seiner, Malcheks Wohnung gewesen.

Hoskins musterte ihn feindselig. «Jetzt sieht er dem Bild ja nicht mehr sehr ähnlich, aber er hat so ausgesehen, schließlich hab ich die Fingerabdrücke. Sie stimmen überein, hat er gesagt.»

«Wer hat das gesagt?»

«Ihr Mann, dieser Gonzales oder wie er heißt. Er hat zurückgerufen und gesagt, daß Sie den Kerl mitnehmen sollen.»

«Und Sie haben nichts dagegen?» Er fragte eigentlich mehr der Form halber, aus Höflichkeit. Er konnte Edison auch ohne Hoskins' Einwilligung mitnehmen und sich mit dem Amtsschimmel später auseinandersetzen.

«Scheiß, ich will ihn nicht haben. Ich hab noch was anderes zu tun, muß mich um mein Geschäft kümmern. War von Anfang an 'ne ganz verfahrene Geschichte.» Er wandte sich um und begann, die steile Treppe hochzusteigen.

«Es ist Ihre Nichte, hat mir Gonzales gesagt.»

«Ja, Sherrill Anne. Seit die 'nen Busen gekriegt hat, haben wir nichts als Ärger mit ihr. Das Hinternschwenken kann die schon wie ihre Alte. Trotzdem, das hätte er nicht zu machen brauchen. Sie ist ja schließlich noch ein K Kind.»

«Genau.» Malchek sah das Mädchen vor sich. Sie wuchsen alle so schnell heran heutzutage.

Im Obergeschoß angekommen, wandte sich Hoskins nach links zu einer offenen Tür. Er trat ein und wartete. Malchek blieb draußen stehen und besah sich die schweren Möbel zwischen den schmutzigen Wänden. Den meisten Platz in der Mitte des Zimmers beanspruchte ein dunkles Doppelbett aus geschnitzter Eiche, und den meisten Platz auf dem Bett beanspruchte ein Mann.

Hoskins hatte recht, er sah dem laut Clare «gutaussehenden» Edison nicht mehr sehr ähnlich. Er war groß und gut gebaut, daran war nicht zu tippen. Aber das Gesicht war ein Schlachtfeld in Rot und Grün, mit Schorf auf nicht gereinigten Platzwunden, zugeschwollenen Augen und einem merkwürdig schief sitzenden Unterkiefer.

«Sie haben ihm den Kiefer gebrochen», stellte Malchek sachlich fest.

«Er ist die verdammte Treppe runtergefallen.»

«So was Ungeschicktes.» Malchek trat an das Bett heran, musterte die Schädelform, Ohren, das kurzgeschnittene dunkle Haar, die in zu enge Handschellen eingezwängten, angeschwollenen Hände. Er zog ein Lid zurück, aber die Augen waren verdreht. Immerhin, er sah einen grauen Irisrand. «Gut zu wissen, daß der Gefangene so gut aufgehoben war. Sie machen dem Strafvollzug alle Ehre, Hoskins.»

«Wollen Sie Sherrill Anne dazu hören?»

«Nein, danke.» Er drehte eine der gefesselten Hände herum. Die Fingerspitzen waren noch laienhaft mit schwarzer Farbe beschmiert, entsprechende Flecken fanden sich auch auf dem Betttuch. Er ließ die Hand sinken, hielt inne. Das rechte Bein hatte eine eigenartige Stellung. «Das Geld für Fußeisen haben Sie auch gespart, was?»

«Ich sag doch, er ist die Scheißtreppe runtergefallen.»

Malchek wandte sich dem breitschultrigen Mann zu, der an dem geschnitzten Eichenschreibtisch lehnte. «Sie hätten Gonzales sagen sollen, daß wir einen Krankenwagen brauchen. Ich bin doch kein Knochenklempner», fuhr er ihn an. Daß Hoskins dem Mann in seiner Wut das Gesicht zerschlagen hatte, konnte er unter diesen Umständen noch verstehen, aber ihm auch noch ein Bein zu brechen und ihn dann liegenzulassen wie eine Rinderhälfte, das ging denn doch etwas weit. «Was Sie da am Hemd haben, ist ein Sheriffstern, Hoskins, keine Folterlizenz.»

«Ach nein!» Hoskins warf ihm einen bösen Blick zu. «Das werde ich mal Sherrill Anne erzählen, wenn sie aus dem Krankenhaus in Paradise kommt. Wird sie interessieren.»

«Sie mußte ins Krankenhaus?» fragte Malchek überrascht. Auch das paßte nicht zu dem, was er über Edison in den Akten hatte.

«Na ja, er ist ein langer Kerl, er hat ganz schön zugestoßen. Stimmt schon, Malchek, er ist nicht runtergefallen, ich hab ihn runtergeschmissen. Wenn Sie mich anzeigen wollen – nur zu. Ist mir piepe. An dem Scheißstern liegt mir sowieso nichts mehr.»

Malchek sah noch einmal zum Bett hinüber und nickte. Dann ging er zur Tür und rief Terson zu: «Hol Clare her, aber bereite sie ein bißchen vor, er ist nicht gut beieinander.»

Er sah, wie Tersons Brillengläser aufblitzten, als er in die Sonne hinaustrat und Gambini allein an der Tür zurückließ.

«Wir brauchen etwas, worauf wir ihn transportieren können, Gambini, eine Trage oder so etwas, sieh mal zu, was sich machen läßt. Van hat allerlei Zeug in seinem Pickup, vielleicht könnt ihr davon etwas gebrauchen.» Gambinis schwarze Augenbrauen schnellten hoch, aber dann ließ er nur wortlos die Gittertür zufallen.

Clare betrat zögernd das Zimmer. Beim Anblick des Mannes auf dem Bett erstarrte sie. Malchek trat neben sie. «Ist es Edison?» fragte er sie nach einer vollen Minute. «Ich weiß, nach dem Gesicht ist das schlecht zu beurteilen. Schau dir die Kopfform an, die Ohren, alles was nicht entstellt ist.»

Sie gab sich große Mühe. «Es wäre möglich», meinte sie schließlich. «Das Haar ist genauso, der Haaransatz an der Stirn, meine ich...»

«In Ordnung. Okay, Hoskins, wir nehmen ihn mit.» Der große

Mann sah Clare an, und in seinem Ausdruck lag etwas, was Malchek nicht gefiel. Er ging mit ihr zusammen an dem Sheriff vorbei auf den Gang hinaus.

«Du wartest unten», befahl er. «Ich komme in ein paar Minuten nach.»

Sie war sehr blaß und vermied seinen Blick. Er sah ihr nach, wie sie langsam die Treppe hinunterging und zur Seite trat, als Gambini und Van Schaaten mit der improvisierten Trage heraufkamen. Jetzt dauert es ja nicht mehr lange, Clare, sagte er leise. Ich fahre dich heim, und dann ist Schluß. In ein paar Monaten treffen wir uns vor Gericht wieder, dann nicke ich dir zu und lächele, aber spüren werde ich nichts, überhaupt nichts. Dafür werde ich schon sorgen.

Sie mußten zu dritt anpacken, um den Gefangenen auf die Trage zu heben. Hoskins rührte sich nicht von seinem Schreibtisch weg und sah ohne besondere Anteilnahme zu, wie sie sich mühten. Der Gefangene war bewußtlos, vielleicht eine Gehirnerschütterung, überlegte Malchek. Man sollte über Funk einen Krankenwagen bestellen und einen Arzt, sagte er zu Gambini. Oder vielleicht war es auch besser, in Sacramento haltzumachen.

Mehr schlecht als recht bekamen sie ihn die Treppe hinunter und verstauten ihn im Laderaum von Davis' Kombi. Martin und Terson sollten sich zu ihm nach hinten setzen, Garner und Gambini würden die Vorreiter machen, Van Schaaten die Nachhut. Der Pickup hatte nicht viel Leistung und konnte nicht mithalten, wenn sie in der Ebene waren und auf die schnellen Interstates 5 und 80 kamen.

Malchek sah ihnen nach und dachte daran, daß Clare noch im Haus war. Sie geht dich nichts mehr an, beruhigte er sich. Trotzdem ging er, sobald Van Schaatens Pickup nicht mehr zu sehen war, rasch wieder ins Haus. Sie saß neben der Tür, auf dem Sitz einer altmodischen Garderobe. Sie wirkte erschöpft und sehr verloren dort im Halbdunkel.

Hoskins stand oben hinter dem Treppengeländer. Er sah zu Clare hinunter, und Malchek spürte, daß er etwas zu ihr gesagt hatte, ohne eine Antwort zu erhalten. Als er die Gittertür hinter sich zufallen ließ, sahen die schwarzen Augen ihn an. Hoskins wiederholte die Frage.

«Ihre Lady sieht ein bißchen abgespannt aus, Lieutenant. Wie wär's mit einer T-Tasse Kaffee, ehe Sie wieder losfahren? Ich hab welchen auf dem Herd stehen, müßte jetzt gerade richtig sein.»

«Clare?» Sie hob langsam den Kopf, als sei sie in einem anderen Zimmer, einem anderen Haus gewesen und habe ihn vom Garten her rufen hören. «Möchtest du eine Tasse Kaffee? Der Sheriff hat uns welchen angeboten.»

«Ach so. Ja. Ja, gern.» Sie sah zu dem hochgewachsenen Mann auf, der sich oben ans Treppengeländer lehnte. «Ja, danke.» Langsam erhob sie sich und sah durch die Gittertür zum Wagen hinaus.

Hoskins nickte und kam die Treppe hinunter. Er lächelte breit, als hätte sie ihm gesagt, er erinnere sie an John Wayne. «Zum Aufmöbeln g-gibt's nichts Besseres als Kaffee. Ich nehme meinen schwarz, aber für die Lady hab ich richtige Sahne. Machen Sie es sich drüben im Wohnzimmer g-gemütlich, ich komme gleich nach.» Er ging breitbeinig durch die Diele und verschwand durch die Pendeltür. Sie hörten Geschirr klappern. Malchek wandte sich Clare zu.

Es rann ihm kalt den Rücken herunter. Sie sah in den Spiegel, dort begegnete sie seinem Blick. Ihre Lippen waren leicht geöffnet, und es war schwer zu sagen, wo das Weiß ihres Kleides aufhörte und ihre Haut begann. Alles Blut schien aus ihr gewichen zu sein.

«Er... Mike...» Sie quälte sich schrecklich, und er wußte nicht, wie er ihr helfen, was er tun oder sagen sollte, um sie zum Sprechen zu bringen. Er trat einen Schritt auf sie zu, streckte die Hand aus. Sie drehte sich um. «Das ist er. Bestimmt. Er hat gestottert... Seine Ohren, sein Rücken... Ich habe ihn im Rückspiegel gesehen...» Die Worte überstürzten sich jetzt, Clare brachte sie gar nicht schnell hinaus, aber er hatte schon genug gehört.

Er packte sie an den Ellbogen, zog sie herum. «Raus», befahl er leise. «Raus, zum Wagen...» Sie war steif wie eine Holzpuppe. «Los, Clare, lauf...» Mit der einen Hand schob er sie von sich weg, mit der anderen griff er nach dem Revolver. Aber er schaffte es nicht mehr.

Die Tür zu ihrer Rechten flog auf und Edison/Hoskins stand in der Öffnung.

«Warum denn so eilig? Der K-Kaffee ist fertig. Hier herein bitte.»

Malchek hielt mitten in der Bewegung inne. Sein Blick ging erst zu Edisons Gesicht, dann zu der Automatik mit Schalldämpfer, die er in der Hand hielt. Im Wohnzimmer war es heller als in der Diele. Eine Sonnenbahn fiel über das Gesicht des Mannes in der Tür, und Malchek erkannte, daß das blaue Auge sich etwas verwischt hatte und die Schramme teilweise verschwunden war. Im Halbdunkel der Diele hatte geschicktes Make-up genügt, jetzt nicht mehr. Zu allem Überfluß griff Edison jetzt mit der freien Hand nach der strähniggrauen Perücke und nahm sie ab. Das eigene Haar, kurz und dunkel, lag eng um den gutgeformten Kopf. Mit der Zunge und dem linken Handrücken arbeitend, holte er Wattebäusche hervor, die seine Wangen rundlich hatten erscheinen und seiner Stimme den typischen Altmännertonfall gegeben hatten.

«Nur damit Sie mich diesmal erkennen, Miss Randell», lächelte er.

Clare stieß ein kleines Wimmern aus. Malchek zuckte bei dem Laut zusammen, aber er wagte nicht, sich zu rühren. Edison vibrierte wie eine straff gespannte Saite, er war auf dem Sprung, war unglaublich gefährlich, aber er hielt sich noch zurück, zögerte, freute sich an etwas. Woran aber? Worauf wartete er noch? Und – war das vielleicht eine Chance für sie?

«Ich habe Ihnen einen K-Kaffee angeboten, und Sie werden ihn trinken. Hier in diesem Zimmer.»

Die Automatik winkte, die Stimme zog sie hinein wie eine Schlinge. Sie betraten das Wohnzimmer. Edison hielt Malchek nur so lange an, wie er brauchte, um ihm den Revolver aus dem Gürtel zu nehmen, dann schob er ihn nicht einmal unsanft hinter Clare her.

Tatsächlich – auf dem runden Tisch in der Mitte des Zimmers stand ein Kaffeetablett.

Einem neuerlichen Wink der Automatik folgend, setzten Clare und Malchek sich auf ein verstaubtes altes Roßhaarsofa, das krummbeinig im Erker hockte. Edison blieb stehen. Die Perücke ließ er auf den Tisch fallen wie eine tote Ratte, Malcheks Revolver legte er daneben.

«Ich habe mich über Sie informiert, Malchek», sagte er im Gesprächston, während er die schwere silberne Kaffeekanne hob und die drei Tassen füllte. «Ich weiß gern, mit wem ich es zu tun habe. Interessantes Vorleben haben Sie. Ehrlich.»

Malchek spürte, wie Clare zitterte. Er griff nach ihrer Hand. Edison sah die Bewegung, sein Blick wurde schärfer.

«Wissen Sie überhaupt, neben wem Sie da sitzen, meine Beste? Der Mann da hat mehr Opfer auf dem Gewissen als ich, und das will was heißen. Wie viele waren es, Malchek? Siebenundachtzig oder neunundachtzig?»

Malchek wartete. Jetzt würde Clare ihm ihre Hand entziehen. Aber ihr Griff wurde noch eine Spur fester. «Geschenkt, Edison», sagte er mühsam. In seiner Stimme schwang ein Zorn, der alt und müde war. «Lassen Sie Clare laufen, ich fahre mit ihr weit weg, wir fangen ein neues Leben an, und ich sorge dafür, daß sie Ihnen nie gefährlich wird, das verspreche ich Ihnen.»

«Zu spät, du rettest den Freund nicht mehr ... Aber es ist Ihnen ernst damit, stimmt's?» fragte Edison ehrlich erstaunt.

«Fragen Sie nicht so dämlich.»

«Ja, man merkt's.» Edison wandte sich lässig um, ließ sich Zeit mit der Sahne und den Zuckerstückchen. Dann wandte er sich wieder den beiden zu, die Waffe lag ruhig in seiner Hand. «Der Artikel war also keine Falschmeldung? Sie lieben sie tatsächlich? Was es alles gibt ... Ein Jammer, daß d-daraus nichts mehr werden kann.»

«Wir werden sehen.»

«Nein. *Ich* werde sehen. Sie werden dann nämlich leider zu tot sein, um überhaupt noch etwas zu sehen.»

Edison trat mit einer Tasse Kaffee zu Clare. Malchek wartete, bis er nah genug heran war, dann hob er den Fuß, schlug sie ihm aus der Hand und versuchte durchzuziehen. Aber der Versuch endete an der Mündung des Schalldämpfers, der ihm gegen das Brustbein gedrückt wurde.

«Setz dich, Bulle», zischte Edison. Malchek setzte sich und ließ die Hände schlaff zwischen die Knie fallen.

«Ihre Reflexe sind auch nicht mehr, was sie waren», stellte Edison fest. «Das kommt vom Stubenhocken. Mir zum Beispiel könnte das nie passieren. Ich halte mich zweimal die Woche fit,

Gymnastik und Scheibenschießen. Was man macht, sollte man auch ordentlich machen, finde ich. Das haben Sie wohl vergessen, was?»

Malchek sagte nichts. Hinter der Pose scheinbarer Kapitulation beobachtete er Edison scharf. Vielleicht hatte der Mann ja recht, er war nicht mehr ganz auf der Höhe. Also mußte er sich etwas anderes einfallen lassen. Vielleicht konnte er Edison bei seiner Eitelkeit packen?

«Es geht doch nichts über ein bißchen Effekthascherei», begann er. «Sie brauchen den Beifall, nicht? Ich bin mehr für Zurückhaltung.»

«Wie in Vietnam, nicht? Wie hat man Sie da genannt? General Becker hat es mir mal erzählt. Ach ja: den Eismann. ‹Der Eismann kommt!›, so hieß es, wenn Sie wieder einen Job erledigt hatten. Kein Flair, Malchek, überhaupt kein Flair.»

«Was soll das eigentlich sein, ein Wettkampf?» fuhr Clare dazwischen.

Malchek zwang sich, die Verzweiflung zu überhören, die in ihrer Stimme schwang. «Nein, aber der springende Punkt ist, daß es Edison darum geht, sich in Positur zu setzen. Was ich getan habe...»

«Siebenundachtzigmal», ergänzte Edison.

«... habe ich getan – vierundachtzigmal übrigens –, weil ich damals dachte, es sei notwendig. Erst später habe ich begriffen, wie nutzlos es war. Wie sinnlos und wie falsch. Da, wo unser Freund sein Handwerk gelernt hat, hat er sich auch in den billigen Glanz verliebt, der nach Meinung mancher Leute dazugehört.»

«Nicht billig», protestierte Edison. «Daß ich billig wäre, hat mir noch keiner nachsagen können.»

«Schluß jetzt», schrie Clare ihn an. «Wir sind hier, weil Sie mich umbringen sollen. Also gut, tun Sie's, wenn Sie so große Angst vor mir haben. Aber versuchen Sie nicht, Mike bei mir anzuschwärzen. Das schaffen Sie nämlich nicht. Ein Verbrecher wie Sie kann ihm nicht das Wasser reichen, so einer wie Sie wird nie begreifen, wie er wirklich ist.» Sie stand sehr plötzlich auf, und Edisons Waffe zuckte, während er erschrocken zurücktrat. Malcheks Augen verengten sich; er maß die veränderte Distanz zwischen ihnen, ohne den Kopf zu heben. «Los doch, tun Sie's», tobte Clare weiter. «Los, warum tun Sie's denn nicht?»

Edison sah sie verblüfft an, lächelte, dann begann er zu lachen. Es war ein greller, häßlicher Laut, und es war rasch wieder vorbei.

«Und *Sie* lieben ihn auch», brachte er schließlich heraus. «Ist das nicht unglaublich, Malchek?» Er lachte noch einmal kurz auf. «Wirklich, Clare, Sie haben einen grauenhaften Geschmack. Finden Sie ihn wirklich so wundervoll, weil er bei Ihnen den heldenhaften Beschützer gespielt hat? Es war ein Spiel, finden Sie sich damit ab. Wenn man ihm die blanke Dienstmarke wegnimmt, ist er nichts anderes als ich. Ein Killer, mehr nicht. Wahrscheinlich sogar sehr viel weniger. Hinsetzen.»

Malchek griff nach ihrer Hand und zog sie zurück. «Setz dich, Clare», sagte er müde. Sie ließ sich neben ihn fallen, aber ihr Zorn brannte noch. Die Resignation in seiner Stimme war ihr unerträglich.

«Es ist mir egal, ob es sieben waren oder siebzig oder siebenhundert», sagte sie zu Edison. «Das war dort, und dies ist hier. Er war Soldat, handelte auf Befehl. Und welche Beweggründe haben Sie? Geld? Am Ende wollen Sie uns noch einreden, das wäre nobler.»

Edison nickte ganz freundlich. «Ja, die Kasse stimmt, das ist wahr. Alles steuerfrei, wohlgemerkt. Aber seltsam, daß ausgerechnet Sie nach meinen Beweggründen fragen. Gerade Sie nämlich müßten am besten begreifen können, warum ich es tue, Clare. Gerade Sie. Ich will Ihnen etwas über einen Mann erzählen, den wir beide kennen.»

Malchek rührte sich nicht. Hier schwang plötzlich etwas Neues mit. Clare hatte Edison an einer empfindlichen Stelle getroffen, er spreizte sich vor ihr. Seine Knöchel, die um den Griff der Automatik lagen, waren nicht mehr weiß. Langsam, sehr langsam verlagerte sich Edisons Gewicht zurück auf seine Fersen. Ja, Clare, ja, dachte Malchek. Gib's ihm, gib's ihm tüchtig. Und er wartete.

«Diesen Mann», fuhr Edison fort, «sehen alle, aber niemand nimmt ihn wahr. Ein Arbeitstier. Gut in seinem Job, aber ohne Inspiration. Er ist da, wenn man ihn braucht, und nicht im Wege, wenn man Besseres zu tun hat. In der Werbung, meine liebe Clare, gibt es, wie Sie wissen, sehr viele Menschen dieses Typs. Sie stehen im Schatten der Strahlemänner, der Macher – die Lohnschreiber, die Verläßlichen, der Durchschnitt. Es wimmelt von ihnen in New York, in Chicago, Detroit, wo Sie wollen. Sie kommen und sie gehen, sie haben ihren Nutzen, und folglich werden sie ausgenutzt. Ja, weiß Gott, das werden sie.»

Malchek spürte, wie es Clare einen Ruck gab. Was war geschehen? Was hatte Edison gesagt, getan? Da kam er nicht mit. Er ließ den Kopf locker nach vorn hängen, das Haar über die Augen fallen und wartete auf seine Chance.

«Klick, klick, Clare, nun sag mal was.» Edisons Stimme klang fast neckisch. Was wollte er von ihr?

Plötzlich hielt Clare den Atem an, stieß ihn in einem langen verlöschenden Seufzer wieder aus, es war wie Sterben. Malchek hätte gern zu ihr hingesehen, aber er wagte es nicht.

«Alva?» fragte sie ungläubig. *«Alva?»*

«Ja. *Ja.*» Edison freute sich wie ein Kind. Malchek überlief eine Gänsehaut. «Ich weiß, miteinander bekannt gemacht hat uns niemand, aber Sie müssen mich gesehen haben, ich muß Sie gesehen haben. Ich erkannte Ihren Namen, als ich ihn in Ihrer Wohnung fand. Ich bin noch immer in New York. Jawohl, ich weiß, was T.N. und die anderen Agenturen von mir halten: Ein nützlicher Trottel. Den langweiligen Job hier, den geben wir dem guten Tom, dann haben wir Luft für die besseren Sachen. Es gab Geld dafür, gewiß, ich mußte ja leben, aber es hat nie gereicht. Und es war fade, öde, leer. Andere Männer fangen vor lauter Langeweile an zu golfen, zu trinken, zu huren. Aber ich hatte eine andere Möglichkeit. Ich hatte nämlich noch ein Handwerk erlernt, und darin war ich Spitze. In Ihrer Welt, Clare, mag ich eine Null sein, aber ich bin der beste Killer im ganzen Land. Vielleicht auf der ganzen Welt. Tom Alva, der brave, langweilige Trottel, jawohl, genau der. Zum Totlachen ist das, wenn ich ihre lächerlichen Layout-Aufträge entgegennehme und ein dankbares Gesicht dazu mache. Zu gern würde ich ihnen die Wahrheit sagen. Was würden die wohl sagen, wenn der Hund sich plötzlich auf die Hinterbeine stellt und sie beißt? Was sagen Sie dazu, Clare? Sie sind die einzige, die es je erfahren wird. Was sagen Sie jetzt zu mir?»

Malchek ließ sich hochschnellen und warf sich zwischen Clare und Edisons Waffe. Noch im Sprung wußte er, daß es die falsche Entscheidung gewesen war. Er hätte abwarten, hätte daran denken sollen, daß er nicht mehr allein arbeitete, seit Vietnam nicht mehr. Er hatte nur an Clare gedacht. Jetzt kam von draußen das Geräusch, auf das er nur noch eine Minute länger hätte zu warten brauchen: ein schwerer Krad-Motor. Garner.

In diesem Sekundenbruchteil der Fehlentscheidung spürte er tiefste Verzweiflung, und dann fiel der Schuß dicht vor seinem Gesicht, und er spürte nichts mehr.

Edison packte Clare und zerrte sie hoch, während Malchek zu Boden stürzte, Arme und Beine von sich gestreckt, wie hingeschleudert, sein Gesicht eine blutige Masse. Clare schrie auf und wehrte sich gegen Edisons wilde Kraft, die Hacken in den Teppich grabend, der mit einem staubtrockenen Laut unter ihr zerriß. Flüchtig sah sie Garner draußen in großen Sätzen über den Rasen laufen, die Maschine hatte er am Straßenrand fallen lassen, die Räder drehten sich noch, der Motor erstarb langsam. Edisons Automatik hustete wieder, so nah an ihrem Körper, daß sie die Hitze spürte, und das untere Erkerfenster zersplitterte in einem Regen von Glasscherben. Sie schlug mit der freien Hand auf Edison ein, aber er wich ihr aus, ohne ihren Arm loszulassen. Langsam, erbarmungslos richtete sich die Waffe auf sie.

Garner mußte ihre Schreie gehört haben, noch ehe das Fenster zu Bruch gegangen war. Er hatte, als er die Stufen hinaufstürmte, seinen Revolver gezogen, und Edison war gezwungen, sich der größeren Gefahr zuzuwenden. Während er seinen Schwerpunkt verlagerte, begann Clare zum letztenmal verzweifelt zu ziehen und zu zerren, kam von ihm los, fiel gegen den Tisch. Einen Augenblick schien er nicht recht zu wissen, auf wen er die Waffe richten sollte, dann schoß Garner aus dem Schatten der Diele. Es war ein ohrenbetäubender Krach, ganz im Gegensatz zu dem unheimlichen, halb verschluckten Husten von Edisons schallgedämpfter Automatikwaffe. Fluchend lief Edison zur anderen Wand, um einen besseren Schußwinkel in die Diele zu bekommen. Inzwischen kroch Clare hinter den Tisch und zog ihn über sich. Die Kaffeekanne fiel knapp an ihrem Kopf vorbei zu Boden und versprühte heiße Flüssigkeit, die ihr Kleid befleckte. Sahne und Zucker ergossen sich über den dunkelroten Teppich. Und noch etwas war zu Boden gefallen. Mikes Revolver.

Sie griff nach der Waffe, starrte sie an, wie sie schwer und schwarz in ihrer Hand lag. Die runde Tischplatte schützte sie vor Edison. Ob er wußte, daß sie Mikes Waffe hatte? Nach dem Klappern und Krachen der Kaffeesachen war vorübergehend Ruhe eingekehrt, die offenbar Edison wie Garner überraschte. «Lieutenant, sind Sie da drin?» kam Garners Stimme aus der Diele. Edisons Automatik spuckte wieder, und Clare rief: «Ich bin's nur!» Aber ihre leise Stimme ertrank in den rollenden Echos von Garners Antwortschuß. Sie spähte um die Tischkante herum, sah, daß sich etwas im Zimmer bewegte, sah Edison durchs Eßzimmer zur Küche laufen. «Er will durch die Hintertür hinaus», rief sie und hob mit unsicheren Händen Mikes Waffe.

Sie drückte mit beiden Fingern ab, und der Schuß löste sich. Sie spürte den Rückschlag als schmerzhaften Ruck in den Handgelenken, es gab einen entsetzlichen Lärm. Edison schwankte, aber er lief weiter. Sie schluchzte jetzt vor Wut und Angst und drückte noch einmal ab, obgleich sie überhaupt nichts mehr klar erkennen konnte. Und noch einmal.

Sie hörte Schritte in der Diele, sah Garner an der offenen Tür vorbei nach hinten zur Küchentür laufen. Gleichzeitig kam von hinten ein anderer Laut, eine schwere Tür schloß sich, ein Tisch schurrte über Linoleum, die Tür öffnete sich wieder. Dann Stille. Nur ihr eigener, keuchender Atem, von Schluchzern unterbrochen, und ein Gestank wie von Feuerwerkskörpern im Zimmer.

Plötzlich heulte hinter dem Haus ein Motor auf, Reifen schleuderten Kies durch die Luft. Der Wagen fuhr am Haus entlang, wurde lauter, schoß an der Verandaecke vorbei und raste in Richtung Straße.

Garner rannte zu seiner Maschine. In diesem Augenblick nahm Edison ihn aus dem offenen Seitenfenster seines Wagens unter Beschuß. Garner ging mit gespreizten Beinen zu Boden, die Arme ruderten noch eine Weile wild in der Luft, dann lag er erschrekkend ruhig. Das Motorengeräusch verhallte.

So plötzlich wie vorhin der Lärm kam jetzt wieder die Stille.

Kein Vogelgezwitscher, keine Rufe, keine Schüsse, kein Wagenrollen, kein Laut. Nichts.

Ein leichter Wind bewegte die Zweige der Fichten draußen vor den Tüllgardinen, und Clare hielt den Atem an. War Edisons Wagen zum Stillstand gekommen, oder war er einfach schon außer Hörweite? Fuhr er fort, oder hatte er kehrtgemacht?

Und was war dieses andere Geräusch, dieses ständige Wispern hinter ihr?

Sie wandte sich um und sah zu Mike hinüber, der noch so dalag, wie er vorhin gefallen war. Seine linke Gesichtshälfte war eine einzige blutige Maske, Blut rann in sein Haar, in seinen offenen Mund, tropfte auf den roten Teppich. Aber als sie um das Sofa herumstolperte und neben ihm niederkniete, begriff sie, was für ein Geräusch sie vorhin gehört hatte. Er atmete. Er war am Leben.

15

Im Haus fand sich kein Telefon. Clare wußte, sie hätte eigentlich hinausgehen müssen, um zu sehen, ob sie Garner helfen konnte, aber sie hatte es plötzlich schrecklich eilig, Mike das Blut vom Gesicht zu wischen, sie wollte sehen, wie es um ihn stand, wie nah oder fern er dem Tod war. In einem Schrank in der Küche fand sie eine Schüssel, füllte sie mit Wasser, gab eine Handvoll Salz aus dem Plastikstreuer auf dem Tisch dazu. Dann griff sie sich noch eine Küchenrolle, die auf dem Herd stand, und lief zurück ins Wohnzimmer.

Mike hatte sich nicht gerührt. Sie riß eine Handvoll Blätter von der Küchenrolle, tauchte sie in das Salzwasser und begann sein Gesicht zu reinigen. Während sie sich vom Kiefer bis zum Haaransatz vorarbeitete, zeigte sich Strich für Strich nur unverletzte Haut. Die Wunde selbst lief in einer zackigen Furche direkt an seinem Wangenknochen entlang. Die Kugel hatte auch ein Stück vom Ohr mitgenommen. Einen Augenblick überlegte sie allen Ernstes, ob sie auf dem Teppich danach suchen sollte.

So schnell sie auch arbeitete, das Blut begann ebenso rasch wieder zu fließen. Erst nachdem sie zweimal das Wasser gewechselt hatte, war ein Erfolg abzusehen. Aus dem Blutstrom wurde ein Rinnsal, und schließlich quollen nur noch ein paar Tropfen aus der Wunde.

Die ganze Zeit über dachte sie schuldbewußt an Garner, der draußen auf dem Rasen lag. Wenn nur Mike wieder zu sich kommen würde, wenn er nur sprechen, stöhnen, zucken, irgendwas tun würde. Aber bisher hatte er sich überhaupt noch nicht geregt.

Warum war niemand gekommen? Irgend jemand mußte doch die Schüsse gehört haben. Nein, natürlich nicht. Es war ein altes Haus, solide gebaut, die Fenster waren geschlossen gewesen. Edisons Automatik hatte einen Schalldämpfer, und der einzige Schuß im Freien war von dem Motorengeräusch übertönt gewesen.

Wieviel Zeit blieb ihnen? Sie wandte sich wieder Malchek zu. Es gab ihr einen Ruck, als sie merkte, daß er die Augen geöffnet hatte und sie ansah.

«Liebling... Mike, ach, Mike.» Sie lehnte sich zu ihm hinüber, wartete sehnsüchtig auf eine Reaktion.

In seinen Augen schimmerte Begreifen auf, es war, als habe ihn jemand aus einem tiefen Brunnen wieder ans Tageslicht gezogen. «Wo – ist er...» Seine Stimme war schwach wie ein Hauch.

«Fort. Garner kam zurück...» Ihre Stimme geriet ins Schwanken. «Er liegt draußen auf dem Rasen, ich glaube, er ist tot. Edison hat ihn getroffen, im Wegfahren. Mike... Ist alles in Ordnung?»

Sie preßte ein neues Stück Zellstoff gegen seine Wange und strich ihm ungeschickt das dichte Haar aus der Stirn.

Mühsam setzte er sich auf. Sie sah, wie ihn Übelkeit und Schwindel erfaßten, und versuchte, ihn wieder hinunterzudrükken. Aber er war trotz der Verletzung und des Blutverlusts noch immer stärker als sie. Und er war wütend.

«Bist du in Ordnung?» fragte er schroff. «Was ist passiert, nachdem... Wie lange...»

«Ja, ja, mir geht's ganz gut, wirklich. Garner kam gerade in dem Augenblick, als Edison auf dich schoß. Hast du das Motorrad nicht gehört? Liebling... bitte...»

Er rückte langsam ein Stück von ihr ab und sah ihr ins Gesicht. Es war, als habe er ihr Herz in seine Hand genommen und heftig gedrückt.

Dann stand er auf, es ging so schnell, daß sie fast hintenübergekippt wäre.

«Wo ist mein Revolver?» Hastig griff er nach der Sofalehne, als seine Beine ihn im Stich ließen. Sie deutete auf die Stelle, an der er ihr aus der Hand gefallen war, unter dem Fenster. Er ging hinüber, hob ihn auf und machte ein erstauntes Gesicht.

«Damit hat ja jemand geschossen», sagte er und roch an der Mündung.

«Ich – ich habe geschossen», stotterte sie. Aus irgendeinem Grund war es ihr fast peinlich, es ihm zu erzählen. «Ich dachte, er hätte dich umgebracht. Und der Revolver lag dort auf dem Tisch...»

Sein Blick ging zu dem Tablett am Boden, zu dem wilden Durcheinander von Kaffeekanne, Sahnekännchen und Zuckerdose in einem klebrigen weißen Teich. Eine Fliege summte emsig zwischen den verschütteten Köstlichkeiten hin und her.

«Du hast auf ihn geschossen?»

Sie nickte stumm und sah erleichtert, wie ein Lächeln seine Mundwinkel hob.

«Hast du ihn getroffen?»

«Ich glaube schon, aber so richtig erkennen konnte ich es nicht.»

«Wo war er, als du geschossen hast?»

«Er bewegte sich in Richtung Küche.» Sie saß noch am gleichen Fleck, ganz plötzlich wie gelähmt vor Erschöpfung.

Er ging ins Eßzimmer, prüfte, sich an der Wand abstützend, den Fußboden. «Du hast ihn tatsächlich getroffen, schwer verletzt kann er aber nicht sein, es ist nicht viel Blut da.» Er wandte sich lächelnd um, dabei ging sein Blick zum Fenster, dorthin, wo Garner auf dem Rasen lag.

«Mein Gott, Garner...» Das Lächeln verschwand wie weggewischt, er stolperte hinaus, die Gittertür fiel quietschend hinter ihm zu.

Vor Malcheks Augen waberte ein Schleier, durch den er kaum sehen konnte. Das Mündungsfeuer der Waffe, die aus nächster Nähe vor seinem Gesicht losgegangen war, hatte ihn betäubt. Wahrscheinlich eine leichte Gehirnerschütterung. Ein Hammerwerk arbeitete in seinem Kopf. Die verletzte Gesichtshälfte pochte, und sein Ohr brannte wie höllisches Feuer. Er kniete neben Garner nieder und drehte ihn behutsam um. Er war tot.

Als Clare aus dem Haus kam, machte sich Malchek schon am Funkgerät des Motorrads zu schaffen. Es knisterte schwach, er hörte Gambinis Stimme wie ein winziges Insekt darin herumsummen, ohne sie verstehen zu können. Zu spät fiel ihm ein, daß Garners Verstärker in seinen Helm eingebaut war, und der war nicht zu sehen. «Passen Sie auf Gambini, ich kann Sie nicht hören, ich kann nur senden. Hier Mike. Garner hat es erwischt. Edison war hier. Ich habe keine Ahnung, wen ihr da bei euch im Wagen habt, aber Edison ist es jedenfalls nicht. Er ist entkommen, in einem ...» Er wandte sich an Clare. «Hast du den Wagen gesehen?»

Sie überlegte. «Er war dunkelgrün. Ein Cougar, glaube ich.»

«Zulassungsnummer?» Sie schüttelte den Kopf. «Edison fährt in einem dunkelgrünen Cougar, Nummer unbekannt, möglicherweise in eure Richtung», fuhr er fort. «Er ist verletzt, nicht schwer, aber er blutet etwas. Wenn wir Glück haben, steckt die Kugel noch drin. Kommt sofort zurück.»

Er legte das Funkgerät aus der Hand und trat neben Clare. «Los, wir fahren.»

Sie starrte ihn fassungslos an. «Und lassen ihn hier?»

«Wir können nichts tun. Die anderen kommen gleich.»

«Aber –»

«Los.» Er nahm leicht schwankend ihre Hand, hielt sich aber auf den Beinen. «Wenn Edison soweit ist, daß er wieder klar denken kann, kommt er zurück. Er weiß, daß du noch lebst. Folglich ist er wieder genau da, wo er angefangen hat. Du fährst.»

Er zog sie zum Wagen. Sie folgte ihm zögernd, immer wieder zu Garner zurückschauend. Malchek angelte die Schlüssel aus seiner Jeans, gab sie ihr und ging hinüber zum Beifahrersitz. Er schlug die Tür zu, während sie startete.

«Dreh um und fahr zurück. Richtung Lassen.»

«Zurück?»

Er nickte und lud den Revolver auf seinem Schoß neu. Das Blut rann ihm jetzt wieder die Wange herunter, aber es war nur ein dünnes Rinnsal, das er geistesabwesend mit dem Ärmel wegwischte.

«Los, Baby, ein bißchen Beeilung», knurrte er. In ihrer Hast brachte sie den Wagen zum Schlingern, aber sie schaffte die Kehrtwendung und fuhr den Kiesweg zurück, auf dem sie gekommen waren. Tage schien das her zu sein, dabei konnte es kaum mehr als eine Stunde her sein.

Der Zorn, der Malchek erfüllte, verdrängte für den Augenblick das, was er für Clare empfand. Wäre Gonzales jetzt am Straßenrand aufgetaucht, er hätte ihm ohne Zögern eine Kugel zwischen die Augen geschossen. Doch laut sagte er nur: «Erzähl mir von Alva.»

Sie hielten kurz an einem Drugstore, dann fuhren sie durch das Geschäftsviertel. Die Stadt hieß Fraser's Grove und lag in einer Senke am Ende der Straße. Auch hier stiegen, wie in dieser Gegend üblich, die Einwohnerzahlen während der Wintermonate sprunghaft an. Für durchreisende Sommergäste waren die Hauptferienstraßen zu weit weg, immerhin hatte Fraser's Grove zwei Motels annehmbarer Größe zur Auswahl. Er entschied sich für das zweite und ließ Clare die Formalitäten erledigen. Ihn mit seinem blutverschmierten Haar, der blutenden Wange und dem lädierten Nervenkostüm hätten sie sofort wieder weggeschickt.

Als Clare aus dem Verwaltungsgebäude kam, hielt sie neun Finger hoch. Er wendete den Wagen. Sehr schön, sie hatte ein Zimmer erwischt, das von der Straße her durch das große Neonschild auf dem Hof geschützt war. Als sie am Kofferraum standen, nahm sie ihm ihren Koffer ab.

«Mit meinen Armen ist alles in Ordnung», fuhr er sie an.

«Mit meinen auch. Ist das Leben nicht schön? Unsere Arme jedenfalls funktionieren noch.»

Er sah sie böse an. Daß sie verraten worden waren, beschäftigte ihn so sehr, daß er mit der alten Reizbarkeit reagierte. Aber er merkte, daß ihr das Lächeln schwerfiel, und der Ärger hielt nicht lange an.

Er ließ sie aufschließen, stellte die Koffer ab, ging ins Badezimmer und ließ Wasser in die Wanne laufen. Er schälte sich aus dem blutverschmierten Hemd, dann griff er nach dem Shampoo, das sie erstanden hatte, und ließ auch im Waschbecken Wasser einlaufen.

Zwanzig Minuten später sackte er sauber, aber am ganzen Leib zitternd und bis zuletzt erbittert gegen seine Schwäche ankämpfend, auf dem Bett zusammen und verlor das Bewußtsein. Vielleicht war es ganz gut, daß ihm Clares erschöpftes Schluchzen erspart blieb, während sie seine schmerzhafte Wunde verpflasterte.

Als er wieder aufwachte, war es dunkel im Zimmer. Jäh fuhr er hoch, und das Hammerwerk begann wieder in seinem Kopf zu dröhnen.

«Herrgott noch mal.» Er wartete einen Augenblick, bis das Schlimmste vorüber war. Im Badezimmer brannte Licht, die Tür stand halb offen. Es fiel gerade so viel Helligkeit ins Zimmer, daß er Clare erkennen konnte, die sich, noch vollständig angezogen, auf dem anderen Bett zusammengerollt hatte. Er knipste die Nachttischlampe an, die sich wie eine verwelkende Tulpe zu ihm hinbog. Neben der Lampe lag der Revolver. Er war so groggy gewesen, daß er ihn auf dem feuchten Badezimmerboden liegengelassen hatte, unter den zusammengeknüllten Jeans. Jetzt hingen die Jeans naß über der Stuhllehne, der Revolver war sauber abgewischt, sogar ein leichter Ölfilm schimmerte auf den Metallflächen. Sie hatte offenbar seine Putztasche aus dem Koffer genommen. Er sah zu ihr hinüber.

«Clare?» Sie rührte sich nicht, aber ein Traumlächeln huschte kurz über ihr Gesicht. Neben dem Revolver standen das Plastikröhrchen mit Aspirin, ein Glas Wasser, Zigaretten, Streichhölzer, sein Paludrin. Verdammt, was machte er mit diesem Problem? Sollte er es darauf ankommen lassen? Was sonst? Es würde schon nichts schiefgehen, es war ja nicht das erste Mal. Und lange konnte es jetzt nicht mehr dauern. Er schluckte vier Aspirin und zündete sich eine Zigarette an. Auf seiner Uhr war es fast Mitternacht.

Clare hatte sich noch immer nicht gerührt, sie atmete tief, träumte, lächelte.

Wie hast du es geschafft, Clare? Wie bist du zu mir hereingekommen? Und warum? Edison hat dir die reine Wahrheit gesagt. Ich bin ein Killer. Warum hast du es nicht geglaubt?

Etwas würgte ihn in der Kehle. Er zerdrückte seine Zigarette, bis nur noch Krümel übrig waren.

Dann zog er sich Hosen an und nahm einen dunklen Pullover aus dem offenen Koffer. Dabei ließ er Clare nicht aus den Augen. Sie soll aufwachen, sie soll mich ablenken. Er trat an das andere Bett, sah auf sie herab. Nein, schön ist sie nicht. Die Nase ist zu kurz, der Mund zu groß. Und um die Augen haben sich die ersten Falten eingenistet. Warum ist sie so schön? Und warum kann ich sie immer noch nur dann richtig ansehen, wenn sie schläft?

Er wandte sich abrupt ab, ging hinaus und schloß hinter sich ab. Am Straßenrand kurz vor dem Motel hatte er eine Telefonzelle gesehen. Die Nummer, die er brauchte, hatte er im Kopf. Er griff sich einen Stein vom Rand der Moteleinfahrt, ging zur Telefonzelle und schlug die Lampe an der Decke ein, ehe er die Tür schloß.

Das Telefon schlug zweimal an, dann meldete sich Reddesdale. Malchek gab sich zu erkennen und legte los.

«Gonzo hat mich hochgehen lassen, Reddesdale, er hat mich in den Schlamassel reingeritten, scheißfreundlich bis zuletzt. Und ich hatte keine Ahnung.» Er spürte, wie die Wut wieder in ihm aufstieg. Da hinten lag Clare. Und sie hatte nur noch ihn.

«Nein, das hat er nicht.» Reddesdales Ruhe brachte ihn zur Raserei.

«Hat er doch, verdammt noch mal. Das Schwein hat mich verschaukelt, und ich Idiot hab noch danke dafür gesagt. Es war eine Falle, eine gottverdammte Falle.»

«Es war ein Versehen.»

«Versehen? Daß ich nicht lache. Gibt es einen Sheriff Hoskins in Spider Meadows?»

«Nein.»

«Hätte mich auch sehr gewundert. Und wer liegt bei euch mit gebrochenem Kiefer im Krankenhaus?» Er merkte, daß er brüllte, und vergewisserte sich, daß die Tür geschlossen war.

«Das wissen wir noch nicht. Aber Edison ist es nicht.»

«Das weiß ich, verdammt. Edison hätte mich um ein Haar abgeknipst.»

«Wo sind Sie jetzt?»

«In Südamerika. Olé. Was unternehmen Sie gegen Gonzo?»

«Nichts.»

«Nichts? Verraten und verkauft hat er mich, das Schwein. *Er* hat mir die Geschichte mit Hoskins aufgetischt, *er* hat gesagt, daß alles in Ordnung ist, *er* hat mich in die Scheiße geschickt. *Er* ist das Leck, das er suchen sollte.»

Die Aspirin nützten nichts, sein Kopf dröhnte, sobald er die Stimme hob.

«Es war ein Versehen, Mike, begreifen Sie das doch endlich. Wir wollten alle so gern glauben, daß es Edison war, daß wir einen schweren Fehler gemacht haben: Wir haben die Angaben nicht nachgeprüft. Aber vermutlich wäre Ihnen das auch so gegangen. Überprüfen wir denn sonst jeden Cop, der über die Polizeileitung anruft und uns über den Fernschreiber einer Polizeistation Fingerabdrücke schickt? Fragen wir ihn, wann er von der Polizeihochschule abgegangen ist?»

«Edison hat jemanden in der Polizeistation geschmiert.»

«Natürlich hat er jemanden dort geschmiert, der Chef in Paradise rotiert ganz schön deswegen. Aber Edison mußte Ihre Reiseroute kennen, ehe er die Sache anleiern konnte. Lange vorher schon.»

«Gonzales hat sie ihm verkauft.»

«Nein.» Langsam begann auch Reddesdale die Ruhe zu verlieren. «Gonzales hat Garner zurückgeschickt, weil er wissen wollte, warum Sie die anderen noch nicht eingeholt hatten. Nicht ich – ich war bei einer dieser blödsinnigen Bürgerversammlungen –, Gonzo war es.»

«Ach nee...»

«Jawohl, Gonzo. Als Gambini von einem Münzfernsprecher aus anrief wegen des schlechten Zustands des Gefangenen, wollte Gonzo mit Ihnen sprechen. Sie seien noch dort, wurde ihm gesagt, woraufhin er Gambini schleunigst zu Ihnen zurückbeorderte, man könne ja nie wissen. Als dann die anderen nachkamen und sich herausstellte, daß Sie und das Mädchen fort waren, ist er fast die Wände hochgegangen. Wir alle übrigens. Warum zum Teufel sind Sie abgehauen?»

Malchek lehnte sich gegen die Wand der Telefonzelle und legte das Gesicht gegen das kühle Glas. Die Nacht draußen war warm und duftete nach Harz. Weit hinten näherte sich ein einsamer Wagen. Malchek duckte sich instinktiv, aber das Auto rauschte unbeteiligt an ihm vorbei.

«Sind Sie noch da, Mike?»

«Ich bin noch da...»

«Sind Sie in Ordnung? Wir haben eine Menge Blut im Haus gefunden.» Besorgnis schwang in Reddesdales Stimme. «Geht es Clare gut?»

«Der geht's gut. Ich hab eine Schramme abgekriegt, nicht weiter wichtig.»

Reddesdale fing an zu fluchen, fließend und geläufig. Malcheks gelegentliche Zweifel, ob der Commissioner früher tatsächlich selber Streife gegangen war, verflüchtigten sich in diesem Augenblick sehr rasch. Man roch den Slum in jedem Fluch.

«Alle Achtung», sagte er trocken. «Die kenne nicht einmal ich alle.»

«Besten Dank. Aber jetzt mal ernsthaft: Kommen Sie zurück?»

Malchek seufzte. «Nein.»

Stille. «Mike –»

«Die Sache ist sehr einfach. Wenn es nicht Gonzo war, muß es jemand anders gewesen sein. Ich komme nicht zurück, bis Sie das Leck gefunden haben oder bis Edison geschnappt ist. Ich kann Ihnen den Kerl jetzt übrigens mundgerecht servieren.»

«Was soll das heißen?»

«Sitzen Sie gut? Dann passen Sie mal schön auf. Clare wußte nicht nur, wie Edison aussah, als er mit Dondero im Park war, sie wußte sogar, wer er war. Nur hat sie das erst vor ein paar Stunden begriffen. Mit seiner freundlichen Nachhilfe – deshalb hat er nämlich die ganze Schau abgezogen. Er wollte ein Publikum haben, das ihn wirklich zu würdigen wußte, und wenn es nur ein paar Minuten war.»

«Wovon reden Sie eigentlich?»

«Erinnern Sie sich, daß Clare sagte, er sei ihr fast bekannt vorgekommen, weil er so ein regelmäßiges, gutgeschnittenes Gesicht hatte?»

«Ja.»

«Es war nicht nur das. Er kam ihr bekannt vor, weil sie ihn schon gesehen hatte. In New York, in ihrer Agentur, in den Pinten und Klubs, in denen die Werbeleute verkehren. Sie hatte ihn gesehen und doch nicht gesehen, weil er in diesen Kreisen ein Niemand war. Er heißt Tom Alva, ist freiberuflicher Layouter und kriegt immer die miesesten Aufträge für uninteressante Konten.»

«Alva?»

Müde buchstabierte Malchek den Namen.

«Aber warum hat er nicht einfach –» setzte Reddesdale an.

«Meinetwegen», erklärte Malchek. «Weil ich mich eingemischt, ihn geärgert habe. Daß jemand sich über ihn lustig gemacht hat, daß jemand ihn in schlechtem Licht erscheinen ließ, das muß ihm furchtbar an die Nieren gegangen sein. Er ist sehr besorgt um seinen Ruf. Clare war doppelt gefährlich, denn wenn sie ihn jemals in New York gesehen und entsprechend kombiniert hatte, war er von zwei Fronten her bedroht. Aber die Sache mit mir, das war wieder etwas anderes.»

«Verdammt.»

«Ja, ich weiß. *Mea culpa*. Ich hätte sie eben doch dem guten Halliwell überlassen sollen. Zumindest haben Sie jetzt was für die Presse. Damit ist sie aus dem Schneider, denn jetzt gewinnt er nichts mehr, wenn er sie umbringt. Und mich geben Sie als tot aus. Damit sind wir ihn schätzungsweise zunächst mal los. Wenn Sie ihn haben, kommen wir zurück, und sie kann, wenn nötig, in der Dondero-Sache aussagen. Ich habe so das Gefühl, daß da noch dickere Dinger anliegen. Mit dem, was Sie jetzt haben, müßten Sie ihn eigentlich rasch greifen können.»

«Möchte ich auch annehmen. Wie kann ich –»

«Ich melde mich wieder. Sagen Sie einfach, daß Clare irgendwo in Sicherheit ist, mehr nicht.»

«Mike –»

Es trieb ihn plötzlich zurück ins Motel, er wollte nachsehen, ob sie wach war, ob sie überhaupt noch da war. Er legte rasch auf, sah auf die Spiralschnur, die sich in der Dunkelheit schlangenartig drehte und wand, sich immer enger zusammenziehend. Vor der Zelle schrie eine Eule, ein klägliches Aufquieken verstummte unter schwerem Flügelschlag.

Angenommen, Edison war rechtzeitig genug nach Spider Meadows zurückgekommen, um sie zusammen wegfahren zu sehen? Angenommen, er strich hier draußen irgendwo herum?

Malchek umrundete das Motel und sah sich auf dem Gelände um. Auf keinem der Parkplätze stand ein Cougar, und zum Wagenwechsel hatte Edison bestimmt keine Zeit gehabt, wenn er noch einmal zurückgekommen war. Seither waren sie unterwegs, und daß niemand ihnen gefolgt war, wußte er ziemlich genau. Clare hatte an der Rezeption einen falschen Namen angegeben, und ihr Wagen war von der Straße aus nicht zu sehen. Bis zur Autobahn waren es sechs Meilen, und daß sie ausgerechnet hier übernachtet hatten, war reiner Zufall. Im Augenblick waren sie also in Sicherheit.

Als er eintrat, war sie wach. Wartend kauerte sie in dem einzigen Sessel und sah mit weitgeöffneten Augen blicklos vor sich hin. Er machte die Tür zu und schloß ab.

«Ich mußte ihnen das mit Alva durchgeben, ich wollte dich nicht wecken.»

Sie sah ihn nur wortlos an.

«Im Augenblick sind wir in Sicherheit, ich habe mich überzeugt. Es ist jetzt nur noch eine Frage der Zeit, bis sie ihn erwischen. Dann ist alles überstanden.»

Clare hatte das Gefühl, in der Dunkelheit zu ertrinken. Es war ein furchtbares Gefühl gewesen, aufzuwachen und zu merken, daß er weg war. Ihr schien, als habe sie seit Stunden in diesem Sessel gehockt und gewartet, daß er endlich in der Tür erschien.

«Ach, Mike...» Jetzt lief sie zu ihm, keine Macht der Welt hätte sie mehr aufhalten können. Sein Mund fand den ihren, ihre Lippen öffneten sich seiner Ungeduld. Er hatte keine Kontrolle mehr über seine Hände, konnte sie nicht oft genug berühren, nicht schnell genug anfassen, erforschen, erkunden. Nach so vielen Tagen und Nächten der Verstellung hielt er sie endlich leibhaftig in den Armen. Sie sank in ihn hinein, spürte seine scharfen Hüftknochen, die straffen Muskeln seiner Schenkel, dann das Begehren, das sich in ihm hob.

Er begann zu reden und konnte nicht mehr aufhören. Der große Schweiger öffnete sich plötzlich weit. Und sie schenkte ihm die zärtliche Stille, die er brauchte, und ließ ihren Körper zu ihm sprechen.

Er trug sie zum Bett und zog sie aus, so wie man ein unerwartetes Geschenk auspackt. Sein Mund ging über ihre Brüste, seine Zunge suchte ihren Nacken, ihren Bauch, seine Hand schob sich zwischen ihre Schenkel, lange, schmale Finger suchten die flutende Wärme.

Sie führte ihn in sich hinein, hob sich ihm entgegen, Stoß für Stoß, immer wieder, bis zur befreienden Preisgabe ihrer selbst.

Die Neonschrift warf bunte Lichter über sie, während sie still nebeneinander lagen und kaum zu glauben wagten, daß die Türen zwischen ihnen nun für immer offenstanden.

Noch vor dem Morgengrauen – Clare schlief noch fest an seiner Schulter – weckte der Wundschmerz Malchek wieder auf. Er lag regungslos und ertrug ihn, weil er sie nicht stören wollte.

Wie einfach so ein Leben plötzlich sein kann, dachte er. Wie viele Irrwege bin ich gegangen, und dabei war ich doch immer auf dem Weg hierher. Ich hätte gar nicht erst versuchen sollen, einen Haken zu schlagen...

Er beobachtete das flackernde Motelschild, das wirre Muster an die Decke zeichnete. Ob sie etwas zu bedeuten hatten? Es war ein hübscher Gedanke: Eine Nachricht in einem Code, den er nicht lesen konnte.

Weiß, orange, weiß, weiß, orange, weiß.

Codes, die mein Vater mich gelehrt hat.

Plötzlich fiel in der Erschöpfung die letzte Schranke. Nach all den Jahren der Verdrängung akzeptierte er, daß diese letzte Leere bleiben würde. Die Tränen kamen heiß und mühsam, lautlos weinte er um den Tod seines Vaters, der ihn verlassen hatte, ehe er ihn hatte um Verzeihung bitten können. Der starb, während er in Vietnam tötete.

Sie verließen das Motel kurz nach Sonnenaufgang; die Rechnung hatten sie schon am Vorabend bezahlt. Zwischen den Nadelbäumen wehten Nebelstreifen, die Zweige hingen reglos im Zwielicht, nur ab und zu fiel ein Tropfen von einer Nadelspitze. Noch drei

Wagen standen mit beschlagenen Scheiben vor dem Motel, und in den Zimmern waren alle Jalousien heruntergelassen.

Die Koffer waren verstaut, die Türen geschlossen, der Motor klopfte kurz, dann ließ Malchek den Wagen im Leerlauf den kleinen Abhang hinunterrollen. Erst nach einer ganzen Weile gab er vorsichtig Gas. Sie sprachen nicht, bewegten sich langsam, leise, wie Tiere des frühen Morgens es tun. Die Autobahn war leer, dunkel von Tau auf beiden Seiten, ohne Reifenspuren. An der Kreuzung hielt er, bedachte die verschiedenen Möglichkeiten.

Wie schwer Edisons Verletzung war, inwieweit die Wunde seine Bewegungsfreiheit, seine Absichten beeinflussen würde, wenn überhaupt – das alles konnten sie nicht wissen. Er wandte den Wagen nach Norden.

Sobald die Zeitungen herauskamen, würde Edison wissen, daß ihm der Rückweg verbaut war. Auf immer. Er war Freiwild – und sie auch. Bis zu seiner Verhaftung.

«Wieviel Geld hast du noch?» fragte er Clare.

Sie griff nach ihrer Handtasche und zählte. «Ungefähr dreihundert Dollar. Warum?»

«Nimm dir die Karte und nenn mir die nächste größere Stadt.»

Papier raschelte. Dann: «Redding, nächster Abzweig rechts.» Er nahm den nächsten Abzweig rechts.

Als Malchek an diesem Abend von einem Motel aus Reddesdale anrief, war die Verbindung schlecht. Die Stimme des Commissioner klang angestrengt, aber siegesbewußt. Die Meldung über Alva stand in den Nachmittagsausgaben.

«Ein großer Treffer, Mike. Das FBI hat Alvas Wohnung durchsucht. Es war alles da, in sagenhafter Ordnung. Waffenkammer im Keller, Sprengstoff, alles was dazugehört. Akten, Aufzeichnungen. Wie aus dem Bilderbuch.»

«Er versteht eben sein Geschäft», meinte Malchek säuerlich und sah zu Clare hinüber, die gerade seine Socken aus dem Koffer in den Schrank packte.

«Kann man wohl sagen. Dummerweise sind seine Aufzeichnungen in einer Art Geheimschrift. Ein paar recht interessante Namen tauchen in Langschrift auf, aber die dazugehörigen Informationen sind codiert; die Feds haben einen Computer eingesetzt, aber sie nehmen an, daß es wahrscheinlich ein sogenannter Buchcode ist. Wenn sie das Buch nicht kennen, ist er nicht zu knacken.»

Schweigen.

«Was haben Sie noch?»

«Fingerabdrücke natürlich. Er war in der Army. Scharfschütze in Korea.»

«Können Sie mir nicht mal was Neues erzählen?»

«Auch das. Bei den Banken in Redding war heute allerhand los.»

Malchek schnappte nach Luft. «Tja, ich hab mir eben eine reiche Braut geangelt. Jetzt fängt das gute Leben an.» Clare wandte sich um und schnitt ihm ein Gesicht.

«Herzlichen Glückwunsch, kann man da nur sagen. Leider ist das noch nicht alles.» Malchek hörte Papier rascheln. «Um neun Uhr dreißig hat die Hauptniederlassung der Bank of America in Redding für Miss Randell ein Geschäft mit der Bank of America hier in San Francisco abgewickelt. Sie hat persönlich mit einem der Direktoren gesprochen und ihr Sparkonto auflösen lassen und verließ die Bank mit siebzehntausend Dollar in bar, zum Kummer der Bankbeamten in Redding, die sie davon nicht haben abbringen können.»

«Ihr Freund hat was gegen Kreditkarten.»

«Hm... Um halb drei hat die Hauptgeschäftsstelle der First Federal Bank in Redding ein Geschäft für einen gewissen Thomas Prentiss Alva mit der First Federal in New York abgewickelt. Er verließ die Bank mit neuntausend Dollar in bar, zum Kummer der Beamten, die ihn nicht davon überzeugen konnten, daß Reiseschecks sicherer sind.»

Malchek überlief es heiß und kalt. Die beiden Banken hatten ihren Sitz im gleichen Block in der City von Redding. Clare sah sein Gesicht und setzte sich neben ihn aufs Bett.

«Haben Sie noch mehr Meldungen über ihn?»

«Die Fahndung läuft – auf Flughäfen, Bus- und Eisenbahnhöfen, an den Häfen und Grenzen. Außerdem hat sich das FBI sehr nachdrücklich eingeschaltet, Mike. Offenbar haben einige der Namen ganz schön alarmierend gewirkt. Big Business, Gewerkschaften, Politik.»

«Den politischen Gegner umzubringen kommt inzwischen billiger als ein Wahlkampf»

«Offenbar. Was wird er tun?»

«Das Geld nehmen und abhauen, was sonst? Er hat bestimmt einen ganzen Batzen im Ausland angelegt. Ich hätte das jedenfalls an seiner Stelle getan. Was haben Sie über Clare und mich gesagt?»

«Kein Wort. Die halten mich für eine Art Zauberkünstler, der Lösungen aus dem Zylinder zieht.»

Malchek lächelte kurz, aber es tat weh, also ließ er es bleiben. «Was hört man auf der Straße? Ganz allein kommt er nicht durch, allerdings werden bei dieser Publicity die Preise erheblich gestiegen sein.»

«Bisher nichts. Aber es ist nur eine Frage der Zeit.»

Malchek legte auf behielt den Hörer noch einen Augenblick in der Hand und sah ihn mit leerem Blick an. Eine Frage der Zeit, gewiß. Aber wieviel Zeit hatten sie? Und wenn Edison nicht gefaßt wurde – woher würden sie wissen, wann sie in Sicherheit waren?

Es folgten zwei relativ ruhige Tage. Sie fuhren weiter, warteten weiter. Der ständige Ortswechsel begann sie beide zu ermüden, alle Motels sahen gleich aus, die Straße summte unter ihnen, sie hatten nur einander. Aber es würde nicht mehr lange dauern. Es *konnte* nicht mehr lange dauern.

Und dann war auch das zu Ende – beim Frühstück in einem kleinen Lokal in Weed. Der Fall Edison / Alva machte noch immer Schlagzeilen. Die Fotos und Interviews mit früheren Kollegen müssen dem Kerl ganz schönen Auftrieb geben, ärgerte sich Malchek. Endlich Ruhm und Anerkennung, wenn auch zu einem hohen Preis.

Er blätterte um – und erstarrte. Er sah so konsterniert, so fassungslos aus, daß Clare ihren Kaffee überschwappen ließ, als sie die Tasse absetzte.

«Was ist, Mike? Haben sie ihn?»

Langsam legte er die Zeitung zwischen sie. Die Seite war leer, nur in der Mitte prangten sechs schwarze Worte.

MALCHEK: SIE SIND EIN TOTER MANN

16

Reddesdale hing am Telefon, und Gonzales nahm seinen Kaffeebecher, um nachzuschenken. Kaum hatte der Commissioner das Gespräch mit dem FBI beendet, als Dempster schon wieder einen neuen Bericht der Einsatzgruppe brachte, die sie auf den Fall angesetzt hatten.

Wieder läutete das Telefon – diesmal das weiße. Reddesdale sah Gonzales mit erhobenen Augenbrauen an.

«Er hat's gelesen.» Er hob ab, Gonzales konnte noch auf der anderen Schreibtischseite Mikes wütende Stimme hören. Der Commissioner nickte, nickte wieder, wartete darauf, zu Worte zu kommen.

«Mike, um Himmels willen, jetzt halten Sie mal die Luft an und hören Sie mir zu, ja? Wir haben den Mann von der Zeitung, wir haben ihn ausgequetscht wie eine Zitrone, aber herausgekommen ist dabei nichts. Gestern kam ein Bote von der Publicity-Abteilung von Daystar Industries, einem dieser Unterhaltungskonzerne, zu ihm und brachte eine Anzeige, einen eiligen Auftrag, angeblich eine Werbekampagne für einen neuen Film. Um die Leute neugierig zu machen. Der Zeitungsfritze hat sich nichts dabei gedacht, das Layout war okay, der Bote hat die richtige Kontonummer angegeben, es war alles in Ordnung. Daraufhin hat er den Auftrag sofort weitergegeben. Wie meinen Sie?»

Gonzo sah, wie der Ausdruck des Commissioner mehrmals wechselte. «Nein, der Bote war dort bekannt. Was? Natürlich haben wir das verfolgt. Wie das Layout in die Publicity-Abteilung geschleust worden ist, weiß kein Mensch, niemand will die Verantwortung übernehmen. Aber das ist ja auch nicht weiter wichtig. Wir wissen, wer es war. Wir wissen nur nicht, was es bedeutet.»

Wieder quollen wilde, zornige Worte aus dem Hörer, dann herrschte Stille. Reddesdale legte auf und warf Gonzales einen trüben Blick zu.

«Er versucht es auf eigene Faust. Nur hier, sagt er, ist bekannt, daß er noch lebt. Das Leck ist hier, vor unserer Nase. Er will nichts mehr mit uns zu tun haben. Wir können die Grenzüberwachung einstellen, sagt er, das ist nur Zeitverschwendung. Edison wird das Land nicht verlassen, ehe er Malchek umgebracht hat. Davon ist er überzeugt.»

«Er muß es ja wissen», sagte Gonzales gepreßt.

Reddesdale nickte, drehte seinen Sessel zur Seite und sah aus dem Fenster. Er hörte, wie Gonzales sich in einen der Ledersessel fallen ließ. Irgendwo im Zimmer summte eine Fliege, drehte ihre Runden um die beiden Männer, die Angst hatten, einen Blick, ein Wort zu wechseln. Weil man ja nie wissen konnte...

Während er wartete, wechselte der hochgewachsene Mann sorgfältig den Verband, behutsam den Mullstreifen von der langen, verschorften Wunde über seinen Rippen lösend. An ein paar Stellen quoll ein bißchen Blut und Serum heraus, aber die Verletzung war sauber und schloß sich langsam. Er wusch die Umgebung der Wunde, tupfte Jod darauf und klebte einen sauberen Verband darüber.

Dann spülte er die schmutzigen Mullbinden durch die Toilette und rasierte sich. Seine Augen waren klar, mit einer Infektion brauchte er jetzt nicht mehr zu rechnen. Er hatte in der vergangenen Nacht gut geschlafen.

Als Morrie ihn schließlich von einem Münzfernsprecher aus zurückrief, hörte er schon aus den ersten Worten die Panik heraus.

«Schluß, Morrie, das interessiert mich nicht. Du weißt, was ich will, und du weißt, was passiert, wenn ich es nicht bekomme.»

«Tom, ich bitte dich... Sie haben mich auseinandergenommen, bis ich nicht mehr wußte, was oben und was unten ist. Wie lange willst du denn hier noch herumhocken? Sie nehmen dich in die Zange, da gibt's gar nichts, du kannst sie nicht ewig hinhalten.»

«Ewig vielleicht nicht, aber solange es nötig ist. Keine Angst, ich habe noch etliche Tricks auf Lager.»

«Aber es ist so blöd, Tom. Ich kann ihn jederzeit umlegen lassen, wenn du weg bist, und das Mädchen auch.»

«Nein, darum muß ich mich selber kümmern. Seinetwegen

muß ich mein gutes Leben im Stich lassen, und dafür soll er zahlen. So nehme ich das nicht hin. Mich schlägt keiner.»

«Du bist verrückt», entfuhr es Wallack.

Edison lachte auf. «Nicht v-verrückt. Nur verdammt wütend. Ich mach mich nicht mit eingezogenem Schwanz davon, Morrie. Ich habe vor, woanders noch mal anzufangen, und wenn ich mich von einem lausigen C-Cop aus meinem eigenen Spiel verdrängen lasse, ist das keine besondere Empfehlung für meine neuen Kunden. Hast du mir die Nummer besorgt?»

«Ja, aber sie wird dir nichts nützen. Malcheks Dienstwagen ist gestern nachmittag in Weed verlassen aufgefunden worden, ohne Gepäck, völlig leer.»

«Mist.» Er überlegte. «Wie groß ist Weed?»

«Nicht sehr groß. Warum?»

«Beschaff mir einen Wagen und ein paar Fotos von den beiden. Und eine FBI-Legitimation, braucht gar nicht besonders gut zu sein. Ist der Paß fertig?»

«Ich bekomme ihn heute nachmittag. Wohin willst du ihn haben?»

Edison nannte ihm eine Adresse in Salinas. «Den Wagen stellst du in die Ausfahrt, Schnauze nach vorn, Schlüssel in einem Loch hinter dem Hinterreifen. Punkt zwei Uhr. Die Papiere legst du ins Handschuhfach. Ich melde mich wieder. *Ciao*, Morrie.»

Am Mittag des nächsten Tages war er am Ziel. Sie hatten Weed in einem blauen VW, Baujahr 1971, in nördlicher Richtung verlassen. Er gab Morrie telefonisch die Nummer durch und bat ihn, mit Hilfe seiner Beziehungen zur Polizei in Los Angeles den VW auf die Fahndungsliste des Bundesstaates setzen zu lassen. Er aß gut zu Abend und verbrachte im besten Hotel von Weed eine ruhige Nacht.

Der VW tauchte zwei Tage später bei einem Gebrauchtwagenhändler in Redding auf. Ein neuer Wagen war dort nicht gekauft worden, aber von dem Besitzer war zu erfahren, daß die früheren Besitzer des VW ihr Gepäck in ein Taxi umgeladen hatten. Zufällig kannte er den Fahrer, er fuhr regelmäßig diese Strecke. Der Fahrer berichtete, er habe sie zum Flughafen gebracht, besah sich Edisons

Dienstmarke, betrachtete die Fotos und erkannte Malchek auf dem einen, auf dem man ihm einen Schnurrbart angemalt hatte. Aber die Frau in seiner Begleitung sei blond gewesen, sagte er. Und hochschwanger.

Bei der dritten Fluggesellschaft geriet Edison an eine hübsche junge Angestellte, die ihnen einen Flug nach Crescent City gebucht hatte – mit Umsteigen in Arcata. Auch sie identifizierte den schnurrbärtigen Malchek, aber die Frau in seiner Begleitung, sagte sie, sei nicht schwanger gewesen. Die beiden waren ihr in Erinnerung geblieben, weil es aussah, als hätten sie sich zerstritten. Der Mann war sehr blaß gewesen, und sie hatten müde ausgesehen, als hätten sie schon eine weite Reise hinter sich.

Weil die Fahrt durchs Gebirge ihn zuviel Zeit gekostet hätte, buchte Edison einen Platz auf der nächsten Maschine nach Arcata. Den Wagen ließ er auf dem Flughafenparkplatz stehen.

Als sie in der Luft waren, holte er noch einmal die Bilder heraus. Er hatte verschiedene Varianten gezeichnet, Bart oder Schnurrbart für Malchek, Brille, unterschiedliche Haarschnitte und Haarfarben. Offenbar wußte Malchek ebensogut wie er, worin das Geheimnis einer erfolgreichen Verkleidung bestand.

Aber als es in Arcata Mitternacht geworden war, mußte Edison zugeben, daß der kleine Scheißkerl das Spiel nur zu gut beherrschte. Sie waren in Arcata ausgestiegen, aber den Weiterflug nach Crescent City hatten sie sausenlassen. Er hatte es bei den anderen Fluggesellschaften versucht, den Leihwagenfirmen, Gebrauchtwagenhändlern, bei den Taxis, den Buslinien, sogar bei einigen Bootsverleihern in dem kleinen Hafen. Jetzt gab es nur noch zwei Möglichkeiten. Er konnte sich weiter die Hacken ablaufen, sein Geld zum Fenster hinauswerfen und sich in Gefahr bringen – oder er konnte es noch einmal bei seinem Informanten von der Polizei versuchen. Riskant, aber unvermeidlich. Die Zeit drängte. Letztlich konnten sie sich das Warten eher leisten als er.

Grübelnd betrachtete er die Landkarte im Busbahnhof. Die hinter der verschmierten Plastikscheibe nur undeutlich sichtbare Fläche führte ihm das Ausmaß seines Problems vor Augen, das riesige Gebiet des Staates Kalifornien, Urlaubstummelplatz für Millionen.

Er wischte sich mit dem Ärmel den Schweiß von der Stirn und schlug sich nachdenklich mit der Zeitung an die Hüfte, während er einer Wespe zusah, die trunken über das verfärbte Plexiglas der Karte tanzte, dagegenstieß, summend wegflog, wieder anstieß, wieder wegflog. Wie Malchek, immer in Bewegung.

Plötzlich stieg Zorn in ihm hoch, er holte aus und klatschte die Wespe mit der Zeitung gegen die Wand. Die Zerstörung des Ersatz-Malchek erfüllte ihn mit so tiefer Zufriedenheit, daß er die leichte Berührung auf seinem Handrücken erst spürte, als es schon zu spät war. Als er sich umdrehte, stach die zweite Wespe noch einmal zu.

Vielleicht wäre das eine Lektion für uns beide, Malchek, dachte er, während er auf den Bus zuging, der unter dem Schild «San Francisco» stand: Cool bleiben – und sich den Rücken freihalten.

17

Das Geräusch beunruhigte ihn. Schließlich stand er noch einmal auf und sah auf die leere Straße hinaus. Aber da waren nur die Fahrbahn und die Straßenlaterne und eine leere Zigarettenschachtel am Rasenrand. War die vorhin auch schon dagewesen?

Er rieb sich die Augen und ging ins Badezimmer, um ein Aspirin zu schlucken. Auf dem Weg zurück ins Bett sah er noch einmal aus dem Fenster. Nein, die Zigarettenschachtel hatte vorhin bestimmt noch nicht dagelegen. Vielleicht war jemand vorbeigegangen, waren das die Schritte gewesen, die er gehört hatte? Und der Mensch, der vorbeigegangen war, hatte die leere Packung weggeworfen. Aber wer?

«Mike?» fragte Clare leise. Sie hatte gelernt, mit gedämpfter Stimme zu sprechen, damit er nicht zu schnell zur Waffe griff oder zur Tür stürzte.

«Alles in Ordnung, Baby, schlaf.»

«Leicht gesagt, wenn du nackt vor dem Licht stehst.»

Daran, wie er die Arme um sie legte, merkte sie, daß er zu müde war, um auf den Wink einzugehen. Sie legte den Kopf an seine

Schulter, spürte, wie die spitzen Knochen gegen ihren Hals drückten.

«Hast du überhaupt schon geschlafen?» fragte sie nach einer Weile.

«Aber ja... Ich mußte nur mal raus. Schlaf jetzt.»

Aber ihre Augen blieben offen. Sie sah an ihm vorbei zum Fenster. Wonach hatte er jetzt wieder gesehen? Auch das hatte sie gelernt: Keine Fragen zu stellen.

«Nichts», hieß es in solchen Fällen immer. «Gar nichts.»

Langsam wurde sein Atem flacher; er schlief. Wie lange diesmal, eine Stunde, zwei? Länger war es nie. Nacht für Nacht wachte sie auf und sah ihn am Fenster stehen. Immer wieder an einem anderen Fenster, in einem anderen Motel, in einer anderen Stadt, aber immer in der gleichen Haltung. Auf dem Sprung, bereit, sie vom Bett zu stoßen, nach der Waffe zu greifen, zur Tür herumzuwirbeln. Einmal hatte er das tatsächlich getan, hatte dagestanden, die Waffe mit beiden Händen vorgestreckt, während der Motelbesitzer den Abfall in die Mülltonne geworfen, den Deckel wieder aufgesetzt hatte und pfeifend in sein Büro zurückgekehrt war.

Tagsüber war es nicht besser. Er fuhr nie selbst. Er hatte Vertrauen zu ihren Fahrkünsten, aber das war es nicht allein. Er wollte die Hände frei haben.

Und jetzt hatten sie also dieses Apartment gemietet. Zur Abwechslung, hatte er gesagt. Sie hatten die Miete für ein Vierteljahr bezahlt, aber nach ein paar Tagen würden sie sich davonmachen und ihren Zug durch die Motels wiederaufnehmen.

Wenn sie miteinander ins Bett gingen, geschah es unvermittelt, sie liebten sich tief und leidenschaftlich, und dann hatte er sich schon wieder von ihr gelöst, ehe sie die zärtlichen Worte hatten sagen können, die Worte danach. Er hatte einen zwanghaften Ordnungstick entwickelt. Daß etwas nicht an seinem Platz war, nicht in Reih und Glied lag oder stand, konnte er nicht ertragen. Alles mußte nach der Benutzung sofort weggeräumt werden. Er mußte von allem wissen, wo es war. Immer. Sie kauften jeden Tag sechs Zeitungen, und er las auf der Suche nach irgendeinem Hinweis jedes Wort, dann legte er sie ordentlich zusammen und warf sie fort.

Der Revolver war immer dabei, an der Hüfte oder in der Hand. Er lag auf dem Nachttisch, wenn sie sich liebten. Sie brauchte nur den Kopf zu wenden, um ihn dort blauschwarz glänzend, funktionstüchtig, liegen zu sehen.

Vor zwei Tagen hatte er ein Gewehr gekauft. Heute abend war er ins Schlafzimmer gekommen und hatte sie dabei ertappt, wie sie darüberstrich, als sie vor dem Schrank niederkniete, in dem sie die Schuhe in einer schnurgeraden Reihe für ihn ausgerichtet hatte.

«Du kannst es ruhig in die Hand nehmen», hatte er mit einem seltsamen Lächeln in den Mundwinkeln gesagt. «Es ist nicht geladen.»

«Warum muß so ein Ding auch noch schön sein?» fragte sie bitter. «Es ist doch nur eine Tötungsmaschine. Warum dieses So-tun-als-ob, mit Schnörkeln und Gravuren? Das ist doch lächerlich.»

Sie wußte, was geschah, aber sie wußte nicht warum. Immer wieder hatte sie ihn gefragt, warum sie nicht einfach heimfahren konnten. Warum er nicht der Polizei ihren Schutz überließ. Er hatte vorher sechs Mann gebraucht, wie wollte er das jetzt ganz allein fertigbringen?

«Du lebst noch, oder?» hatte er gesagt und sich geweigert, noch weiter über das Thema zu sprechen.

Sie wußte nur, daß sie warteten, daß er Angst hatte, daß er täglich, stündlich schmaler, blasser, müder wurde.

Und sie fragte sich, wann er anfangen würde, sie dafür zu hassen.

Als er sie weckte, war es noch dunkel.

«Zieh dir was an. Etwas Warmes. Beeil dich.»

«Reisen wir ab? Ich habe nicht gepackt, ich –»

«Nein, wir reisen nicht ab. Aber wir haben noch etwas zu erledigen.»

Sie gehorchte stumm und ging mit ihm zum Wagen. Er hatte, in eine Decke gehüllt, das Futteral mit dem Gewehr bei sich. Schweigend fuhren sie durch die stillen, schlafenden Straßen. Ein Hund bellte, als er den Wagen hörte, aber sonst rührte sich nichts.

Malchek fuhr etwa zwanzig Minuten, vorbei an den dunklen

Läden und Supermärkten von Crescent City, vorbei an den Holzhäuserzeilen, um die Bucht herum und ein Stück die Autobahn entlang. Über die Berge und in die Wälder.

Sie ließen den roten VW am Rand eines Kiesweges ein paar Kilometer hinter Mill Creek stehen – ein Käfer mehr im Wald. Der Himmel wurde langsam heller. Clare sah sich voller Scheu um. Die starken Regenfälle der letzten Zeit hatten die Farne am Fuß der Redwoods wuchern lassen. Morgennebel hing in langsam ziehenden Streifen über den Tälern und Bächen. Mächtige gestürzte Stämme lagen zwischen ihren noch aufrecht stehenden Brüdern, in der rauhen, flechtenbewachsenen Borke moderte Laub, zogen Insekten jahrhundertealte Bahnen. Feuchte und Alter zogen wie dichter Weihrauch durch diesen Dom.

Zwanzig Minuten lang kämpften sie sich durch das Dickicht, bis sie an eine Lichtung kamen, die ihm geeignet erschien. Während Clare die Decke ausbreitete, lud er das Gewehr und gab ein paar Testschüsse auf einen alten Baumstamm auf der anderen Seite der Lichtung ab.

Der tückisch-leise Laut der Schüsse erschreckte Clare. Sie hatte ein ehrlicheres, lauteres Geräusch erwartet. Mehr eine Explosion, nicht so sehr einen Peitschenknall. Malchek schoß noch fünfmal, dann kam er mit dem Gewehr zu ihr herüber, zog den Revolver aus dem Halfter und gab ihn ihr.

«Ich möchte, daß du lernst, mit diesen Schußwaffen umzugehen. Das ist ein Smith and Wesson-Revolver, Kaliber 38, fünf Patronen im Zylinder. Ich habe ihn seit drei Jahren, er zieht ein bißchen nach links.» Er tippte an den Gewehrschaft. «Das da ist neu, ein Ruger Mini-Fourteen-Karabiner, eine halbautomatische Waffe, zehn Schuß in jedem Magazin.» Rasch zeigte er ihr die Abzugsmechanik und das Einschieben des Magazins. «Die effektive Reichweite des Revolvers ist für dich fünfundzwanzig Yards, wenn es hoch kommt. Die Ruger tötet bis auf dreihundert Yards zuverlässig, bei weiteren Entfernungen hängt es von der Kunst des Tötenden ab.»

«Ich will aber niemanden töten, Mike», protestierte sie.

«Du hast auf Edison geschossen. Ging es da nicht um Tod und Leben?»

«Doch, aber ich dachte, er hätte dich umgebracht, und da war mir alles egal. Ich wollte –»

«Sag's!»

«Ich wollte ihm weh tun, ich wollte ihn schreien hören.» Ihre Stimme war belegt vor Scham. Er schluckte, dann nahm er sich zusammen. «Ich möchte, daß du dich an dieses Gefühl erinnerst, daß du es schmeckst, auskostest. Es ist in uns allen.»

«Aber –»

«Jawohl, in uns allen. Bei manchen dauert es nur länger, bis es zum Vorschein kommt. Der Mensch ist ein Raubtier, nur hat er ein größeres Gehirn als die anderen Raubtiere. Das kann dir vielleicht mal das Leben retten, also verdräng es nicht. Und jetzt lädst du das Gewehr.»

Und so ließ sie sich von ihrem Experten schleifen, stundenlang, erbarmungslos. Ekelhaft. Aber doch eigentlich ganz interessant. Sehr interessant. Wenn man nicht so müde wäre. Hundemüde. Aber auf die Dauer wird es langweilig. Sehr langweilig. Und man wird kribbelig. Fuchtig. Stinkwütend. Und darf endlich ausruhen.

Sie ließ sich auf die Decke fallen, legte die Stirn auf die Knie, Wald, Waffen, Mike Malchek aussperrend, von sich schiebend.

Stumm reinigte er die Waffen. Dann sagte er, schon wieder wachsam, schon wieder auf dem Sprung: «Komm, Clare, ich möchte nicht länger als nötig hier draußen zubringen. Wir haben keine Deckung, er kann von überallher kommen.»

Sie erhob sich mit steifen Gliedern und nahm behutsam-argwöhnisch das Gewehr in den Arm. «Vielleicht haben Bonnie und Clyde auch mal so angefangen.»

Er sah sie scharf an. «Darüber kann ich nicht lachen.»

«Du lachst überhaupt sehr selten in letzter Zeit.»

«Ich liebe dich, Clare.»

«Ich weiß. Aber wenn ich dir wie ein Klotz am Bein hänge, kannst du nicht töten, stimmt's?»

Er sah sie lange an. In ihren Mundwinkeln standen Speichelbläschen, ihre Augen waren voller Tränen.

«Clare –»

«Weißt du, daß ich dich jetzt erschießen könnte? Du hast es mir beigebracht.»

«Offenbar nicht gut genug. Habe ich dir nicht gesagt, daß man eine geladene Waffe, wenn man sie nicht benutzen will, nie über Kniehöhe anheben darf?»

Sie blickte nach unten. Das Gewehr war genau auf seinen Gürtel gerichtet, Mündung und Gürtelschnalle waren kaum einen halben Meter voneinander entfernt. Obgleich jeder Muskel seines Körpers danach schrie, sich hinzuwerfen oder wegzulaufen, fuhr er ganz ruhig fort: «Andererseits hast du vielleicht recht. Warum sollen wir darauf warten, daß Edison uns umbringt, wenn wir es so leicht selber besorgen und ihm die Mühe sparen können?»

Er sah, wie ihr Zorn wich, während sie begriff, was sie unbewußt getan hatte. Was aus einem Augenblick der Erbitterung und des Leichtsinns hätte werden können. Sie sah ihn an, und als der Schock ihre Augen erreicht hatte, war es aus.

Er fing das Gewehr auf, ehe es zu Boden fallen konnte. Clare warf sich auf die Decke, krümmte sich zusammen wie ein krankes Kind, weinend, stammelnd, um Verzeihung bettelnd. Sein Kopf dröhnte, sein Mund war trocken. Er nahm sie in die Arme und wünschte, er wüßte eine Zauberformel, um sie beide zu trösten.

Als das Schlimmste vorüber war, sprach er leise in ihr Haar, während sein Blick über die Bäume ging, die sie umstanden, und er über ihre schluchzenden Atemzüge auf andere Laute lauschte.

«In Ordnung?» Er rückte ein Stück weg und sah sie an.

Sie schüttelte unglücklich den Kopf. «Wie lange noch, Mike?»

«Bis du es kannst», lächelte er.

«Das meinte ich nicht.»

«Ich weiß.» Er sah sich unruhig um. «Laß nur, für heute ist es genug. Wir fahren zurück zum Apartment. Du wirst sehen, es wird alles gut.»

Aber später, am Nachmittag, als sie beieinanderlagen und er tief in sie eindrang, immer wieder und wieder, spürte sie, wie seine Arme vor Anstrengung zitterten. Und das war ihm bisher noch nie passiert.

Abends um zehn merkte sie, daß etwas mit ihm nicht stimmte. Sie saßen dicht nebeneinander, sahen sich einen alten Film an und genossen den unvermeidlichen Triumph des guten Sheriffs über den bösen Revolverhelden. Während eines Werbespots stand er auf. Als er zurückkam, hatte er einen dicken Pullover an und drehte im Vorbeigehen die Heizung höher.

«Es ist kalt geworden», meinte er und setzte sich wieder neben sie.

«Machst du Witze? Ich finde es fast zu heiß hier.»

Zwanzig Minuten später begann er zu zittern.

«Dir ist wirklich kalt», sagte sie erschrocken. Seine Haut wirkte bläulich, Kälteschauer schüttelten ihn. «Was ist denn mit dir? Du mußt dich heute früh erkältet haben...»

«Es ist keine Erkältung, sondern pure Dummheit. Ich bin ein Idiot, falls du das noch nicht gemerkt haben solltest.»

Sekundenlang glaubte sie, er würde das Bewußtsein verlieren, er verdrehte die Augen, wurde brettsteif. Gleich darauf setzte der Schüttelfrost mit verstärkter Heftigkeit wieder ein.

«Komm, sitz nicht hier herum, leg dich ins Bett. Ich schalte die Heizdecke ein. Siehst du, es war doch nicht so dumm, daß wir sie gekauft haben.»

Er stolperte hinter ihr her ins Schlafzimmer, ließ sich widerspruchslos die Schuhe ausziehen und kroch so, wie er war, unter die Decke. Sie stellte den Thermostat ein und betrachtete Malchek besorgt.

«Wann wird diese Wunderdecke endlich warm, zu Weihnachten?» knirschte er.

Clare faßte unter die Decke, sie war schon ganz heiß. Sie setzte sich auf die Bettkante. «Pure Dummheit, hast du vorhin gesagt. Was ist es nun wirklich?»

«Eine ganz gewöhnliche Feld-, Wald- und Wiesenmalaria. Viele von uns haben sie in Vietnam erwischt, es gab ein Mittel dagegen, aber du wurdest quittegelb von dem Zeug, und sobald es uns besser ging, haben wir es nicht mehr genommen. Wie ein Gelber wollte keiner aussehen, das war da unten nämlich lebensgefährlich. Und es war ja auch alles in Ordnung, wir blieben gesund. Dann habe ich mich vor ein paar Jahren übernommen, und bums, da ging es wieder los. Mein Arzt bot mir das gleiche Mittel an, aber ich habe mich höflich dafür bedankt. Schließlich hat er mir dann etwas anderes verschrieben, und es ging wieder weg.»

«Den Eindruck habe ich nicht gerade.»

«Okay, er hat auch nicht behauptet, daß ich endgültig geheilt wäre, und hat gemeint, es könnte wiederkommen, wenn ich nicht aufpasse.» Wieder packte ihn der Schüttelfrost. «Aber ich habe ja die Tabletten mit, es kann also gar nichts passieren.»

«Ich hole sie.» Sie ging ins Badezimmer, kam mit der kleinen braunen Flasche zurück, schraubte den Deckel ab und versuchte, die Tabletten herauszuschütteln, hörte aber nichts klappern. Vielleicht blockierte eine den schmalen Flaschenhals? Sie fuhr mit einem Finger hinein und holte den Störenfried heraus: ein Päckchen Silikagel zum Trockenhalten der Tabletten. Die Flasche war leer.

Sein Gesicht verdüsterte sich. «Ich habe es immer klappern hören, und da dachte ich eben...»

Clare wandte sich ab. Der immer heftiger werdende Schüttelfrost, sein mutloses Gesicht – sie konnte es plötzlich nicht mehr ertragen. «Ich rufe einen Arzt.»

«Nein! Ich weiß genau, wie es läuft, reg dich bloß nicht so auf. Es ist ganz einfach. Der Schüttelfrost dauert noch eine Weile, und dann bekomme ich Fieber, vielleicht ziemlich hohes Fieber. Ein paar Stunden wird es mir ziemlich dreckig gehen, dann kommt die Krise, und ich fange an zu schwitzen.»

«Mein Gott, du kannst doch nicht –»

«Jetzt stell dich bitte nicht so an. Wenn ich es ertragen kann, wirst du es wohl auch können. Laß mich einfach in Ruhe. Bald merke ich sowieso nichts mehr.»

«Und wenn ich dir nun ganz gewöhnliches Chinin hole?»

«Das hat jetzt keinen Zweck mehr. Wenn es einmal angefangen bat, muß man es durchstehen. Mit Chinin läßt sich vielleicht der nächste Anfall abblocken. Aber davon reden wir später. Du gehst nicht allein auf die Straße, verstanden?»

«Der nächste Anfall?» Das wurde ja immer schlimmer.

«Es kommt schubweise, alle zwei Tage.» Er schloß die Augen und überließ sich dem Schüttelfrost.

Sie beobachtete ihn eine Weile, überwältigt von der Veränderung, die mit ihm vorgegangen war. Sein Gesicht war eingefallen, seine Fingernägel waren blau vor Kälte. Weil sie nicht wußte, was sie sonst hätte tun sollen, legte sie sich schließlich neben ihn ins Bett und versuchte, ihm etwas von ihrer Wärme abzugeben. Sekunden später war sie unter der Heizdecke in Schweiß gebadet, aber seine Haut blieb kalt.

«Wetten, daß du im Bett noch nie so auf einen Mann gewirkt hast?» murmelte er undeutlich. Er drehte sich um und legte die Arme um sie, dankbar für ihren weichen, warmen Körper.

«Halt mich fest, Baby, bitte, halt mich fest. Mach mich warm.»

Sein Flüstern war so erschreckend wie ein Aufschrei. Es sah ihm so gar nicht ähnlich, um etwas zu bitten. Er war der Starke, der Bestimmende. Zum erstenmal brauchte er sie, und sie konnte ihm nicht helfen.

Morgens um drei delirierte er. Als sie zum letztenmal das Fieber gemessen hatte, waren es 40,2 Grad gewesen. Dann war das Thermometer bei einer seiner unkontrollierten Bewegungen hingefallen und zu Bruch gegangen. Beim Einsetzen des Fiebers hatte er noch über Übelkeit und Gliederschmerzen geklagt, aber darüber war er jetzt hinweg. Er schlug wild um sich, so daß sie es nur ab und zu schaffte, ihm mit den in Eiswasser getauchten Handtüchern über den glühenden Körper zu fahren.

Clare war entsetzt. Für sie war ein Mensch mit über 39,5 Grad Fieber ein Fall fürs Krankenhaus. Im Haus und auf der Straße war es totenstill. Plötzlich bellte irgendwo in der Ferne ein Hund, der rauhe Stakkatoton kam durch das offene Fenster. Die kalte Nachtluft half ebensowenig wie das Eiswasser, das Fieber zu senken.

Zuerst stöhnte er nur vor Schmerz, dann fing er an, vor sich hin zu murmeln, dann wild zu phantasieren. Manches von dem, was er sagte, widerte sie an, machte sie ratlos. In seinem Leben hatte es genug Gewalt gegeben, um hundert Seelen zu verseuchen. Vietnam, die Straßen der Stadt, die Durchgänge, die Slums – all das brach aus ihm heraus.

Doch dann wurde es einfacher. Viel einfacher.

«Hilf mir, Clare. Hilf mir, Clare. Hilf mir, Clare.»

Aber sie konnte nichts tun. Um fünf war sie felsenfest davon überzeugt, daß er sterben mußte. Er hatte nicht genug Nahrung, nicht genug Schlaf gehabt, er war schon am Ausbrennen, ehe das Fieber kam. Jetzt schien er vor ihren Augen zu vergehen.

Die Fieberphantasien hatten aufgehört, er lag reglos, von brennender Glut verzehrt, mit geschlossenen, tief in den Höhlen liegenden Augen, hochgezogenen Lippen, flach hechelnd wie ein flüchtendes Tier.

Der erste Arzt im Telefonbuch hieß Aarons, und nach dem ersten verschlafenen Abtausch von Frage und Antwort klang seine Stimme fest und klar. «Was Ihr Mann Ihnen gesagt hat, stimmt, Mrs. Michaels. Sie tun alles Menschenmögliche für ihn. Ich weiß, es sieht schlimm aus, aber glauben Sie mir, das Fieber hat jetzt bald seinen Höhepunkt erreicht. Sobald es heruntergeht, versuchen Sie bitte, ihm Flüssigkeit zuzuführen, soviel wie möglich. Ich komme vor der Sprechstunde bei Ihnen vorbei und gebe ihm etwas zum Einnehmen.»

«Etwa nach dem Motto: Schlucken Sie zwei Aspirin, und rufen Sie mich morgen wieder an, ja?»

Er lachte trocken, sie haßte ihn in diesem Augenblick, umklammerte den Hörer, bis ihre Hand schmerzte.

«Bitte glauben Sie mir, wenn ich irgend etwas unternehmen könnte, wäre ich in zehn Minuten bei Ihnen.» Er hielt inne, seufzte. «Ich weiß, wie beängstigend das für Sie sein muß. Malaria kommt bei uns nur noch selten vor, aber in vielen Teilen der Welt ist sie auch heute noch so alltäglich wie Ziegenpeter. Manche Fälle können selbst in unseren Tagen der sogenannten medizinischen Wunder sehr hartnäckig sein. Aber er wird nicht sterben, das verspreche ich Ihnen. Noch ehe ich komme, wird es ihm sehr viel besser gehen. Fremde könnten ihn bestimmt nicht besser pflegen, als Sie es tun. Zum Glück scheinen Sie ja eine Frau zu sein, die nicht so schnell die Nerven verliert. Wir sehen uns in ein paar Stunden.»

Sie starrte noch eine Weile wie blind den Apparat an. So oder so – es war vorbei. Morgen würde Mike zu schwach sein, um ihrer beider Sicherheit zu gewährleisten. Es war vorbei, die Flucht war zu Ende. Sie kamen allein nicht mehr durch. Liebe war wichtiger als Ehre, was immer man darunter verstand. Von mir aus, dachte sie, kann Edison den ganzen Staat in die Luft gehen lassen, wenn nur Mike am Leben bleibt. Es war fast eine Erleichterung, daß ihr die Entscheidung abgenommen wurde. Für sie beide.

Blieb nur die Frage des Vorgehens. Gonzales anrufen? Aber Mike hatte ausschließlich mit Reddesdale Kontakt gehalten, das mußte seinen Grund haben. War Gonzales noch immer verdächtig? Sie ging ins Schlafzimmer, lehnte sich über Mike, bat ihn um die Privatnummer des Commissioner. Aber er hatte es entweder nicht gehört, oder die Sperre in seinem Kopf war so stark, daß sie selbst dem Fieber standhielt.

Sie wählte die Auskunft, aber Reddesdales Nummer stand nicht im Buch. Schließlich ließ sie sich die Nummer seines Anschlusses im Präsidium geben. Irgendwer mußte sich dort ja melden – arbeitete nicht die Polizei angeblich rund um die Uhr?

Nach zweimaligem Läuten meldete sich der Anrufbeantworter. Auch nicht schlimm, es war schließlich Reddesdales Anschluß. Und zu ihm hatte Mike Vertrauen. Der Gedanke, bis zum Morgen zu warten, war ihr unerträglich, sie wollte es hinter sich bringen, und sie wollte es sich nicht wieder ausreden lassen.

«Commissioner, hier ist Clare Randell. Mike und ich sind in Crescent City, und Mike ist sehr krank. Die Adresse ist Apartment 4B, 312 Blaine Street. Bitte lassen Sie uns holen.»

Langsam legte sie den Hörer auf. Ihre Rettung lag jetzt in Reddesdales Hand. Wie lange würde er brauchen?

18

Edison wischte sich mit dem Ärmel die Nässe vom Gesicht, dann rückte er die gestrickte Seemannsmütze wieder zurecht. Wenn sein Mann das mitbrachte, worauf er wartete, war es bald vorbei, vielleicht konnte er dann morgen schon auf dem Weg nach Rio sein.

Das persönliche Treffen war ihm gar nicht recht gewesen, aber so war es abgemacht. «Auge in Auge oder gar nicht», hatte die Stimme am Telefon erklärt, als er in der Pension, in der er als angeblicher Hafenarbeiter wohnte, den Anruf entgegengenommen hatte. Mit den Arbeitspapieren hatte Morrie keine Schwierigkeiten gehabt. Auch die Gewerkschaften legten Wert darauf, ihre Geheimnisse zu bewahren.

Noch lag Frühnebel über dem Hafenbecken, aber mit jeder Minute traten die Konturen deutlicher hervor, die dichte Nebelbank trieb mit der Tide zurück zum Meer.

Er sah dem kleinen Mann entgegen, der über die lange Mole auf ihn zukam.

Kamelhaarmantel, blankgeputzte Schuhe, sehr proper. Was doch mit Geld alles zu machen war...

«Bißchen klein für einen C-Cop», sagte Edison.

«Damals waren sie noch nicht so wählerisch.»

«Was haben Sie mir mitgebracht?»

«Was Sie haben wollten – die Adresse. Malchek ist offenbar krank, die Frau hat angerufen. Zum Glück kam ich zeitig ins Büro, die Nachricht war im Anrufbeantworter.»

«Wo sind sie?» drängte Edison.

Der Kleine sah zu ihm auf, und Edison gab es einen Ruck, als er den Haß auf dem glatten Gesicht bemerkte. Er wartete.

«Sie werden die beiden umbringen und dann das Land verlassen, nicht wahr? Endgültig...»

«Genau. Wo sind sie?»

Der Kleine nannte eine Adresse. «Wenn das erledigt ist, bin ich Wallack los, ist das klar? Er hat von mir keine Unterstützung mehr zu erwarten. Ich habe jetzt zuviel zu verlieren, und das setze ich für niemanden aufs Spiel.»

Edison zuckte die Schultern. «M-machen Sie das mit Wallack ab. Mich geht das nichts an.»

«Aber *Sie* haben von dem früheren Commissioner die Beweise bekommen, nicht Wallack.»

«Stimmt. Aber wenn ich in Brasilien bin, dürften die mir wenig nützen.»

«Was ist mit Ihren Akten, den codierten Aufzeichnungen? Wenn sie den Code nun knacken?»

«Nicht mein Problem. Sie werden sich daran noch ganz schön die Zähne ausbeißen, so schnell kriegen sie das nicht hin. Aber ich werde an Sie denken, Sie haben mir wirklich sehr geholfen. Vielleicht will ich ja doch mal wieder zurück, dann melde ich mich, wenn Sie noch da sind.» Edison grinste. «Ich gebe ungern was aus der Hand, und wenn es Kleinigkeiten sind. Irgendwann kann ich jeden mal wieder gebrauchen. Ich bin noch n-nicht g-ganz oben.»

«Nein», flüsterte der Kleine entsetzt. «Das können Sie nicht tun. Ich habe alles gemacht, was Sie wollten, ich habe gelogen und betrogen, alle habe ich sie hinters Licht geführt. Sie Schwein, Sie können mir doch nicht eben noch die Freiheit versprechen und mich gleich darauf wieder einsperren.»

Edison zuckte die Schultern. «Warum nicht? Wer soll mich daran hindern? Sie etwa?»

Die Bewegung war langsam, und er hatte sie von Anfang an erwartet. Das – oder einen Hinterhalt. Die Adresse war zu bereitwillig herausgekommen, sie *mußte* falsch sein. Aber so wie er vorhin die zögernde, nicht vollendete Bewegung zur Brusttasche registriert hatte, bemerkte er jetzt den unentschlossenen Griff zur Manteltasche. Es war schon zum Lachen, daß gewöhnliche Menschen sich immer wieder einbildeten, einen Mann wie ihn übertölpeln zu können.

Das Messer grub sich unter das Brustbein des Kleinen, ehe er den Revolver aus der Kamelhaartasche hatte holen können. Die blauen Augen quollen vor, und Edison griff rasch zu, ehe sein Opfer in sich zusammenfiel. Für einen zufälligen Beobachter mußte es ausgesehen haben wie eine freundschaftliche Geste.

Behutsam führte Edison den Toten zu einer Bank mit Blick auf die Bucht, setzte ihn mit dem Gesicht zum Wasser hin und schloß ihm mit dem Daumen die Augen. Passanten würden denken, er wäre eingenickt, und würden ihn in Ruhe lassen. Zunächst jedenfalls.

Edison setzte sich neben den Toten, zog das Messer heraus und schob es in die Scheide zurück, die er unter dem dicken blauen Pullover mit einem Riemen am Unterarm befestigt hatte. Dann griff er sich die Brieftasche und sah den Inhalt durch. Da war die Adresse – auf Pedanten war eben Verlaß. Apartment 4B, 312 Blaine Street, Crescent City. In dünner Schrift standen die Buchstaben M und R darüber.

Lässig ließ er die Kreditkarten durch die Finger gleiten, während er überlegte, was jetzt zuerst zu tun war. Mein Gott, was für ein Name. Calhoun Farley Dempster. Mit so einem Namen mußte man ja geradezu schwul werden.

19

Um sechs Uhr fünfzehn war das Fieber gefallen. Kurz nach acht kam Dr. Aarons.

Von seinem Klopfen und Clares plötzlicher Bewegung aufgeschreckt, öffnete Mike die Augen. «Wer zum Teufel ist das?»

Sie blieb an der Tür stehen. «Wahrscheinlich Dr. Aarons. Ich habe ihn heute nacht angerufen, als ich dachte, du müßtest sterben.»

«Du hast – was?» Er versuchte, sich aufzurichten, aber es gelang ihm nicht, und er rollte auf die Seite, während er nach dem Revolver auf dem Nachttisch griff.

«Ich habe gedacht, du würdest sterben», sagte sie, in die Defensive gedrängt.

«Aber ich habe dir doch gesagt –»

«Ja, ich weiß. Aber selbst wenn es Edison wäre, der vor der Tür steht – was könntest du dagegen tun?»

Es klopfte noch einmal, energischer. «Ich liebe dich, Mike, aber du hast unrecht. Es ist Zeit, daß sechs oder sieben Mann den Job übernehmen, den du im Alleingang hast erledigen wollen.»

Sie wandte sich um und verließ das Zimmer, ehe er antworten konnte, gequält von dem unklaren Gefühl, ihn verraten zu haben. Sie wollte ja gar nicht recht haben...

Als der Arzt gegangen war, öffnete sie leise die Tür und sah ins Schlafzimmer. Mike schlief. Sein Gesicht war verschattet, aber nicht mehr so blaß. Sie machte die Tür wieder zu, blieb einen Augenblick stehen und ließ sich durch den Kopf gehen, was der Arzt gesagt hatte, ehe er ging. Von halsstarrigen Männern war die Rede gewesen und von den Schwierigkeiten, die sie sich und den Menschen bereiteten, die sie liebten. Er hatte ihr mehr oder weniger deutlich zu verstehen gegeben, daß sie mit Mike einen Mann hatte, der sich seine eigenen Schwächen nie eingestehen würde, und daß sie damit wohl oder übel würde leben müssen.

Aber das wußte sie ja.

Um Viertel vor zehn läutete das Telefon.

Sie erschrak so, daß sie den Apparat eine volle Minute lang fixierte, ehe sie den Hörer abnahm.

In diesem Augenblick flog die Schlafzimmertür auf, und Mike erschien in der Türöffnung.

«Hallo?» meldete sie sich vorsichtig.

«Clare, sind Sie das?» fragte eine Stimme, die sie nicht erkannte.

«Bedaure, Sie haben wohl –»

«Hier Clyde Reddesdale, Clare. Es ist schon gut, Sie brauchen keine Angst zu haben, es sei denn – sind Sie allein?»

«Nein, nein, Mike ist hier.»

Sie hatte noch nie in ihrem Leben ein so zorniges Gesicht gesehen. Selbst Mikes Händen, die rechts und links den Türrahmen umkrampften, sah man den Zorn an. «Was hast du getan?» fuhr er sie an.

Die Stimme sprach weiter: «Bitte, Clare, hören Sie jetzt genau zu. So wie ich Mike kenne, wird er einen Beweis haben wollen, daß –»

Aber da war Mike schon neben ihr, riß ihr den Hörer aus der Hand, hörte eine Minute zu, dann fragte er: «Hat sie bei Ihnen angerufen?» Er hörte sich die Antwort an, dann sackte er kraftlos auf die Couch. «Dempster?»

Sie hörte Reddesdales Stimme weiterreden und griff trostsuchend zu Mike hinüber. Er reagierte nicht. Jetzt kamen die Tränen. Was hatte sie sich und ihm da eingebrockt?

Er horchte, nickte, hatte die Augen geschlossen. «In Ordnung, ich verstehe. Offenbar hat er bekommen, was er wollte, wozu hätte er ihn sonst umbringen sollen?» Er machte die Augen wieder auf, sah auf die Uhr. «Nein, selbst mit dem Flugzeug könnte er es so schnell nicht schaffen. Wer? Brand. Okay, ganz wie Sie meinen. Ja. Danke.» Er legte auf, dann vergrub er das Gesicht in den Händen. Seine Stimme klang dumpf schleppend.

«Ich habe Reddesdale immer zu Hause angerufen, denn bei seinem Personal ist offenbar eine undichte Stelle. Er war noch nicht dahintergekommen, wo das Leck war. Es kamen mehrere Leute in Frage, die über den Fall Bescheid wußten – Gonzo, Dempster, ein paar Sekretärinnen. Wir wissen jetzt, daß es Dempster war, der brave, aufopferungsvolle, pingelige Dempster, der Mann, den niemand richtig wahrnahm.»

«Wie Tom Alva.»

«Ja, so ähnlich. Dempster war bekannt dafür, daß er als erster kam und als letzter ging, das war heute auch nicht anders. Er ließ den Anrufbeantworter ablaufen, erfuhr unsere Adresse und brachte sie Edison.»

«Nein...»

«Vielleicht wollte er Edison umbringen und seinen eigenen Verrat vertuschen. Vielleicht auch nicht. Sein alter Dienstrevolver steckte in seiner Manteltasche, als sie die Leiche vor einer halben Stunde unten an der Bucht fanden. Und Edison hätte ihn nicht umgebracht, wenn er nicht doch noch das bekommen hätte, was er wollte.» Clare stand auf und ging steif durchs Zimmer. «Es tut mir leid, Mike», sagte sie. Ihr Mund war staubtrocken.

Er nahm die Hände vom Gesicht und holte tief Atem. «Wahrscheinlich ist nichts weiter passiert. Sie haben sich mit dem zuständigen Sheriff in Verbindung gesetzt, er kommt gleich vorbei und bringt uns woandershin, wo wir sicher sind. Vor Mittag kann Edison unmöglich hier sein, wenn er nicht das Raumschiff Enterprise gekapert hat. Kein großes Unglück.»

«Machst du Witze?»

Er stand auf und ging leicht schwankend auf sie zu, schob seine Hände unter ihre Ellbogen und zog sie zu sich herum. Sie sah nicht auf.

«Du denkst, ich habe eine Wut auf dich, nicht? Mag sein. In alten Zeiten wäre ich einfach mit dir in den Schuppen gegangen und hätte dich durchgeprügelt. Aber heutzutage haben wir ja die sogenannte Gleichberechtigung. Ich lag flach, also mußtest du als das Familienoberhaupt eine Entscheidung treffen – ob richtig oder falsch, das sei mal dahingestellt – und entsprechend handeln. Wenn es dich tröstet: Meiner Meinung war es die richtige Entscheidung. Ich brauche Hilfe, Clare. Ich kann nicht mehr den Superman spielen. Du brauchst mich ja bloß anzusehen.»

Aber sie sah ihn nicht an.

«Jetzt komm schon, du Dickschädel», sagte er leise. «Sieh mich an.»

Sie sprach leise in sein Schlüsselbein hinein. «Wenn ich von jetzt ab sehr lieb bin und den Wagen nur noch am Mittwoch nehme und dir alle deine Lieblingsplätzchen backe und immer über deine Witze lache – versprichst du mir dann etwas?»

«Kommt drauf an.» Er wischte ihr mit dem Daumen eine Träne von der Wange.

«Wenn du wieder zu Kräften gekommen bist, gehst du dann mit mir in den Schuppen und prügelst mich durch? Nur ein kleines bißchen? Bitte...»

Er nahm sie fester in die Arme. «Also gut. Nur ein kleines bißchen.»

20

Sheriff Brand war groß und hager, er hatte einen scharfen Blick und eine schroffe Art. Sie saßen fast auf Tuchfühlung in seiner Küche, der Ältere trug Hosen mit messerscharfen Bügelfalten, Malchek verwaschene Jeans und ein T-Shirt, das Clare ihm gekauft hatte. Es war mit dem Bild eines Schweinchens geschmückt, das nach zahlreichen Gängen in den Trocknern der Waschsalons einen ziemlich grämlichen Ausdruck angenommen hatte, aber er fand es immer noch ganz lustig.

«In großen Zügen hat mich der Commissioner informiert, aber ich wüßte doch ganz gern noch ein bißchen genauer Bescheid. Sie gehören zu den großen Tieren da unten?» eröffnete Brand das Gespräch.

«Nein, ich bin ein ganz gewöhnlicher Kriminalbeamter», sagte Malchek ruhig.

«Aber immerhin Lieutenant, nicht?»

«Ja.»

«Haben sich in letzter Zeit nicht gerade wie ein Lieutenant aufgeführt, scheint mir.» Das klang nicht feindselig, sondern einfach neugierig.

«Nein, aber der Fall ist für mich auch so eine Art Ausnahme.»

«Für mich auch, Lieutenant. Fischereistreitigkeiten, Prügeleien im Suff, ein bißchen Drogenhandel von See her – das sind so die

Dinge, die mich hier beschäftigen. Ein Profikiller hat uns bisher noch nicht die Ehre gegeben.»

«Immerhin – Sie haben Ihre Leute ausschwärmen lassen. Das hört sich gar nicht kleinstädtisch an.»

Brand grinste plötzlich, sein Gesicht zog sich zusammen wie eine Ziehharmonika. «Zwanzig Jahre Dienst in San Diego, war Lieutenant, als ich mich zur Ruhe gesetzt habe. Wie Sie. Nur älter. Ungefähr hundert Jahre älter, würde ich sagen.»

Malchek nickte. Er war erleichtert, daß er es mit einem Profi zu tun hatte, nicht mit einem bequemen Beamtentyp oder einem heißblütigen jungen Cowboy, der sich einen Namen machen wollte. Er schilderte Brand den Fall und ließ dabei so gut wie nichts aus, bis auf seine Beziehung zu Clare. Aber wie es damit stand, brauchte man ja nicht groß zu erklären.

«Keine sehr schwierige Entscheidung, scheint mir», sagte Brand schließlich. «Ich meine, daß Sie zurück müssen, ist klar. Fragt sich nur: heute oder morgen?»

«Können Sie heute nacht eine Wache für mich abstellen?»

«Sicher.»

«In Ordnung. Morgen früh kann ein Hubschrauber uns ausfliegen. Wenn ich eine Nacht durchschlafen kann, habe ich mich von diesem blöden Anfall erholt.»

Aber am nächsten Morgen zeigte es sich, daß vom Macnamara Field kein Hubschrauber würde starten können. Gegen Mitternacht hatte sich von Südwesten her ein Sturm genähert und peitschte die Bäume vor dem Haus des Sheriffs.

«Dann setzen wir Sie am besten doch auf die Zehn-Uhr-Linienmaschine», meinte Brand.

«Abgelehnt. Ich bin ja mit Clare gerade deshalb verschwunden, weil es Edison völlig gleichgültig ist, wer stirbt, wenn nur wir mit draufgehen. Ich habe keine Lust, fünfzig Passagiere schreien zu hören, wenn wir abschmieren.»

«Dann müssen Sie eben Geduld haben.»

Malchek wandte sich vom Fenster ab und ging zu Clare hinüber, die in einem Sessel saß und zu lesen vorgab. Er legte ihr die Hände auf die Schultern und streichelte mit den Daumen ihren Nacken, während er angestrengt nachdachte.

Der Junge in dem dunkelblauen Pullover schlief schon fast, als die beiden Wagen gegenüber vorfuhren. Das Rauschen von Sturm und Regen um das verlassene Baumhaus war wie eine unwiderstehlich einschläfernde Melodie. Es war Dusel gewesen, daß er in dem Garten direkt gegenüber von Brands Haus diesen Ausguck gefunden hatte. Durch die Zweige hindurch konnte er genau erkennen, wie sie herauskamen: die Frau und der Mann, flankiert von Leuten des Sheriffs, dann die anderen, die vorhin gekommen waren, in Zivil. Er schrieb die Einzelheiten auf eine zerknitterte Tüte, in der er seine belegten Brote gehabt hatte. Als die beiden Wagen weg waren, kletterte er herunter und kämpfte sich mit gesenktem Kopf durch die Windböen bis zur nächsten Telefonzelle. Er wählte die Nummer in Klamath Glen.

«Per Auto, wie du gesagt hast. Ja, ganz recht, zwei Wagen. Fords. Die Frau in einem weißen Falcon, der Mann vornweg in einem gelben Galaxie. In jeder Karre außerdem noch zwei Mann, macht sechs. Nein, richtig, die Frau kannst du vergessen. Ja, hab ich.» Er las die Zulassungsnummer vor, die er sich notiert hatte. «Nein, davon hab ich nichts gesehen. Doch, der Dünne hatte ein Gewehr in der Hand, in einem Futteral. Nein, richtiges Gepäck haben sie nicht eingeladen. Nur zwei Plastiktüten. Ja.» Sein Gesicht verfinsterte sich. «Wem sollte ich denn was stecken? Klar weiß ich, was Eddie gesagt hat.» Die Stimme am anderen Ende der Leitung wurde schärfer. «Nein, nein, das vergeß ich schon nicht.» Er legte auf. Plötzlich brauchte er dringend eine Toilette. Einen Block weiter war eine Texaco-Tankstelle. Er lief zu seinem Wagen, noch im Laufen rollte er den Ärmel hoch.

Clare saß mit Gambini auf der Rückbank. Er hatte eine Jagdflinte auf den Knien, die Mündung zeigte zur Tür. Terson fuhr.

Der gelbe Wagen vor ihnen schob sich in gleichbleibendem Tempo durch den spätnachmittäglichen Verkehr, vorbei an knatternden Markisen und leeren Blechdosen, die über den Gehsteig rollten. Als sie an der Bucht entlangfuhren, sah Clare, daß hinter den Wellenbrechern die Wogen hochschlugen. Der Leuchtturm lag unsichtbar im Dunst. Zwischen den tiefhängenden Wolken und der Gischt schien der Horizont zum Greifen nahe. Der Wagen schlingerte leicht, sobald sie die schützenden Häuserfronten verließen und von der vollen Wucht des Windes getroffen wurden.

«Kein Wunder, daß sie bei diesem Wetter keinen Hubschrauber in die Luft lassen», sagte Terson. «Mindestens zehn Knoten, und es soll noch schlimmer werden. Die Linienflüge haben sie schon umgeleitet.»

Hätten wir ein Flugzeug genommen, dachte sie bedrückt, dann wären wir jetzt schon zu Hause und in Sicherheit. Aber Mike konnte sich einfach nicht damit abfinden, sich expedieren zu lassen wie ein Postpaket. Durch die Heckscheibe des gelben Wagens vor ihnen sah sie gerade noch seinen Hinterkopf. Alle paar Minuten drehte er sich nach ihnen um, aber sie konnte sein Gesicht nicht erkennen. So weit voneinander getrennt waren sie seit Wochen nicht gewesen; es war ein scheußliches Gefühl.

In jedem Wagen waren mehr Waffen als Menschen, aber ohne ihn kam sie sich vor, als sei sie ohne Mantel dem Sturm ausgesetzt.

Vor der Auffahrt zur 101 hatte sich ein Stau gebildet, und Terson fuhr stoßstangendicht an den gelben Galaxie heran. Durch die beschlagene Scheibe konnte Clare jetzt Mike deutlicher sehen. Er lächelte ihr zu.

Als sie auf die 101 einbogen, war es erst halb sechs, aber schon fast dunkel. In dem fahlen Zwielicht wirkte alles um sie her sonderbar zweidimensional. Der Regen rann in tausend Glitzerschlangen über die Wagendächer, die Farben waren bilderbuchbunt vor dem lastenden Grau des Himmels.

Müde Menschen gingen an diesem müden Freitag heim zu ihrem Fernsehfeierabend. Und während eines Werbespots würden sie zueinander sagen: «Hör dir den Wind an.» Zwischen Mahagoni und Glas würden Schüsse fallen und Reifen quietschen, und die Helden der Mattscheibe würden ihren Schauspieler-Kollegen ein «Stehenbleiben, Freundchen!» zuschreien, während sie durch eine wirkungsvoll auf schäbig getrimmte Straßenkulisse rannten. Richtige Cops, das wußte Clare jetzt, waren anders. Richtige Cops waren wie Terson und Gambini, die mit der Waffe in der Hand die Wagen und die Straßen um sie her beobachteten. Sie waren höflich, ein bißchen befangen und genau in Kleinigkeiten, und sie rochen nach Aftershave.

«Wie geht's ihm denn, Miss Randell?» fragte Gambini.

«Er war schlimm dran.»

«Jetzt scheint's ja wieder in Ordnung zu sein.»

«Ja.»

«Wundert mich, daß sie ihn mit dieser Krankengeschichte überhaupt bei der Polizei genommen haben.»

«Die Army hat ihnen damals gesagt, daß die Malaria ausgeheilt ist.»

«Ach so.» Er zündete sich eine Zigarette an.

«Ich an seiner Stelle würde mich langsam nach einem neuen Job umsehen», meinte Terson trocken.

«Du schon – aber er noch lange nicht.» Gambini grinste. «Wirst sehen, der redet sich raus.»

Die beiden Männer wechselten einen Blick im Rückspiegel, und auch Terson lächelte ein bißchen.

Als die Straße im Wald verschwand, war es, als habe jemand das letzte Fenster in einem Haus geschlossen. Der Wagen rollte ruhig dahin.

Scheinwerfer ließen die Regentropfen auf der Windschutzscheibe aufblitzen, wenn ein anderer Wagen sie überholte. Unter den Bäumen war es stockdunkel. Nach einer Weile wurde Clare schläfrig. Im Wagen hörte man nur das Schleifen der Scheibenwischer und hier und da das Klicken des Blinkers, wenn sie ein anderes Fahrzeug überholten. Sie schlief ein.

Eine Stunde später fuhr sie hoch, als sie Mikes Stimme im Wagen hörte. Einen Augenblick war sie völlig verwirrt, denn sie sah nur Terson und Gambini. Dann knisterte es wieder im Funkgerät. Sie hatte es beim Einsteigen gar nicht bemerkt.

«Wir tanken da drüben links einen Kaffee.»

Sie fuhren durch einen Vorort, vorbei an Supermärkten, die für die Wochenendkäufer noch geöffnet hatten, vorbei an Drugstores, Reinigungen, Restaurants, Motels. *Hamburgers* stand auf dem Schild des Drive-in. Auf dem Hof erhob sich ein gigantischer, in seiner Einsamkeit leicht melancholisch wirkender Redwood.

Sie warteten nicht auf die Bedienung am Wagen, sondern Terson und Davis holten selbst große Behälter mit Kaffee und einen Turm von Pappbechern aus dem Lokal. Zehn Minuten später fuhren sie wieder und aßen die belegten Brote, die Mrs. Brand ihnen eingepackt hatte.

Nach Klamath wurde die Straße wieder mehrspurig. Die wenigen Wagen, die sie überholten, wirbelten schmutziges Wasser auf, und Terson mußte respektvollen Abstand halten, um nicht in die Bugwelle des Galaxie zu geraten. Bei der Fahrt über die allmählich ansteigenden Serpentinenwindungen der wunderbar angelegten Straße wurde Clare fast wieder schläfrig. Als der Wagen langsamer wurde, achtete sie zuerst nicht darauf. Aber dann sagte Gambini:

«Als wir heute nachmittag hier durchkamen, bei Tageslicht, war es phantastisch. Als wenn man durch eine Kirche fährt, die ein bißchen vergammelt ist.» Er kurbelte ein Fenster herunter. Die plötzlich hereinströmende kalte Luft machte Clare mit einem Schlag hellwach. «Hören Sie mal», sagte er.

Sie lauschte. «Ich höre nichts. Nur den Wagen.»

«Das ist es ja. Der Wald ist hier so dicht, daß kein Wind durchkommt. Wir sind nur zwei, drei Kilometer von der Küste entfernt, würde kein Mensch glauben, nicht?» Er nahm sich noch einen Apfel.

In der feuchten Luft hing der Geruch von Wald und nasser Erde. Gambini kurbelte das Fenster langsam wieder hoch und ließ es oben einen Spaltbreit offen. «Es stört Sie doch nicht? Bäume riechen besser als Thunfisch.»

Terson fing plötzlich an zu fluchen. «Dieser Scheißlaster klebt seit zehn Meilen an der Mittellinie. Er weiß ganz genau, daß wir hinter ihm sind, aber denkst du, er geht rüber?»

Plötzlich hörten sie wieder Mikes Stimme. «Der Sattelschlepper da vorn gefällt mir nicht. Er blockiert uns absichtlich. Ich würde vorschlagen, daß wir...» Und dann stellte sich der schwere rote Laster plötzlich quer, der Anhänger scherte nach innen aus, so daß beide Bahnen blockiert waren.

Der Galaxie, der, um ihn zu überholen, dicht hinter ihm geblieben war, hatte keine Chance, er traf den Laster frontal unterhalb des hochgelegenen Führerhauses, wobei Lenkrad und Reifen den Stoß teilweise abfingen.

«Verdammt, eine Falle.» Terson trat scharf auf die Bremse,

noch ehe der Galaxie zum Stillstand gekommen war. Der Falcon fing sofort an zu schleudern, aber Terson nutzte die kreisende Bewegung, um das zu tun, was er sowieso vorhatte – weisungsgemäß zu drehen und schleunigst zu verschwinden. Gambini hatte, den Apfel noch zwischen den Zähnen, die Flinte gehoben. Er sah sich um.

«Da kommt noch einer, Jake. Mist, sie nehmen uns in die Zange.»

Der Falcon war inzwischen fast zum Stehen gekommen. Während Terson in den niedrigsten Gang schaltete, öffnete Clare die hintere Tür, sprang heraus, rutschte aus, fiel hin und versuchte krampfhaft, auf der von Tannennadeln und Benzinrückständen schlüpfrigen Straße wieder auf die Füße zu kommen. Im Licht der Scheinwerfer des zweiten Lasters, der sich hinter ihnen näherte, konnte sie den großen roten Sattelschlepper jetzt deutlicher erkennen. Der gelbe Wagen klebte an der Fahrerkabine wie eine tote Wespe an einem Stein.

«Mike», rief sie, bemüht, das Lärmen der Motoren zu übertönen.

Gambinis Wutschrei kam ihr nach wie ein Lasso. Während sie auf den gelben Wagen zurannte, sah sie, wie aus dem Anhänger des Sattelschleppers vier Männer kamen. Der Fahrer war auf das Heck des Galaxie hinausgetreten, der unter der Fahrertür zum Stehen gekommen war. Er war, wie Gambini, mit einer Jagdflinte bewaffnet, und sie wußte sofort, daß es Edison war.

Der Schrei blieb ihr in der Kehle stecken, aber er hatte über das Röhren des näherkommenden Lasters hinweg den dünnen Laut gehört, hob den Kopf und gleichzeitig den Doppellauf der Flinte. Sie meinte, weiße Zähne in einem Lächeln aufblitzen zu sehen – da flog die Beifahrertür des Galaxie auf, Malchek rollte auf die Fahrbahn, blieb einen Augenblick liegen und eröffnete dann das Feuer auf Edison, der direkt über ihm stand.

Malcheks Schuß schlug Edison die Tür aus der Hand, er zog sich eilig in die Fahrerkabine zurück. Malchek, der Clare nicht gesehen hatte, rief Van Schaaten und Davis etwas zu, die noch im Wagen saßen. Davis war offenbar verletzt, lebte aber noch, denn sie sah, daß er das Gewehr hochhob und mühsam in Richtung Straßengraben warf. Mike ging in Deckung, während es über den nassen Asphalt schlitterte. Im gleichen Augenblick zerschmetterte ein Schuß aus Edisons Flinte die Windschutzscheibe des Galaxie.

Auch Clare hatte sich hingeworfen. Ungeschickt drückte sie sich in den flachen Graben zwischen Straße und Wald. Ihr Gesicht tauchte in das kalte Regenwasser, das am Boden des Grabens entlanglief, und sie hob den Kopf, um noch einmal zu rufen, als es einen dumpfen Knall gab und der Galaxie in Flammen aufging. Sie hörte Davis schreien. Übelkeit stieg in ihr auf, während sie durch den Schlamm auf Mike zukroch. Er hockte etwa zehn Schritt vor ihr, eine Hand vor den Augen, um nicht von dem grellen Feuerschein geblendet zu werden. Er war drauf und dran, zurückzulaufen, um Davis zu holen, aber da sah er sie – und zögerte.

«Zurück, Clare», rief er. «Um Himmels willen, geh zurück.» Sie kroch weiter in seine Richtung. Wie hatte Gambini gesagt? Eine Falle... Gut, dann saßen sie eben beide drin.

Noch ein paar Sekunden, dann war sie bei ihm, lauschte auf das Knistern der Flammen über dem Ächzen und Stöhnen des überhitzten Metalls. Davis hatte aufgehört zu schreien.

Ein breiter Lichtstreifen fiel über sie, als der zweite Laster herankam, sie hörten Gambini und Terson schießen.

«Er hat also tatsächlich eine richtige Armee», flüsterte ihr Malchek ins Haar, während er den Arm um sie legte. Sie drückte sich erschauernd gegen ihn. Der Graben war hier etwas tiefer, Wasser umstrudelte ihre Knöchel und Knie. Hinter ihnen erhob sich der Wald, die dichten Zweige hielten einen Teil des Regens ab, aber nicht alles. Sie hatte sich vorhin, als Gambini das Fenster heruntergekurbelt hatte, einen Regenmantel übergezogen, um nicht zu frieren, aber Mike trug nur eine Jeansjacke über einem dünnen Pullover. Sie würden beide bald bis auf die Haut durchnäßt sein.

Die Flammen waren kleiner geworden, sie konnte Mikes Gesicht nicht mehr deutlich erkennen. Er riskierte einen Blick über den unkrautbewachsenen Grabenrand, duckte sich gleich wieder und legte seine Lippen an ihr Ohr.

«Edisons Armee scheint keine Lust zum Kämpfen zu haben,

die Burschen stehen einfach hinter dem Anhänger herum. Wir müssen in den Wald, es ist unsere einzige Chance. Wenn ich ‹Los!› sage, geht's ab, klar? Und immer schön unten bleiben.» Er legte ihr das Gewehr in den Arm. «Du hast es neulich mit geschlossenen Augen geladen, das machst du jetzt wieder. Die Magazine sind in der Außentasche. Wenn du geladen hast, fang an zu schießen, was das Zeug hält. Wenn du was triffst, ist das eine willkommene Zugabe. Nur bitte nicht mich, wenn's geht.»

«Aber –»

«Los jetzt!» Er gab ihr einen unsanften Stoß, und sie rannte auf den Schutz der Bäume zu, die hoch in die pechschwarze Dunkelheit hineinragten. Sie hörte seinen Revolver hinter sich aufbellen, dann streiften die ersten niedrigen Ranken ihre Knöchel.

Hinter einem sechs Fuß dicken Stamm blieb sie schwer atmend stehen und schob sich tief zwischen die Farne, die sie mit einem zusätzlichen Wasserguß bedachten. Im schwachen Schein des noch immer brennenden Wagens fand sie die Magazine in der Außentasche, zog das Gewehr aus dem Futteral und tastete eine Weile erfolglos in der Dunkelheit herum, bis sie merkte, daß sie dabei war, das Magazin verkehrt herum einzuschieben. Endlich saß es fest, sie stopfte sich die Taschen des Regenmantels mit Reservemagazinen voll. Vorsichtig spähte sie um den Stamm herum und legte das Gewehr an die Schulter. Es ließ sich schwer halten, ihre nassen Hände rutschten immer wieder am Schaft ab. Sie zielte auf die Männer hinter dem Anhänger und drückte ab. Die Schüsse waren zu hoch, und als sie ausgleichen wollte, kamen sie so tief, daß sie den Vorderreifen des Falcon traf und dadurch Gambini und Terson endgültig den Rückweg abschnitt.

Sie schoß das Magazin leer, zog es heraus, schob ein neues ein, schoß weiter. Sie war so vertieft, daß sie beinah laut aufgeschrien hätte, als Mike um den Stamm herumkam. Er tastete in der Dunkelheit nach dem Futteral und steckte die übrigen Magazine in die Jackentasche zu der Ersatzmunition für den Revolver.

«Gambini und Terson haben schon genug Ärger. Mußt du da auch noch auf sie schießen? Was ist denn passiert?» Sie erklärte es ihm, und er nickte. «Bei Regen schießt man leicht zu hoch, das hätte ich dir sagen müssen.» Plötzlich riß er ihr das Gewehr aus der Hand und schoß auf den Anhänger. Die Männer, die während der Feuerpause vorsichtig um die Ecke gesehen hatten, verschwanden wieder.

«Komm weiter. Es geht jetzt nur darum, Zeit zu gewinnen. Wir sind auf einer Hauptstraße, es kann nicht lange dauern, bis sich jemand um diesen Schlamassel hier kümmert. Wir können die Nacht abwarten, einen Kreis schlagen und morgen früh Hilfe holen. Auf geht's.»

Es war, als liefen sie geradewegs in einen schwarzen Sack hinein. Minuten später war auch der letzte Lichtschein verschwunden. Mit eng ineinander verklammerten Händen tasteten sie sich durch das Gewirr von Farnen und Wurzeln.

«Nicht loslassen», keuchte Mike.

Clares Angst war so groß, daß sie keine Antwort herausbrachte. Schon bei Tag hatten die Redwoods sie eingeschüchtert, in der Dunkelheit wirkten sie beängstigend. Über ihnen heulte der Wind und peitschte die ineinander verwachsenen Baumkronen, aber hier unten war es still, wie am Grund eines tiefen Meeres.

Der Wald war so hoch und so dicht, daß am Boden nur noch Farne wuchsen. In dem diffusen Dämmerlicht, das hier Tag und Nacht herrschte, wucherten sie üppig und verdeckten den unteren Teil der Stämme. Eben noch kämpfte man sich durchs Unterholz, gleich darauf stieß man mit der Nase an Borke.

Malchek murmelte etwas vor sich hin.

«Wie meinst du?»

«Nichts.»

Die Dunkelheit war wie eine eigene Wesenheit, die sich immer dort verdichtete, wo die Redwoods standen.

«Vorsicht, ein Stamm», warnte er.

Sie streckte die Hand aus, stieß an den nassen Jeansstoff seiner Jacke. «Wenn wir um den Stamm herum sind, können wir dann kurz ausruhen?»

«Okay.» Besonders enthusiastisch klang das nicht, aber Malchek begann, immer mit den Schultern an dem Baumstamm bleibend, sich nach rechts zu bewegen. Plötzlich verlor sie seine Hand. Man hörte ein Rascheln. Dann Stille.

«Mike!»

«Alles in Ordnung. Der Stamm ist hohl, da war so eine Art Eingang. Immer geradeaus, du kannst mich gar nicht verfehlen.»

Ihre suchenden Finger fanden das Loch in dem hohlen Stamm, sie schob sich an der Innenfläche entlang, bis sie fast über Mike fiel, der auf dem weichen Teppich von moderndem Farnkraut und morschem Holz saß. Er fing sie auf und hielt sie einen Augenblick fest, ehe er sie neben sich setzte.

Hoch oben tobte der Sturm durch die Zweige wie ein wildes Tier, das durch ein undurchdringliches Labyrinth rast. Unten wehte nur ein leise flüsternder Windhauch, der Regen war wie ein feuchter Nebel.

«Glaubst du, er ist hinter uns her?» Hinter jeder Bewegung der Farne schien ihr Bedrohung zu lauern.

«Noch nicht. Vielleicht kommt er gar nicht. Oder vielleicht doch. Ich weiß es nicht.»

Es schien eine seltsam mehrdeutige Antwort, und sie lehnte sich trostsuchend an ihn. Aber sie fand keinen Trost, sie spürte, daß er zitterte, erst leicht, dann immer heftiger. Der Schüttelfrost hatte wieder eingesetzt.

Er hielt den Arm hoch, seine Uhr war ein blaßgrünes Leuchtfeuer in der Finsternis. «Pünktlich auf die Minute: Zehn nach zehn. Aber es ist nicht so schlimm wie beim erstenmal.»

Wenn auch das Fieber diesmal nicht so hoch ging, konnten sie es schaffen. Sicher, eine ideale Malariabehandlung war es nicht, in leichter Kleidung durch kalten Regen um sein Leben zu laufen, aber zumindest gegen Lungenentzündung hatten sie ja inzwischen etwas erfunden.

In den Farnen rund um ihren Baum raschelte es plötzlich stärker als vorher, eine Bewegung, die sie mehr fühlten als hörten. Jemand ging auf der anderen Seite des gestürzten Baumes entlang. Die leise Hoffnung, es könnten Gambini und Terson sein oder ein Elch, den der Sturm und der Lärm auf der nahe gelegenen Straße unruhig gemacht hatte, verflüchtigte sich sehr rasch.

«Verdammter Bulle, ich krieg dich noch.»

Einen Augenblick dachte Malchek, sie seien tatsächlich entdeckt worden, aber als die Stimme in ihrer monotonen Litanei fortfuhr, legte sich sein erster Schreck. Er blieb ganz still sitzen, Clare klein und atemlos neben sich. Der nächste Kälteschauer packte ihn, und er brauchte seine ganze Energie, um zu verhindern, daß die Farne das Zittern zu Edison hinübertrugen, der hinter dem Baumstamm stehengeblieben war.

Sie hörten ihn keuchen, spürten den leichten Stoß, als er sich zum Ausruhen gegen den Stamm lehnte. Nur ein knapper Schritt trennte sie. Edisons Stimme hob sich, die dicken Stämme und der Sturm über ihnen verzerrten seine Stimme.

«Ich geh nicht weg, bis ich deinen Skalp habe, du mieses kleines Schwein. Lauf nur, lauf, ich krieg dich schon.»

Noch einmal erzitterte der Stamm, als Edison sich von der rauhen Borke abstieß und sich durch das Unterholz weiterkämpfte. Ein plötzlicher Lichtstrahl streifte über ihre Köpfe hinweg, wanderte weiter über die naßglänzenden Farne. Regentropfen blitzten wie helle Augen in dem dunklen Grün auf. Edisons Stimme war nur noch ein Gemurmel, wie eine ferne Nachrichtensendung mit lauter Katastrophenmeldungen, und dann hörten sie nur noch das Röhren des Windes und das Tropfen und Rascheln der Farne um sie herum. Er hätte gern Edison sofort erledigt, aber der Schüttelfrost hinderte ihn am genauen Zielen, und wenn er ihn verfehlte... Nein, das war zu riskant.

Er nahm seine Hand von Clares Gesicht. Sie legte die Arme fester um ihn, ihr Atem ging warm über seine Brust hinweg. Er vergrub sein Gesicht in ihrem nassen Haar, das nach Regen schmeckte.

«Wir kommen durch, Baby, wir schaffen es.»

«Ich liebe dich, Mike.»

«Gleichgültig, was – was ich war?» Die Frage, die er nie, nie hatte stellen wollen, entfuhr ihm beim nächsten heftigen Schüttelfrost.

«Gleichgültig, was du warst oder sein wirst. Ich kann nichts dagegen tun, es gehört zu mir. *Du* gehörst zu mir, begreifst du das nicht? Und ich gehöre zu dir.»

Er küßte sie, spürte Wärme, endlich Wärme – und dann begriff er, daß es nicht das Begehren war, das ihn erhitzte, sondern das Fieber. Die nächste Phase hatte begonnen.

Mike bestand darauf, daß sie sich wieder in Bewegung setzten, und sie nahmen ihren stolpernden, blinden, qualvoll langsamen Weg wieder auf. Er strebte in die entgegengesetzte Richtung wie Edison und wollte später einen Bogen zurück zur Straße schlagen, wo es inzwischen von Rettungswagen und Polizei wimmeln mußte. Aber selbst der Sturm konnte nicht verhindern, daß das Fieber unaufhaltsam stieg. Alles verschwamm ihm vor den Augen, die Wirklichkeit rückte weit weg. Als er Clare einen Befehl gab und sie nicht reagierte, wurde ihm klar, daß er Pidgin-Englisch gesprochen hatte.

Schließlich stolperten und rutschten sie in eine schmale Rinne, an deren Grund sich ein Bach durch den Wald schlängelte. Die Wände der Rinne waren ganz mit Farnen bedeckt, es fühlte sich an wie ein mit Pelz ausgeschlagener Tunnel. Sie waren noch immer geschützt, aber der Wind war hier viel stärker, und ihm kam der Gedanke, die Rinne könne direkt zum Meer führen.

Immer wenn ein Farnwedel über sein brennendes Gesicht strich, kam die Erinnerung, das Dort und Damals und das Jetzt und Hier verknäulten sich unentwirrbar ineinander.

Seine nackten Füße hatten Bahnen in jenen fernen Dschungel getreten, die schwere baumwollene Bauernjacke und die kniekurzen Hosen saßen locker und bequem, die schwarze Tarnfarbe auf seinem Gesicht verbarg die blasse Furcht darunter.

«Mike, wollen wir nicht anhalten? Du glühst ja. Mike?»

Er hatte am Rand des Bambushains gestanden, die dünnen, silbrigen Blätter um ihn herum zitterten leise.

«Sobald wir hier raus sind, halten wir an», sagte Clare energisch. «Irgendeinen Unterschlupf finden wir schon.»

Wer sprach da, das Mädchen oder der Alte? Er blieb stehen, atmete mühsam kalte Luft ein, heiße Luft aus. Er war wie eine Streichholzflamme in der Finsternis, er sah förmlich, wie er die Luft in Brand setzte, blasse, flackernde Hitze.

Er war froh gewesen, daß es so dunkel war, daß kein Mond schien, daß eine sanfte Brise wehte. So viele Blätter wisperten miteinander dort im Dunkel, daß sich sein Atem darunter verlor. Das Gewehr lag schwer in seiner Hand. Schwer. Immer schwerer. Aber er hatte es gehoben und hatte durch das Visier den Alten im Garten gesehen und in ihm plötzlich alle alten Männer dieser

Welt. Als die Kugel den Lauf verließ, sah er seinen Vater, seinen Großvater, sah er alle, die er je geliebt hatte – alt geworden, hilflos geworden.

Zehn schreckliche Sekunden später war da nur noch eine leere Hülle in einer immer größer werdenden dunklen Lache. Und er sah alle seine Opfer. Und es war unrecht. Automatisch tötete er die Wachen, die aus dem Haus gerannt kamen, aber es war unrecht. Er fing an zu weinen und konnte nicht aufhören, weil es unrecht war. Er entschuldigte sich für jeden Schuß, weil es unrecht war. Er hatte noch immer das Gewehr in der Hand, als er sich zum Gehen wandte, aber er wußte, daß er es nun nie mehr benützen würde. Nicht so. Und wenn sie ihm noch so sehr zusetzten.

«Schau, Mike, eine Höhle, fast eine richtige Höhle. Und ganz trocken.» Sie zog ihn am Arm, versuchte ihn zum Weitergehen zu bewegen.

Clare. Clare sagte, er sollte anhalten. Sich verstecken.

Aber sie mußten doch weiter. Sie waren noch zu weit hinter den feindlichen Linien. Als sie ihn zur Höhle zerren wollte, wehrte er sich, zog sie zu sich heran, hielt sie fest. Er würde sie beschützen, komme, was da wolle. Er liebte sie, Herrgott, wie er sie liebte. Und sie brauchte seinen Schutz.

Denn da draußen strich so ein Schwein herum, ein gewisser Malchek, der versuchte, sie umzubringen.

21

Etwas wackelig stieg Gonzales aus dem Wagen. Die Fahrt von San Francisco hierher, mit Reddesdale am Steuer, der verbotenerweise das Blinklicht gesetzt hatte und die Sirene hatte heulen lassen, was ihnen auf wundersame Weise die Straße leerfegte, war ein einziger Alptraum gewesen. Nein, schlimmer. Wenn es in einem Alptraum kritisch wurde, wachte man meist auf. Bei dieser Fahrt war ihm das beim besten Willen nicht gelungen.

Als die Meldung von dem Überfall auf der 101 gekommen war, hatte Gonzales etwas davon gemurmelt, wie schade es sei, daß er nicht dort sein könnte – und ehe er wußte, wie ihm geschah, waren sie schon unterwegs.

Zu spät hatte er begriffen, was das Glitzern in Reddesdales Augen bedeutete. Aufsitzen, Leute, am Paß schneiden wir ihnen den Weg ab. Daß der Commissioner of Police in einer der größten Städte des Landes bei einem Einsatz persönlich mitmischen wollte, fand er nicht unpassend. Höchstens verrückt. Aber das Bild, das sich ihnen hier bot, war geeignet, einem einige Verrücktheiten auszutreiben. Es war deprimierend genug.

Ein Kran hatte den Sattelschlepper, an dessen Fahrerkabine noch immer die Reste des gelben Galaxie klebten, an den Straßenrand gezogen. Der Regen hatte schon das Gröbste abgewaschen, aber im Vorbeigehen nahm Gonzales noch immer den Geruch von verbranntem Fleisch wahr, der aus dem geschwärzten Metall aufstieg. Krankenwagen hatten die Leichen fortgeschafft.

Weiter hinten standen ein zweiter Sattelschlepper und der weiße Falcon, der einen Plattfuß hatte, davor und dahinter zwei Wagen der Highway Patrol, den Schluß machte ein Wagen mit den Kennzeichen des Sheriffs von Crescent City. Auf der anderen Straßenseite waren noch zwei gelbe Jeeps des Nationalpark-Service aufgefahren, mehrere nasse, müde Männer versuchten, in dem strömenden Regen ihre Zigaretten in Brand zu halten.

Unter ihnen waren auch Gambini und Terson. Gambini hatte einen Verband um die linke Hand, Terson ein blaues Auge. Halb verlegen, halb wütend kamen sie auf ihre Vorgesetzten zu.

«Tut mir leid», sagte Gambini. «Sie sind weg. Alle.»

«Wohin?» fragte Reddesdale.

Terson seufzte. «Davis und Van Schaaten liegen in der nächsten Leichenhalle, Edisons ‹Truppen› sind im Gefängnis, und der Fahrer des zweiten Sattelschleppers liegt im Krankenhaus.»

«Er gehörte nicht dazu?» fragte Gonzales.

«Ganz dumme Geschichte. Er kann nur soviel sagen, daß er etwa fünf Meilen vorher einen Sattelschlepper überholt hat, der mit Maschinenschaden am Straßenrand stand, ein Haufen Leute stand mit besorgten Gesichtern darum herum. Geht mich nichts an, denkt er, und fährt weiter. Plötzlich sieht er den anderen Sattelschlepper quer über der Straße stehen, an der Fahrerkabine klebt ein gelber Wagen, der lichterloh in Flammen steht, und er sieht noch einen Wagen, der gerade zu drehen versucht. Das waren wir. Und wie er auf die Bremse steigt, sagt er, fangen wir an zu schießen. Als sein Wagen zum Stillstand gekommen ist, hat er sich einfach auf den Boden gelegt und gebetet. Hat wohl gedacht, es ist ein Überfall. Verdenken kann man's ihm nicht. Der Mann ist fix und fertig.»

«Und Mike und die Frau? Edison?»

Terson nickte zum Wald hinüber. «Da drin.»

«Alle drei?»

«Alle drei.»

Sie sahen sich einen Augenblick stumm an. Dann traten noch zwei Männer zu ihnen. Gambini stellte sie vor: Captain Moore von der Highway Patrol; Sheriff Brand, Crescent City.

Moore war der diensthöhere Beamte, und Reddesdale wandte sich direkt an ihn.

«Wir wissen, daß wir hier nicht zuständig sind, Captain, wir sind nur gekommen, um unsere Hilfe anzubieten. Malchek ist ein persönlicher Freund von mir.»

Diese Erklärung mißfiel dem Captain sichtlich. Offenbar war er der Meinung, einem Commissioner stehe es nicht an, sich mit dem gemeinen Volk zu verbrüdern.

«Ihre Leute haben mir gesagt, sie hätten einen gefährdeten Zeugen in die Stadt fahren wollen. Warum wurde ich nicht verständigt? Wir hätten Verstärkung stellen können, und damit hätte sich dieses Fiasko vermeiden lassen.»

Reddesdale sah mit einem schiefen Blick zu ihm auf. «Die Dinge liegen etwas komplizierter, Captain.» Er entfernte sich ein paar Schritte von der Gruppe, so daß der Captain ihm folgen mußte.

Brand wandte sich grinsend an Gonzales. «Hoffentlich habt ihr genug Papier mitgebracht. Er hat alles gern in dreifacher Ausfertigung.»

«Ach, so einer ist das.» Gonzales grinste kurz, wurde dann aber wieder ernst.

«Sie haben Malchek gesehen. Wie ging es ihm? Schlecht?»

Brand, Gambini und Terson wechselten einen Blick. «Würde

ich nicht sagen», meinte Brand. «Dünn wie 'ne Bohnenstange und weiß wie ein Laken, aber seine fünf Sinne hatte er beisammen.»

Gambini nickte.

Brand reichte seine Zigaretten herum. Die Packung war feucht geworden, das Zellophan blasig aufgequollen.

«Und das ist wirklich Ihr Commissioner?» fragte Brand und sah zu Reddesdale hinüber.

«An seiner Tür steht's. Ich glaube ja eher, daß er ein unverbesserlicher Streifencop ist, den sie an einen Sessel gebunden haben.»

«Na, heute hat er sich jedenfalls losgemacht.» Sie beobachteten alle verstohlen Reddesdales erregte Gesten, während er mit Moore sprach. Der Captain machte plötzlich überhaupt kein freundliches Gesicht mehr. Reddesdale ließ den Captain stehen und kam zu ihnen herüber.

«Captain Moore meint, daß im Wald genügend viele Leute eingesetzt sind. Er hat den Eindruck, daß wir die Suche nur behindern würden», erklärte er ausdruckslos.

Brand schnaufte. «Tja, wenn der Captain das meint, Commissioner, hat es wohl nicht viel Zweck, wenn wir hier noch länger im Regen herumstehen. Wissen Sie was, kommen Sie mit nach Klamath, dann trinken wir alle eine Tasse Kaffee zusammen.» Aber seine Augen sprachen eine andere Sprache, und sie kapierten es alle. Fünf Minuten später fuhren Reddesdale und seine Leute hinter Brands Wagen her, Gambini und Terson stumm auf der Rückbank.

Nach anderthalb Meilen, hinter einer Kurve, leuchteten Brands Bremslichter auf, er bog scharf nach links ab und fuhr über den Graben in den Wald hinein. Reddesdale folgte ihm, der Wagen rutschte und schlingerte auf Schlamm und Fichtennadeln, die Scheinwerfer tanzten über die Baumriesen. Nach zwanzig oder dreißig Yards hielt Brand an, stieg aus und lehnte sich durchs Fenster.

«Das ist ein alter Holzweg. Ich glaube, einer der Rangers kannte ihn, aber Moore hat ihn gar nicht zu Wort kommen lassen.» Brand schneuzte sich vielsagend in ein dunkelblaues Taschentuch. «Allerdings kommen wir mit dem Wagen nicht sehr weit. Eigentlich braucht man einen Jeep. Aber auf der anderen Seite geht ein Weg zu den Klippen herunter, vielleicht erwischen wir sie, wenn sie da rauskommen. Was meinen Sie?»

«Daß ich mir besser Gummistiefel angezogen hätte», sagte Gonzales grimmig.

22

Der Sturm war leicht abgeflaut, der Wind heulte nicht mehr ganz so hysterisch wie bisher. Malchek hatte zweimal stehenbleiben müssen, um, an einen Baum gelehnt, Frühstück, Mittagessen, Abendbrot und vielleicht auch noch die Mahlzeiten der vergangenen Woche von sich zu geben. Clare folgte ihm stumm, spürte seine glühenden Finger in ihrer eiskalten Hand und betete, er möge das Bewußtsein verlieren. Doch diesen Gefallen tat er ihr nicht.

Er legte den Kopf zurück und ließ sich vom Regen den säuerlichen Geschmack aus dem Mund spülen. Das Fieber war nicht so hoch wie beim ersten Schub, aber es reichte. Das Schlimme war, daß die Dinge an ihm vorüberdrifteten. Eben noch wußte er ganz genau, worum es ging, gleich darauf überlegte er, worauf er sich so krampfhaft zu besinnen versuchte. Nur ein konsequenter Gedanke war ihm geblieben: Weg. Wir müssen weg.

«Wir finden schon noch einen Unterschlupf.»

«Ich hatte schon einen», beschwerte sich Clare. «Aber du wolltest ja nicht hinein.»

«Was war das für ein Unterschlupf?»

«Eine kleine Höhle da hinten in der Rinne. Hinter den Farnen. Ich hab sie dir gezeigt.»

«Wirklich? Entschuldige. Was habe ich gesagt?»

«Daß du eine Glocke hörst. Das Angelus.»

«So was Blödes.» Warum hörte man das Meer noch nicht?

Er setzte sich wieder in Bewegung, die Richtung ganz willkürlich wählend. Jetzt hätten sie einen Pfadfinder gebraucht. Er hatte so viel vergessen. Und Vietnam war ganz anders gewesen. Bis auf den Regen.

Den Rest der Nacht war er marschiert, den nächsten Tag hatte er in einem winzigen verlassenen Hühnerstall verbracht, eine weitere Nacht war er gegangen und noch eine. Das Gewehr hatte er verloren und auch die eiserne Ration, in den trägen, öligen Wassern des Flusses, der so harmlos aussah, bis er darin stand und ihm das Wasser bis zur Hüfte reichte. Dann hatte ihn plötzlich die Unterströmung erfaßt, er war gestürzt, und dann ging alles sehr schnell, die Ufer rasten vorbei wie der Santa-Fé-Expreß, es hätte ihm fast die Hand aus dem Gelenk gerissen, als er endlich den Zweig zu fassen bekam. Am Ufer stand der Wald, aber kein Wald wie dieser. Bambus, Schlingpflanzen, Verwesungsgeruch. Und schwirrende Flügel, so viele, bis die Luft erfüllt schien von dem Summen eines einzigen lauernden, drohenden Rieseninsekts. Und dann der Regen, immer mehr Regen. Weiter und weiter, jede Meile wie die vorausgegangene, jede Stunde wie die vorausgegangene, bis er den Eindruck hatte, daß er stillstand und der Dschungel an ihm vorüberzog. Dann ein Baum. Wieder Bambus. Noch ein Baum. Kleine Bäume, man konnte die Wipfel erkennen. Und endlich ein Fleck zum Hinsetzen, ein Fleck, der nicht nur Schaum und Dreck über pechschwarzem, klebrigem Schlamm war. Da hatte der Schüttelfrost eingesetzt, und später war das Fieber gekommen.

«Hörst du etwas?»

Die Stimmen der Bauern, die ihn schließlich gefunden hatten? Die Stimmen der Ärzte von der Army? Die sagten, er würde durchkommen, er würde wieder so gut wie neu werden? Aber das stimmte nicht. Was stimmte schon...

«Ist es Donner? Oder – Mike, ist das die Brandung?»

«Was?»

«Dieses Rumpeln und Poltern. Ist es das Meer?»

«Wir sind dreihundert Kilometer vom Meer weg.» Blödes Weibsbild.

«Was? Aber – nein, laß nur. Ich glaube, da drüben ist das Meer. Mike, sieh nur. Wirklich, das Meer.»

Er hielt sie mit eisernem Griff zurück.

«Tatsächlich – das Meer», sagte er verblüfft, mißtrauisch.

Sie stand hilflos da und sah ihn an. Hier waren weniger Bäume. Andere Nadelhölzer und auch Laubbäume, und mehr Licht. Sein Gesicht war ein weißes Oval, seine Augen glitzerten.

Ganz unvermittelt fiel er auf die Knie. Sie setzte sich neben ihn. Alles hatte sie erwartet, nur das nicht. Zuerst dachte sie, er sei einfach zusammengebrochen. Doch als er anfing, vorwärts zu kriechen, folgte sie ihm.

Er robbte bis zu einem niedrigen, runden Busch, in dessen Mitte eine Höhlung war, von einem Tier geduldig als Schlafplatz zurechtgetreten. Zentimeterlange Dornen stachen zu, wenn sie sich zu weit auf die eine oder die andere Seite bewegten, aber im Sitzen hatten sie beide Platz.

Einen Augenblick stützte er das Gesicht in die Hände, dann legte er einen Arm um sie. «Schluß für mich. Ich kann nicht mehr.»

«Wurde auch Zeit.»

Zuerst war es nicht viel anders als beim Laufen, sein Herz hämmerte, die Luft war knapp. Und es strengte an, sich still zu verhalten, wenn man am liebsten keuchend geatmet und sich die schmerzenden Schenkel gerieben hätte.

Wenn sie durchkamen, wenn sie diesen Wahnsinn überlebten – wie würde es mit ihnen weitergehen? Würden sie es schaffen, nicht an dem Trauma einer simplen Stromrechnung zu scheitern? Und würden gewöhnliche Stromrechnungen und eine Hypothek genug sein?

Denn während er den Scheck an die *Pacific Gas and Electric* ausschrieb, würde in ihm das Tier schlafen, das Tier, das er gewesen war. Zusammengerollt, wie sie jetzt im Dornbusch. Er konnte nur hoffen, daß es fest schlafen würde hinter der Hecke, gewachsen aus Heiterkeit, Kinderlachen, Clares Liebe, der täglichen Arbeit. Sterben würde es nie.

«Wie schaffst du es bloß, im Sitzen zu schlafen?» flüsterte Clare neidisch.

Er blinzelte und riß die Augen auf. «Lernt man bei Observierungen. Für den Fall, daß der Captain einen Kontrollgang macht.»

Sie berührte leicht seine Wange. «Du fieberst noch. Leg dich hin. Ich passe auf.»

Jetzt brauchte er nur noch zu entscheiden, wohin er sich fallen lassen sollte. In die Dornen. Oder auf Clare.

Mit einem Ruck war er wieder wach. Es war etwas heller geworden, oder vielleicht war es nur etwas weniger dunkel. Schwer zu sagen, wenn einem der Kopf zu platzen droht.

Es hatte aufgehört zu regnen, und aus dem Wind war eine leichte Brise geworden. Er versuchte tief durchzuatmen, aber es ging nicht. Jemand hatte ihm Stahlbänder um die Brust gelegt. Ob das Fieber heruntergegangen war, konnte er nicht sagen. Seine Sachen waren noch immer klitschnaß, aber kalt war ihm nicht.

Er hörte keine Vogelstimmen. Merkwürdig... Gleich darauf wußte er, warum die Vögel schwiegen. Eine rhythmische Bewegung im Unterholz, Schritte, Zögern, wieder ein Rascheln und Knacken. Ein Mensch, kein Zweifel. Elche pflegen bekanntlich keine Selbstgespräche zu führen. Noch ein paar Minuten, dann ein neuer Laut. Edison erleichterte sich, er hörte das prasselnde Zischen, ein zufriedenes Grunzen, das Scharren eines Reißverschlusses. Das Geräusch schien von links zu kommen. Er versuchte sich auf die Schatten zu konzentrieren, aber hinter den dicken Stämmen vor ihrem Dornbusch hätte man einen Zehntonner verstecken können.

Jetzt setzte Edison sich wieder in Bewegung. Er gab sich nicht einmal Mühe, leise zu sein. Merkwürdig, das war ihm vorhin schon aufgefallen.

Edison hatte das Handwerk des Tötens gelernt – wie er. Aber nicht auf die gleiche Art. Wer soviel Lärm machte, war es gewohnt, in der Gruppe zu marschieren. Marine, Luftwaffe, Infanterie... Er bewegte sich leiser als normale Menschen, aber im Vergleich zu Malchek wälzte er sich wie ein Nilpferd durchs Gelände, und das war gut so. Sehr gut.

Allmählich wurden Edisons Schritte leiser. Lautlos begann Malchek, den Inhalt seiner Taschen auf dem Bett aus getrockneten Farnen und dürren Zweigen auszubreiten. Noch vier Magazine für das Gewehr, eine halbe Schachtel 38er Patronen für den Revolver. Er würde nur eine brauchen.

Clare beobachtete ihn. Sie konnte den Blick nicht von dem Häufchen Tod wenden, das er zwischen ihnen aufbaute. Er holte sein Taschenmesser aus der Brusttasche und schob es in die Innenseite seines rechten Stiefels. Dann nahm er sein Taschentuch heraus, das fast trocken war, und wischte das Gewehr ab. Er fand einen handlichen, faustgroßen Stein und knotete ihn in das Tuch, die Enden band er an seinen Gürtel. Er sah sich um. Die Dornen sahen brauchbar aus, nur hatte er weder Zeit noch Material, um etwas daraus zu machen. Aber man konnte nie wissen. Er steckte sich ein paar in die Tasche.

Sie stellte keine Fragen. Sie wußte Bescheid. Vielleicht hatte sie schon immer Bescheid gewußt, also waren Worte sowieso sinnlos. Worte waren ihre Sache. Seine Sache war Edison.

«Bleib, bis ich dich hole», flüsterte er und holte das lose Kleingeld aus seinen Taschen. Er riß den Saum seines Hemdes ab, wikkelte die Revolverpatronen darin ein und schob sie zu einem flachen Päckchen zusammen, das in die hintere Tasche seiner Jeans paßte. Die Magazine verteilte er auf die Jackentaschen. Dann riß er noch einen Hemdstreifen ab und band sich damit das Haar zurück. «Wenn ich dich nicht holen komme, wartest du noch eine Nacht, dann machst du dich auf den Weg – weg vom Meer. Und schau dir jeden genau an, den du um Hilfe bittest. Auch wenn er eine Uniform trägt.» Er langte durch die Dornenzweige hindurch, bis er nasse Erde spürte, schmierte sie sich über Hände, Gesicht, Ohren und Nacken.

Für Clare war er ein erschreckender Anblick. Schmutzbedeckt, klitschnaß, das Haar verfilzt, ein schwarzes Gesicht, in dem Zähne und Augen helle Inseln bildeten. Seine Sachen klebten ihm am Leib wie eine zweite Haut. In seinen Augen brannte das Fieber, brannte noch etwas, etwas Wildes, Hungriges.

So also sahen die aus, von denen sie sich ihre schmutzigen Aufträge hatten erledigen lassen, jene Jobs, von denen er phantasiert hatte.

Das ist ein Tier.

Er lächelte, ohne sich klarzumachen, daß sein Lächeln womöglich noch erschreckender wirkte. Der Kontrast zwischen dem, was sie von ihm wußte, und dem, was man ihr über ihn erzählt hatte, wurde dadurch noch krasser, wurde zu einem Problem.

Tiere können nicht lächeln.

«Für Charley ist das natürlich eine ganz große Sache», sagte er plötzlich.

«Wer – wer ist Charley?» stotterte sie. Hatte er jetzt endgültig den Verstand verloren?

«Unser ältester Sohn, Charley. Glühend beneidet von den anderen Jungs im Block. Zum Räuber-und-Gendarm-Spielen hat er einen echten Cop. Und zum Soldatenspielen einen richtigen alten Kämpfer. Wir werden nur aufpassen müssen, daß er nicht eines Tages Eintritt verlangt. Den Sinn fürs Kommerzielle, den hat er nämlich von dir.» Er lehnte sich rasch zu ihr hinüber, gab ihr einen harten Kuß, rutschte auf dem Bauch unter den Dornen durch und war verschwunden.

Sie schmeckte nasse Erde auf ihren Lippen, und es dauerte eine Weile, bis die Tränen sie weggewaschen hatten. Dein Vater ist verrückt, Charley, dein Vater ist total verrückt, dein Vater ist... war... Ach, Charley.

Nach dreißig Sekunden begannen sich die Bäume vor seinen Augen in nichts aufzulösen. Er mußte sich festhalten, um auf den Beinen zu bleiben. Sich von Baum zu Baum abstoßend wie ein Bootsmann ohne Ruder, trieb er im Kreis um den Dornbusch herum, bis er zu dem feuchten Streifen kam, den er gesucht hatte. Jeder Psychologieprofessor, dachte er, könnte mir wahrscheinlich sagen, warum die meisten Männer lieber *gegen* etwas pinkeln. Vielleicht Gebietsabgrenzung. Aber er war froh darüber. Immer aufschlußreich, diese Details. Daß Edison groß war, wußte er natürlich schon, und es konnte ihm im Grunde völlig egal sein, ob er gelb war oder weiß oder lila. Und überhaupt wußte er nach all den Jahren nicht mehr, ob er den Unterschied im Geruch noch würde erkennen können.

In seinem Kopf drängten sich Hunderte von Signalen, gebrochen, unregelmäßig, sinnvolle Gedankenfetzen und solche, die überhaupt keinen Sinn ergaben. Edison war Rechtshänder, also würde er nach rechts abdriften, sosehr er sich auch dagegen wehren mochte. Ja, da war das erste Zeichen. Zweige, die sich ineinander verhakt hatten. Zweige wachsen nicht waagerecht. Er nahm die Spur auf.

Ganz langsam fand er sich wieder hinein. Er brauchte nur darauf zu achten, daß er selbst keinen Lärm machte, und das war einfach, besonders jetzt, da das erste schwache Tageslicht ihm half, die verräterischen Stellen zu vermeiden – trockene Zweige, Laubhaufen, nasse Erde, auf der man ausrutschen konnte, instinktiv und geräuschvoll nach einem Halt suchend. Und der Wind war sein Verbündeter. Mit dem Wind konnte man sich bewegen.

Auf dem Bauch am Rand einer Lichtung liegend, erkannte er Edisons Fußspuren auf dem dicken Nadelteppich so deutlich wie am Strand bei Ebbe. Auf Tannennadeln hält sich das Wasser nicht, es sickert nach unten, und wenn jemand über den Nadelboden geht, hinterläßt er feuchte Spuren. Er hatte lange gezögert, ehe er sich über die Lichtung gewagt hatte. So lange, daß seine Füße hier am Rand, neben dem Baum, tief eingesunken waren. Malchek lächelte. Also war auch Edison nicht so ganz unbeschwert.

Er brauchte zwanzig Minuten und sehr viel Geduld und Vorsicht, bis er Edisons Atemzüge vor sich hörte. Malchek hielt inne und umfaßte die gerillte Borke eines Redwoods, während er sich zwang, selbst ganz flach und ruhig weiterzuatmen. Edison keuchte vor Anstrengung, während er sich durch das Unterholz kämpfte, das hier dichter war als am Waldrand.

Malchek hob den Kopf, prüfte die Deckung. Zu gut. Die Bäume standen hier dichter zusammen, junge Fichten und Laubbäume wuchsen zwischen den Riesen. Die Brandung war hier deutlicher zu hören, sie schien unter ihnen zu sein. Klippen? Das Atmen wurde leichter, und Edison war still. Erschrocken sah Malchek sich um. Alles in Ordnung. Das Blut trommelte in seinen Ohren, Schläfen, Handgelenken. Nicht einmal jetzt schwitzte er.

Er ließ die Borke los, man sah noch den Abdruck auf seiner Handfläche, während er einen Schritt vorwärts machte und sich zu Boden fallen ließ. Es wurde Zeit, einen Blick zu riskieren.

Er war fast enttäuscht.

Vermutlich sahen er und Clare genauso aus wie Edison. Zerfetzte Sachen, die naß um einen zerschrammten Körper flatterten, Schmutz an den Beinen, bleiches Gesicht.

Es war ein gerader Schuß, nicht mehr als vierzig Yards, ohne ein Hindernis dazwischen. Er kniete nieder, die Stellung war ideal, das Gleichgewicht in Ordnung, das Gewehr lag ruhig. Aber er konnte nicht abdrücken.

Er holte tief Atem, nahm das Auge vom Visier, blinzelte zweimal, sah wieder hin, drückte den Plastikring fest an. Edison hatte sich nicht gerührt. Noch immer hatte er die Höhlung unter dem Schulterpolster der Jacke im Fadenkreuz, und noch immer gehorchte ihm sein Finger nicht.

Nun los doch, mach schon. Da drüben steht der Feind. Er wollte die Frau umbringen, die du liebst. Leg ihn um.

Er schoß. Daneben.

Edison ging lautlos zu Boden. Er war unverletzt, und Malchek wußte es. Er wußte auch, daß er tiefer hätte zielen, daß er den Drall feuchter Munition hätte berücksichtigen müssen.

«Gut gedacht, schlecht gemacht, kleiner Mann», kam Edisons Stimme hinter den Bäumen hervor. «Aber nett zu wissen, daß Sie noch da sind. Ich kam mir schon richtig vereinsamt vor.»

Malchek gab keine Antwort, sah auf die Wedel der Farne, die sich im Seewind wiegten. Edison ging nach links. Wieviel Munition mochte er haben? Mal sehen, ob ich seinen Vorrat ein bißchen anzapfen kann.

Er suchte sich einen kleinen Hügel zwischen einem Redwood und einer kalifornischen Zuckerkiefer. Wenn er sich jetzt aufrichtete und losrannte, war er etwa eineinhalb Sekunden ohne Deckung, dann nahm ihn wieder das Unterholz auf. Er holte kurz und schnell Luft, lief los und erwartete das Dröhnen der Jagdflinte zu hören. Statt dessen hörte er, sobald er aus seiner Deckung hochkam, hinter sich ein hohes, durchdringendes Zwitschern, das ihm nur zu gut bekannt war.

Mit dem Gesicht im Dreck flüchtete sich Malchek wieder einmal in die Sprache seines Großvaters. Unten an der Straße hatte er die Flinte gesehen, die Maschinenpistole nicht. Wie hatte er auch annehmen können, daß Edison ungenügend ausgerüstet in den Krieg ziehen würde? Die Flinte war für eine große, publicityträchtige Metzelei gedacht, die MPi als Rückversicherung. Edison ist ein Spinner, aber deshalb noch lange kein Dummkopf.

Die Farne bewegten sich noch immer, der nächste Zug war unvermeidlich. Malchek zog sich bäuchlings zurück, bis er einen schmalen Tierpfad fand.

Er beschloß, eine Schlucht anzusteuern, die er auf dem Weg

hierher gesehen hatte, eine schmale Rinne, die zunächst ziemlich flach war, dann aber rasch tiefer wurde und wie ein Fragezeichen geformt war. Wenn er Glück hatte, konnte er diese Deckung benützen, bis er an Edison herangekommen war. Er wird jetzt nichts mehr riskieren, er weiß, daß ich hier bin.

Seine Gürtelschnalle verfing sich an einem vorstehenden Zweig, der unter einer Blattschicht versteckt gewesen war, das dürre Holz brach mit einem scharfen, trockenen Laut. Mist. Malchek richtete sich auf und rannte geduckt zu der Schlucht hinüber. Die Flinte spuckte Schrotkörner in die Bäume über ihm, ein paar fielen, klappernd wie Kieselsteine, weiter hinten zu Boden. Aber Malchek hockte inzwischen in dem tiefen Teil der Rinne, zitternd und mit einem Hustenreiz kämpfend.

«Suchen wir uns doch eine hübsche Lichtung, Malchek, und tragen wir es auf die alte Art aus. Wäre das nicht eine schöne, saubere Lösung?» höhnte Edisons Stimme.

Die Rinne war eine Enttäuschung. Sie lief auf der anderen Seite flach aus, ehe sie ihm das gebracht hatte, was er sich erhoffte. Nach unten komme ich also nicht. Aber vielleicht nach oben? Er hob den Kopf, sein Blick kletterte an Bäumen hoch, die keine Wipfel hatten. Nein, das war hoffnungslos. Die Redwoodstämme verjüngten sich nicht nach oben, sie waren zwar rauh genug, um den Füßen Halt zu bieten, aber so dick, daß man mit den Armen nicht herumreichte. Jetzt müßte ein Redwoodbaby her, so etwa bescheidene fünfhundert Jahre alt.

Er setzte sich wieder in Bewegung, mit dem Rücken zum Rand der Schlucht, bis er merkte, wie der Boden unter ihm anstieg und ihm die Farnwedel mit feuchten Fingern übers Haar strichen. Wartete Edison hier oben auf ihn oder weiter hinten, wo er den Zweig hatte knacken hören? Und in welche Richtung sah er? Das Licht war noch immer nicht gut, halb sechs nach seiner Uhr, die Bäume schufen sich ihre eigene Dämmerung.

Er zog den in das Taschentuch gewickelten Stein aus dem Gürtel, lehnte sich vor und warf ihn so weit und so kräftig er konnte in die Schlucht hinunter. Er schlug leise auf das Laubpolster auf, es klang täuschend echt wie ein Schritt. Edisons Flinte bellte ohrenbetäubend nah.

Mein Gott, er ist direkt über mir, begriff Malchek und schwang sich über den Rand der Schlucht. Er erkannte flüchtig Edison, der hinter einem Redwood Posten bezogen hatte, die Flinte wies in eine andere Richtung. Dann hatte Edison ihn gehört, wirbelte herum und drückte ab.

Gerissenes Schwein, darauf hat er nur gewartet, ärgerte sich Malchek, als ein Rest der Schrotladung seine Schulter traf. Er ließ sich ins Unterholz fallen und begann, sich rasch und geduckt vorwärts zu bewegen. Aus dem durchsiebten Ärmel am Oberarm sikkerte Blut. Der Treffer hatte nicht viel Schaden angerichtet, er ignorierte ihn, ließ den Schmerz an sich abgleiten. Na also, rennen kann ich noch. Wenigstens kann man schon so viel sehen, daß man nicht jeden Baum umrennt. Was, zum Teufel, ist das?

Es war ein Wegweiser, Einbruch der Zivilisation, grünes Metall mit weißer Schrift und einem Pfeil: «Farn Canyon.» Unter dem Schild ging ein Weg entlang, breit genug für zwei Menschen nebeneinander, von tausend Touristenschritten kahlgetreten.

‹He, Hazel, schau dir bloß diese unglaublichen Bäume an.› Keuchend rannte Malchek über den Weg, Edisons polternde Schritte im Ohr. ‹Das muß man wirklich mal gesehen haben, findest du nicht? Aber ohne Foto glauben die uns das nie. So, stell dich unter den großen da. *Say cheese*.›

Malchek ging an der imaginären Hazel vorbei, grinste breit in den imaginären Fotoapparat und rutschte eine sehr wirkliche Treppe hinunter, die der touristenfreundliche Park Service für Hazels Lackleder-Slingpumps vorgesehen hatte. Allerdings waren die Stufen glatt und schlüpfrig vom Regen. Um ein Haar hätte er das Gewehr verloren und war schon halb durch den Wasserlauf am Grund des kleinen Canyons geschlittert, ehe er sich fangen konnte und hinter dem wehenden grünen Farnvorhang am inneren Rand des Canyons in Deckung ging.

Dann wartete er auf Edison.

Nichts.

Scheiße, verdammte Scheiße. Nun komm schon.

Er begann sich seitwärts an der grünbewachsenen Wand entlangzuschieben, der bittere Geruch zerdrückter Farne stieg ihm gefährlich kribbelnd in die Nase. Sind wir hier heute nacht vorbeigekommen? Clare hat mehr gesehen als ich, ich war ja wieder in Vietnam. Hatte sie nicht etwas von einer Höhle gesagt? Wie lang ist dieser Canyon? Lang genug, um einen Namen zu haben und einen eigenen Wegweiser, breit genug, um den gefälligen Park Service zu veranlassen, an den tieferen Stellen des Baches Trittsteine hinzulegen, groß genug, um im Sommer Touristenmassen anzulocken. Geduckt ging er weiter, prüfte jede Spalte, jeden Schatten. Dort? Auf der anderen Seite des Baches, natürlich, wie sollte es auch anders sein...

Er setzte mit einem Sprung über den Wasserlauf, prallte schmerzhaft an die andere Canyonwand, seine Hände wühlten sich in Farne, zogen, zerrten, bis er in die Öffnung hineinstolperte, die Clare nachts entdeckt hatte. Trockene Farnwedel stiegen in einer staubigen Woge um ihn auf, die sich mit dem Nebel seiner Erschöpfung vermischte.

Noch immer kein Laut von Edison.

Malchek hatte es vermieden, durch das Wasser zu patschen, er hatte vor der Höhle nur einen ganz kurzen Augenblick ohne Deckung gestanden – vielleicht hatte er es tatsächlich geschafft. Er drehte sich, das Gewehr senkrecht haltend, in dem begrenzten Raum um sich selbst wie ein Hund. Eine richtige Höhle war es natürlich nicht, eher eine Felsspalte, aber sie war vollkommen von den Farnen verdeckt, die sich vor der dreieckigen Öffnung bereits wieder geschlossen hatten.

Malchek setzte sich, um auf Edison zu warten, und sofort fiel ihn wieder das Fieber an. Das Atmen fiel ihm jetzt leichter, aber die Stahlbänder waren noch da, und von Zeit zu Zeit verschwamm ihm alles vor den Augen. Der Bach wurde mal breiter, mal schmaler, die Felswand vor ihm war bald nah, bald fern, wie ein wehender Vorhang. Er nahm die Dornen aus der Tasche.

Zuerst dachte Clare, Malchek sei zurückgekommen. Aber dann merkte sie, daß es viele Schritte waren, zu viele. Edisons Leute aus dem Sattelschlepper? Sie atmeten schwer, und sie hörte einen leisen spanischen Fluch. Sie rollte sich ganz eng zusammen, traute sich nicht hinauszusehen, gab sich dann doch einen Ruck. In dem Dämmerlicht war es so schwierig...

Den ersten, den Kleinen, erkannte sie nicht. Aber die anderen waren alte Bekannte: Brand, Terson, Gambini und Gonzales. «Bleib liegen, sie kommen zu dir», hatte Mike gesagt. Du hast ja so recht gehabt, Mike, so recht...

Was sollte sie tun? Aufstehen, rufen? Wenn die Männer sie nun für Edison hielten und schossen, ehe... Nein, das würden sie nicht tun, sie wußten doch, daß sie und Mike hier waren. Aber sie waren schon vorbei, entfernten sich. Ihr Blick fiel auf das Kleingeld, das Mike liegengelassen hatte. Sie griff sich das Häufchen Dimes und Quarters und warf sie mit aller Kraft hinter den Männern her. Das Geräusch war nicht laut, aber völlig unerwartet in diesem fast schweigenden Wald. Ebenso unerwartet – jedenfalls für Clare – war die Reaktion: Die fünf drehten sich um wie ein Mann, und sie sah fünf Gewehrmündungen, zehn Augen und fünf Bündel zerfranster Nerven.

«Mike?» Das war Gonzales.

«Nein, nur Clare», flüsterte sie und begann, unter dem Dornbusch hervorzurobben, wie Mike es getan hatte. Sie hatte sich gerade aufgerichtet, als sie einen Gewehrschuß hörten, gefolgt von einer Salve aus einer Maschinenpistole.

Sie sahen sich an. Keiner sprach.

Dann riß Clare dem verblüfften Brand das Gewehr aus der Hand und rannte in Richtung der Schüsse.

Es dauerte zehn Minuten, bis Edison heran war, und Malchek hätte ihn fast übersehen, weil er intensiv damit beschäftigt war, den Canyon zu beobachten und zwischendurch Dornen in seine Stiefel zu schieben. Nur ein flüchtiger Eindruck, daß sich etwas vor dem Hintergrund des Waldes bewegte, was nicht dazugehörte, ließ ihn zum Rand der Schlucht und damit zu Edison aufsehen. Er ging sehr schnell, die Flinte schußbereit, die Augen nach unten gerichtet.

Malchek nickte anerkennend und zog seinen Stiefel wieder an. Nicht seine Anerkennung verdarb ihm das Ziel, das besorgte ein loser Stein unter Edisons Fuß. Die Kugel erwischte ihn nicht am Knie, das Malchek anvisiert hatte, sondern an den Rippen.

Edison schrie auf und stürzte. Malchek drückte noch einmal ab, aber die zweite Kugel ging über Edisons Kopf hinweg, während er sich ins Unterholz schleppte. Malchek senkte das Visier und feuerte blind in die schwankenden Zweige.

Da er nicht wußte, ob er getroffen hatte oder nicht, stürmte er aus der Höhle heraus, watete durch den Bach, blieb unter den überhängenden Farnen stehen und horchte auf die Geräusche von oben.

Okay, mein Junge, zumindest habe ich dir das Tempo verdorben, das ist immerhin etwas. Malcheks Gedanken überstürzten sich, er sah nach rechts und nach links, suchte nach dem kürzesten Weg hinauf zum Rand der Schlucht. Er lief, stolpernd und schwankend unter der Anstrengung, den Weg zurück, den er gekommen war. Der Aufenthalt in der Höhle hatte ihn eher geschwächt als ausgeruht, die Muskeln waren schlaff geworden und wollten nicht recht wieder in Gang kommen, jeder Atemzug war ein Kampf für sich. Zweimal mußte er stehenbleiben, um nicht umzukippen, die Welt bewegte sich im Kreis um ihn, eine wilde Musik orgelte in seinen Ohren. Dann hatte er glücklich die Treppe erreicht, schleppte sich nach oben, das Gewehr als Gehstock benutzend. Ganz gegen die Vorschriften natürlich.

Edison würde eine Weile brauchen, um den Treffer zu verdauen. Er würde weitergehen, um der unmittelbaren Bedrohung durch Malchek auszuweichen, aber sobald er einigermaßen in Deckung war, würde er stehenbleiben, eine Denkpause einlegen. Fünf Minuten Frist, vielleicht auch nur drei, für Schock und Neuorientierung. Aber das Tempo, das er vorlegte, verriet, daß die Wunde nicht gefährlich war.

Endlich fand Malchek, was er gesucht hatte, eine junge Fichte, etwa zehn Meter hoch, direkt am Weg. Er bückte sich, angelte das Taschenmesser aus dem Stiefel und klappte es auf. Er hob den Arm so hoch er konnte, stieß das Messer tief in den Stamm und zog sich daran hoch, klammerte sich am Stamm fest, wiederholte den Vorgang.

Die Dornen in den Stiefeln hielten ihn wach, das war ja auch der Zweck der Übung, aber im Vergleich mit dem anderen waren es harmlose Moskitostiche. Die Fichtennadeln drangen durch seinen Pullover und seine Hosen, das Stechen und Pieken machte ihn wahnsinnig. Gut, auch das half.

Er kam nicht so hoch, wie er wollte, es ging einfach nicht. Irgendwo war eben Schluß, damit mußte er sich abfinden. Er setzte sich rittlings auf einen einigermaßen dicken Zweig und versuchte, eine Stütze für das Gewehr zu finden. Er mußte sich sehr zusammennehmen, sonst wäre er kopfüber durch die Zweige auf den Weg hinuntergestürzt.

Als Edisons erster Schuß den Zweig über ihm zerschmetterte und Malchek die Aststücke um die Ohren flogen, konnte er es zuerst nicht fassen. Diesmal war es übrigens die MPi.

«Hübsch machst du dich da oben, kleiner Mann», sagte Edison irgendwo von rechts. Bei Malchek fiel der Groschen, aber es war schon zu spät. Die wabernden Schatten seines Fiebers hatten ihn getäuscht. Es war nicht mehr dunkel im Wald. Die Sonne war unaufhaltsam höhergestiegen, und die junge Fichte war bei weitem nicht dicht genug. In der zunehmenden Helligkeit hob sich seine Gestalt deutlich von dem Gezweig ab. Und Edison hatte das Glück gehabt, genau zur richtigen Zeit am richtigen Ort zu sein. Malchek begann auf das Unterholz zu seiner Rechten zu feuern, gleichmäßig den Bereich bestreichend, aus dem er Edisons Stimme gehört hatte. Aber es war sinnlos. Wenn er das Magazin leergeschossen hatte, konnte Edison ihn in aller Ruhe erledigen. Er mußte herunter. Schnell. Und da gab es nur eine Möglichkeit.

Als das Magazin leer war, ließ er einfach los, rutschte erst langsam, dann immer schneller, von Zweig zu Zweig, das Gewehr an die Brust gepreßt, den Kopf eingezogen, verzweifelt bemüht, die Beherrschung über seinen Körper nicht zu verlieren. Der Boden kam ihm entgegen wie eine Faust. Die Faust schlug zu.

Er lag platt auf dem Weg, ohne Atem, ohne Deckung, ohne Ausweg. Was würde er nehmen, Flinte oder MPi? Er dachte an Edisons Gesicht in Spider Meadows und tippte auf die Flinte. In den Kopf, wenn er Glück hatte. Aber mit seinem Glück war es in letzter Zeit nicht weit her gewesen.

Endlich bekam er wieder Luft, einen halben Atemzug nur, aber immerhin, das reichte. Er zog die Beine an, die Arme, langsam, mühsam. Das Gewehr rutschte ihm aus der Hand. Irgend etwas war mit seiner linken Schulter los, etwas Ernstes. Er mußte das Gewehr zurücklassen, denn er mußte weiter.

Kristallklar erkannte er alle Einzelheiten der Farne, die so dicht vor seinen Augen standen, die zarten Schuppen, die dunklen Sporen auf der Rückseite, die blassen Stengel, dazwischen Grashalme und andere Pflanzen. Der Boden war eine Gebirgskette, eine Ameise überquerte sie, während er sich mühsam in die grüne Böschung schob. Unter die Eichen. Unter die Redwoods. Unter den unmöglichen, blaßrosa gefärbten Himmel. Seine Gedanken kamen ins Trudeln.

Denk daran, du bist der Jäger, nicht der Gejagte. Denk nicht wie das Opfer, denk wie der Jäger. Wenn Edison dich klar im Visier hatte, was ist die Kehrseite der Medaille?

Daß ich Edison klar im Visier habe.

Ich liege nicht hier, um zu sterben, ich liege hier, um zu töten.

Die Geräusche waren jetzt ganz nah herangekommen, aber die Bewegungen waren langsam, demnach hatte auch Edison seine Schwierigkeiten. Es gab noch eine Chance.

Malchek tastete nach dem Revolver an der Hüfte. Daß er noch da war, wußte er, das Halfter drückte sich in seinen Bauch, er spürte gern die Waffe dicht an seinem Körper.

Zu dicht. Er würde keine Zeit zum Ziehen haben. Wenn er Edison aufhalten wollte, hatte er jetzt nur noch Sekunden. Und das bedeutete nur noch eine Möglichkeit. Er würde an seinem eigenen Körper vorbeischießen müssen, vielleicht durch ihn hindurch.

«Es war eine gute Partie, Malchek, nicht wahr?» Edisons Stimme war fast ein Singen, er war glücklich, richtig glücklich. «Mein Zug, dein Zug, unser Zug. Kannst du aufstehen? Dann steh auf und sieh mich an. Es ist schön, wir sind schön, begreifst du das nicht? Keiner von den anderen wird je wissen, was wir wissen, wird die Macht über Leben und Tod haben. Es ist etwas zutiefst Reines, vielleicht etwas Heiliges. Wir sind goldene Jäger, du und ich.»

Edison kam den Weg entlang, seine Worte waren trunken vor Triumph und Erschöpfung, aber seine Waffe, das wußte Malchek, würde ganz ruhig sein.

Wenn ich das von meiner nur auch sagen könnte, dachte er.

«Aber jetzt ist es zu Ende, nicht wahr?» fuhr Edison bekümmert fort. «Letztlich ist es also meine Entscheidung. Wie es sich gehört. Das hast du von Anfang an gewußt, nicht wahr?»

Edison erschien hoch und breit auf dem Weg, hoch wie die Redwoods, hoch wie die Sturmwolken von gestern, turmhoch, bedrohlich, lächelnd, immer näher kommend.

Malchek konnte nur hoffen, daß das, was seine Finger ihm über die Lage des Revolvers sagten, stimmte. Er drückte ab.

Eine sengende Flamme schoß über seinen Leib, der Schock der Explosion unter seinen Rippen entriß ihm einen unwillkürlichen Schrei. Verfehlt.

Edison, noch immer lächelnd, kam näher, Schritt für Schritt, und dann hörte Malchek einen einzigen, scharfen Schuß. Blut quoll aus Edisons linker Hüfte, er stieß einen kurzen Schrei aus, brach auf dem Weg zusammen und rollte sich fötusartig um den Schmerz zusammen.

Malchek lag keuchend im Farnkraut. Zwei Grad höher, und er hätte Edison in den Bauch getroffen und erledigt. Aber zwei Grad höher bedeuteten auch zwei Grad tiefer in den eigenen Körper hinein, und er hätte nie erfahren, ob er gewonnen oder verloren hatte. Jetzt hatte ihm jemand seine Chance gegeben. Gambini? Terson? Ein namenloser Parkwächter? Irgend jemand hatte Edison endlich seiner Gnade ausgeliefert. Aber er mußte sichergehen. *Er* mußte es zu Ende bringen.

Stehen konnte er nicht, also kroch er an Edison heran, der sich immer noch stöhnend auf dem Weg wälzte.

Als er Malchek kommen sah, wandte Edison den Kopf, verdrehte die Augen, stieß wilde Verwünschungen aus.

Malchek griff nach der flechtenstreifigen Borke eines der Bäume am Weg, seine Finger rutschten ab, fanden Halt, klammerten sich an. Er zog sich an dem Stamm hoch, stand jetzt seinerseits turmhoch über dem Verletzten, in dessen Augen noch der Wahnsinn kreiste.

Die gefühllose Schulter an den Baum gelehnt, streifte Malchek mit der Hand über den angesengten Pullover und zog den Revolver aus dem zerschossenen Halfter. Nicht das Fieber war es, das ihn jetzt schüttelte, sondern nackte Wut.

Flucht und Verfolgung, vergeudete Zeit, geängstigte Menschen, Tote – und das alles wegen dieses stöhnenden Stücks Dreck dort am Boden.

«Wie war das doch? Etwas Reines, Heiliges, nicht? Besten Dank, für diese Art von Religion habe ich mich noch nie erwärmen können.» Er hob den bläulich-schwarzen Revolver hoch, so daß Edison ihn erkennen konnte.

Edison versuchte, seine Füße zu packen, aber Malchek holte tief Atem, tat einen Schritt nach vorn, stellte einen Fuß auf Edisons rechten Oberarm und verlagerte sein Gewicht erbarmungslos nach vorn. Er hörte, wie der Knochen brach. Wieder schrie Edison auf, versuchte, Malchek mit der freien Hand zu erreichen, die Finger griffen kraftlos nach dem Saum von Malcheks Jeans.

Sorgfältig zielend schoß Malchek die restlichen Kugeln Edison in den Arm.

«So, du goldener Jäger, mit dem Weidwerk ist es wohl jetzt aus. Und du wirst lernen müssen, dir den Hintern mit der linken Hand abzuputzen.»

Er wandte sich um, registrierte ohne Erstaunen das Bild, das sich ihm bot. Reddesdale, Terson, Gambini und Gonzales kamen den Weg entlanggerannt. Weiter hinten folgten Brand und Clare. Sie weinte und lehnte sich benommen an den Sheriff, der ein Gewehr in der Hand hielt. Weshalb weinte sie denn? Jetzt war doch alles vorbei...

Immer mehr Leute tauchten auf, es war wie bei einem Verkehrsunfall, neugierige Gesichter, neugierige Augen. Vielleicht waren sie von den Bäumen gefallen. Sie waren stehengeblieben, sahen ihn an. Worauf warteten sie denn noch?

In diesem Augenblick, in dem die Zeit stillzustehen schien, beschloß Reddesdale, an seinen Schreibtisch zurückzukehren und in Zukunft dort zu bleiben.

Edison lag sehr still, umgeben von einer Blutlache. Malchek, eine hagere, schmutzstarrende Vogelscheuche, schwankte über ihm. Er lächelte verzerrt. «Vielleicht kann er lernen, mit einer Hand zu stricken», schlug er vor, tat einen Schritt zurück, einen nach vorn – Gonzales fing ihn auf.

23

Malchek war spät dran. Während er rasch durch die Halle ging, suchte er nach dem blanken neuen Messingschlüssel an seinem Schlüsselring. Er schloß die Wohnungstür auf, aber es war gar nicht so einfach, hineinzukommen. Hinter der Türkante sah eine Sessellehne hervor. Er schob, bis er sich durch den engen Spalt zwängen konnte.

«Du, wir haben es nicht mehr nötig, Blockaden zu bauen», rief er. Er schob den Sessel ungefähr an die Stelle, an die er gehörte, und sah sich um. Sie hatte schon wieder angefangen zu malen, dabei war sie doch auch erst aus dem Büro gekommen. Und da war noch etwas...

Clare kam zögernd aus dem Schlafzimmer. «Findest du es gut?»

«Immer. Besonders unter der Dusche.»

«Ich meine die neue Lampe.» Sie kam lächelnd auf ihn zu und hob ihm das Gesicht entgegen. Er behielt ein Auge offen und peilte die Lampe auf dem Ecktisch an.

«Sehr gut sogar», murmelte er schließlich.

Dann ließ er sich seufzend in den Sessel sinken. Als er den Kragen gelockert hatte und den Drink in der Hand hielt, den sie ihm gemixt hatte, drängte Clare ihn ein Stück zur Seite, um sich auf die Sessellehne setzen zu können.

«Wie war's?»

«Du riechst nach Terpentin.»

«Ich hoffe, du hast nichts gegen mein neues Parfüm. Haben sie es dir schwergemacht?»

«Nicht schwerer als erwartet. Halliwell hat eine Pflichtübung über das Thema Insubordination abgespult, und die Hälfte der lieben Kollegen waren eingeschnappt, weil wir sie nicht zur Hochzeit eingeladen haben. Alles in allem ging die Palette von überdurchschnittlich bis beschissen.»

«Und wie fühlst du dich?»

«Überdurchschnittlich bis beschissen.»

Sie streifte mit einem Finger an seiner Wange entlang bis unter seinen Kragen und begann, seinen Nacken zu massieren. Er beugte den Kopf nach vorn. «Sehr schön so, sehr angenehm.»

«Vielleicht bist du zu früh wieder zum Dienst gegangen. Noch ein, zwei Tage...»

«Nein, ich fühle mich ganz ordentlich. Das war nur Stimmungsmache. Du bist so lieb, wenn ich dir leid tue. Ich überlege ernsthaft, ob ich nicht Hypochondrie als Hobby betreiben soll.»

«Das fehlte noch.» Sie stand auf und ging in die Küche.

Er zog sein Jackett aus und warf es in Richtung Couch. Der Wurf ging daneben. Dann griff er nach seinem Glas und nahm einen langen Schluck.

«Wie war Gonzo?» fragte sie über das Geklapper von Töpfen und Tellern hinweg.

«Unverändert. Zuerst hing so eine Art vorwurfsvoller Aura im Raum, aber dann habe ich ihm gesagt, daß es mir leid tut. Alles. Er war so baff, daß er mich zum Mittagessen eingeladen hat.»

«Ich denke, du bist prinzipiell gegen Entschuldigungen?»

Malchek lächelte auf seine Eiswürfel herunter. «Das hat er auch gedacht. Wenn das so weitergeht, brauche ich die ganze Woche mein Mittagessen nicht zu bezahlen.»

Sie klapperte noch ein bißchen weiter, dann kam sie zur Tür, einen Holzlöffel in der Hand, auf den sie eifrig pustete.

«Haben sie dir schon einen neuen Auftrag gegeben?»

«Aber sicher. Nichts Sensationelles. Achtstundenschicht.»

«Tagsüber?»

«Zunächst ja. Schutzhaft.»

Eine kleine Pause. «Wenn sie hübsch ist, mache ich Theater.»

«Es ist ein Er.»

«Dann ist ja alles in Ordnung.» Sie verschwand wieder in der Küche.

«Es ist Edison», sagte er.

Diesmal hatte sie den Löffel nicht mitgebracht. «Aber warum?»

«Warum Edison Schutz braucht? Weil er sich eine gute Behandlung erkaufen kann, wenn er singt, und das weiß er ebensogut wie seine früheren Auftraggeber. Gefängnis ist zu gefährlich, deshalb die Schutzhaft. Ein sicheres Haus. Etwas für einen Fachmann. Merkst du was?»

«Aber warum ausgerechnet du?»

«Anweisung von Reddesdale.»

«Aber das ist doch schrecklich. Und so sinnlos. Ich meine Edison haßt dich, du haßt ihn...»

«Nein, ich hasse ihn nicht. Nicht mehr. Nachdem Brand ihn abgeschossen hatte, gehörte er allen.»

Clare sah ihn an, wie er das Glas hob und trank, sah den gespannten Hals, der gleichzeitig verletzlich und stark war.

Nachdenklich sagte er: «Ich glaube auch nicht, daß er mich haßt. Sie haben ihn ruhiggestellt, er sitzt im Rollstuhl, für ihn ist alles vorbei. Wenn er nicht fliegen kann, ist er kein Adler. Es soll wohl ein Test für mich sein. Oder vielleicht eine Buße. Jedenfalls hat Reddesdale das zur Bedingung gemacht, wenn ich meine Dienstmarke behalten will. Und die will ich behalten Clare, sie bedeutet mir viel.»

«Ach, Mike...»

«Sie hätten mich für jede meiner Dummheiten ein paarmal herausschmeißen können. Es ist eine Lehre für mich, vielleicht hatte ich sie nötig.» Er zog sie auf seinen Schoß. «Vergiß deine gerechte Empörung, Schatz. Ich werde es schon schaffen.»

Nach einer Weile sah sie ihn an. «Ist schon gut.»

Er merkte, wie schwer es ihr gefallen war, und fuhr ihr zärtlich durchs Haar. «Was hält die große Texterin davon, mit einem müden Cop ins Bett zu gehen?»

«Sie müßte erst den Herd ausschalten.»

«Tu das.»

Sie rutschte von seinem Schoß. Als er aufstand und sich streckte, sah er den Stapel Briefe auf dem Kaminsims.

«Was will die *Pacific Gas and Electric* von uns? Dreiundzwanzig Dollar achtundachtzig? Wir wohnen doch erst seit drei Wochen hier.»

«Anschlußkosten und so, schreiben sie», rief Clare aus der Küche.

Er überflog den Computerausdruck. «Richtig, ich sehe schon.»

Sie trat hinter ihn und griff nach seiner Gürtelschnalle. «Du wirst dich doch nicht von einer dummen kleinen Stromrechnung unterkriegen lassen?»

«Nicht wenn ich eine kluge kleine Frau habe, die mich wieder hochbringt.» Er schob sie sanft in Richtung Schlafzimmer. «Erinnere mich, daß ich einen Scheck ausschreibe, ehe ich zum Dienst gehe.»

Sie sah ihn über die Schulter an. «Du zahlst aber prompt!»

Er überlegte einen Augenblick. Dann nickte er. «Auf die Dauer kommt man dabei am besten weg.»